*Przerażające, ale niewinni
właściwie nikogo nie obchodzą...*

Agatha

Christie

Zapraszamy do witryny internetowej
Agathy Christie www.agathachristie.pl

Prószyński i S-ka

Agatha Christie

4.50 z Paddington

Przełożył
Tomasz Cioska

Prószyński i S-ka

Tytuł oryginału:
4:50 From Paddington

Niniejsze wydanie ukazuje się na podstawie licencji
udzielonej przez Wydawnictwo Dolnośląskie Sp. z o.o.

Projekt okładki:
Jacek Ostaszewski

Zdjęcie na okładce:
Jacek Ostaszewski

Redakcja:
Lucyna Łuczyńska

Redakcja techniczna:
Elżbieta Urbańska

Łamanie:
Ewa Wójcik

Korekta:
Mariola Będkowska

ISBN 83-7469-252-9

Wydawca:
Prószyński i S-ka SA
02-651 Warszawa, ul. Garażowa 7

Druk i oprawa:
ABEDIK S.A.
61-311 Poznań, ul. Ługańska 1

Rozdział pierwszy

Pani McGillicuddy podążała, dysząc, wzdłuż peronu, w ślad za bagażowym, który niósł jej walizkę. Starsza pani była niska i pękata, a bagażowy wysoki i długonogi. W dodatku kobieta zmagała się ze stertą paczek – imponującym efektem zakupów świątecznych. Nie mieli w tym marszu równych szans, i bagażowy skręcał już za róg przy końcu peronu, kiedy pani McGillicuddy znajdowała się wciąż jeszcze na prostej.

Peron pierwszy londyńskiego dworca Paddington nie był zbyt zatłoczony, gdyż jakiś pociąg właśnie odjechał, ale pustkę szybko wypełnił kłębiący się tłum, który pędził w różnych kierunkach – do tablic świetlnych, z przejść podziemnych, biur rzeczy znalezionych, kawiarni, punktów informacyjnych – ukazując się i ginąc w dwóch połączeniach ze światem zewnętrznym, oznaczonych: „Przyjazdy" i „Odjazdy".

Pani McGillicuddy, poszturchiwana ze wszystkich stron, dotarła wreszcie ze swoimi paczkami do wejścia na peron trzeci i oparłszy jedną z nich o nogę, przeglądała torbę w poszukiwaniu biletu, by móc przejść obok groźnego kontrolera, który przepuszczał przez bramkę.

W tym momencie rozległ się dobiegający skądś z góry, chrapliwy, choć wyszkolony głos:

– O 4.50 z peronu trzeciego odjedzie pociąg do Brackhampton, Milchester, Waverton, Carvil Junction, Roxeter i Chadmouth. Pasażerowie, udający się do Brackhampton i Milchester, proszeni są o zajęcie miejsc w wagonach końcowych. Pasażerowie do Vanequay przesiadają się w Roxeter.

Głos wyłączył się z trzaskiem, a następnie rozbrzmiał ponownie, zapowiadając wjazd pociągu z Birmingham i Wolverhampton na peron dziewiąty o 4.35.

Pani McGillicuddy okazała bilet, kontroler skasował go i burknął: – Po prawej, tylna część.

Starsza pani podreptała wzdłuż peronu w podanym kierunku i przed drzwiami wagonu trzeciej klasy odnalazła swojego bagażowego, który, znudzony, gapił się przed siebie.

– Bardzo proszę.

– Podróżuję pierwszą klasą – oznajmiła pani McGillicuddy.

– Nie powiedziała pani tego – sarknął bagażowy. Obrzucił lekceważącym spojrzeniem jej tweedowy płaszcz w czarno-białą jodełkę.

Pani McGillicuddy, która dokładnie pamiętała, że mówiła o pierwszej klasie, nie miała ochoty się spierać. Czuła się zupełnie wyczerpana.

Bagażowy podniósł walizkę, pomaszerował do najbliższego wagonu i ulokował pasażerkę w pustym przedziale, w kojącej samotności. Pociąg o 4.50 nie był nigdy przepełniony; podróżujący pierwszą klasą wybierali częściej poranny ekspres lub ten o 6.40 z wagonem restauracyjnym. Pani McGillicuddy wręczyła bagażowemu napiwek, który został przyjęty z wyraźnym rozczarowaniem. Pasował bardziej do pasażera klasy trzeciej niż pierwszej. Starsza pani, choć przygotowana na wydatek związany z wygodną podróżą po nocnej jeździe z Północy i całodziennych gorączkowych zakupach, nigdy nie przejawiała ekstrawagancji w rozdawaniu napiwków.

Z westchnieniem usadowiła się na pluszowych poduszkach, po czym otworzyła ilustrowany tygodnik. Pięć minut później rozległy się gwizdki i pociąg ruszył. Magazyn wyśliznął jej się z rąk, głowa przechyliła na bok i nie minęły trzy minuty, kiedy pani McGillicuddy zasnęła. Po trzydziestu pięciu minutach obudziła się odświeżona. Usiadła prosto, poprawiła przekrzywiony kapelusz i popatrzyła przez okno na niewyraźne kontury umykającego w tył krajobrazu. Zapadł zmrok; ponure, mgliste grudniowe popołudnie. Boże Narodzenie już za pięć dni. Londyn był szary i smutny, reszta kraju również; czasami tylko wstęgi świateł rozjaśniały ciemność, gdy na trasie pociągu znalazły się miasteczka i dworce.

– Podajemy herbatę – powiedział steward, pojawiając się nagle jak dżinn w uchylonych drzwiach na korytarz. Pani McGillicuddy zaspokoiła pragnienie herbatą w barze dużego domu towarowego i nie miała ochoty na następną. Steward poszedł dalej wzdłuż korytarza, powtarzając monotonnie swą propozycję. Pani McGillicuddy z zadowoleniem spojrzała na półkę, gdzie leżały jej pakunki. Ręczniki do twarzy były znakomitej jakości, dokładnie takie, o jakie chodziło Margaret; pistolet kosmiczny dla Robbiego i króliczek dla Jean dobrane idealnie, sobie kupiła wymarzony płaszcz – ciepły, a zarazem wytworny. A pulower dla Hektora... z przyjemnością rozmyślała o prezentach.

Zadowolona, powróciła wzrokiem do okna w momencie, kiedy pociąg z przeciwka przemknął z nagłym wizgiem, sprawiając, że szyby zadrżały, a ona aż się wzdrygnęła. Pociąg, którym jechała, zastukotał na rozjeździe i minął jakąś stację. Nagle zaczął zwalniać, zapewne posłuszny sygnałom semafora. Przez kilka minut pełzł powoli, zatrzymał się i wreszcie ruszył. Następny skład, jadący, jak poprzedni, do Londynu, minął ich, choć nie tak gwałtownie. Pociąg znowu przyspieszał. W tym momencie inny, jadący sąsiednim torem także na południe, w kierunku Brackhampton, zrównał się z nim. Przez pewien czas oba pociągi jechały obok siebie, raz jeden trochę wysuwał się do przodu, raz drugi. Pani McGillicuddy zaglądała w okna jadących obok wagonów. W większości przedziałów rolety zostały opuszczone, w niektórych mogła dostrzec pasażerów. Ten drugi pociąg też nie był zbyt pełny, i miał wiele pustych przedziałów.

W chwili, kiedy wydawało się, że oba pociągi stanęły, zasłona w jednym z okien nagle zrolowała się w górę. Pani McGillicuddy ujrzała oświetlony przedział pierwszej klasy, oddalony tylko o kilka stóp. Gwałtownie wstała i wciągnęła powietrze.

Tyłem do okna, a tym samym do niej, stał mężczyzna. Zaciskał dłonie na szyi kobiety, stojącej przodem do niego i powoli ją dusił. Ofiara miała sinopurpurową twarz i karykaturalnie wybałuszone oczy. Pani McGillicuddy patrzyła ze zgrozą, kiedy nadszedł koniec: ciało zwisło w rękach mężczyzny.

W tej samej chwili pociąg pani McGillicuddy znowu zwolnił, a ten na sąsiednim torze zaczął przyspieszać, wysunął się do przodu i chwilę później zniknął z oczu.

Niemal automatycznie pani McGillicuddy sięgnęła do rączki hamulca bezpieczeństwa, ale nie zdecydowała się na jego użycie. W końcu jaki sens miało zatrzymywanie pociągu, którym podróżowała? Groza tego, co ujrzała i niezwykłość sytuacji sprawiły, że czuła się jak sparaliżowana. Koniecznie trzeba było coś zrobić – ale co?

Konduktor odsunął drzwi jej przedziału.

– Bilet proszę.

Pani McGillicuddy była bardzo zdenerwowana.

– Uduszono kobietę – powiedziała. – W pociągu, który właśnie nas minął. Widziałam to.

Konduktor spojrzał na nią podejrzliwie.

– Słucham panią?

– Jakiś mężczyzna udusił kobietę! W pociągu. Widziałam. – Wskazała na okno.

Konduktor nie traktował tej informacji poważnie.

– Udusił? – rzekł z niedowierzaniem.

– Tak, udusił! Widziałam to, mówię panu. Musi pan coś natychmiast zrobić!

Konduktor chrząknął przepraszająco.

– Czy nie sądzi pani, że zdrzemnęła się trochę i... hm... – Przerwał taktownie.

– Owszem, zdrzemnęłam się, ale jeśli pan sądzi, że to był sen, oświadczam, iż jest pan w wielkim błędzie. Widziałam to, zapewniam pana.

Wzrok konduktora padł na magazyn, który leżał na siedzeniu, otwarty, a zamieszczona w nim ilustracja przedstawiała taką oto scenę: mężczyzna dusi dziewczynę i jednocześnie grozi rewolwerem parze stojącej w drzwiach.

Spróbował więc ponownie perswazji:

– Czy nie sądzi pani jednak, że czytając jakieś ekscytujące opowiadanie, zdrzemnęła się pani nieco i, kiedy się obudziła, uległa wrażeniu...

Pani McGillicuddy przerwała mu:

– Widziałam to. Byłam równie przytomna, jak pan. Spojrzałam w okno jadącego obok pociągu w chwili, kiedy jakiś mężczyzna dusił tam kobietę. A teraz chciałabym się dowiedzieć, co zamierza pan uczynić?

– Cóż... Proszę pani...

– Przypuszczam, że zechce pan podjąć jakieś kroki?

Konduktor westchnął z niechęcią i zerknął na zegarek.

– Będziemy w Brackhampton dokładnie za siedem minut. Złożę raport, dotyczący pani relacji. W jakim kierunku jechał tamten pociąg?

– W tym samym co nasz, rzecz jasna. Nie sądzi pan chyba, że mogłabym zobaczyć to wszystko, gdyby pociąg przemknął, jadąc z przeciwka?

Konduktor sprawiał wrażenie, jakby wierzył, że pani McGillicuddy była zdolna widzieć wszystko i wszędzie, gdziekolwiek tylko zawiodła ją wyobraźnia. Pozostał jednak uprzejmy.

– Może pani na mnie polegać – zapewnił. – Przekażę pani oświadczenie. Czy mógłbym prosić o pani nazwisko i adres, tak na wszelki wypadek...

Zapisał adres, pod którym pani McGillicuddy miała pozostawać przez kilka dni oraz jej adres domowy w Szkocji, po czym wycofał

8

się z poczuciem, że spełnił swój obowiązek i dał sobie radę z uciążliwą reprezentantką podróżującej części społeczeństwa.

Panią McGillicuddy dręczyły pełne niepokoju myśli. Czy konduktor złoży raport o jej oświadczeniu? A może tylko ją uspokajał? Zapewne było wiele starszych pań, podróżujących tu i ówdzie, całkowicie przekonanych, że zdemaskowały komunistyczny spisek lub że grożono im śmiercią, lub że widziały latające talerze i tajemnicze statki kosmiczne, a także donoszących o morderstwach, które nigdy nie zostały popełnione. Jeśli ten człowiek uznał, że jedną z nich...

Mrok rozpraszały jasne światła dużego miasta, pociąg zwalniał teraz, stukając na rozjazdach.

Pani McGillicuddy otworzyła torebkę i wyciągnęła jakiś stary rachunek – tylko to zdołała znaleźć; szybko napisała kilka słów na odwrotnej stronie i włożyła do koperty, którą szczęśliwym trafem miała przy sobie, zakleiła ją i coś na niej napisała.

Pociąg wolno wjechał na zatłoczony peron. Taki sam, jak zwykle, głos zaintonował:

– Na peron pierwszy wjeżdża pociąg do Milchester, Waverton, Roxeter i do Chadmouth; planowy odjazd 5.38. Pasażerowie, przesiadający się na pociąg do Market Basing, proszeni są o przejście na peron trzeci. Na torze trzecim stoi pociąg osobowy do Carbury.

Pani McGillicuddy rozglądała się niecierpliwie wzdłuż peronu. Tylu podróżnych, a tak mało bagażowych. O, znalazł się jeden! Zatrzymała go zdecydowanie.

– Bagażowy! Proszę to zanieść do zawiadowcy stacji. – Wręczyła mu kopertę wraz z szylingiem.

Westchnęła i usadowiła się wygodnie. Cóż, zrobiła wszystko, co było w jej mocy. Przez chwilę pożałowała szylinga... Sześć pensów doprawdy by wystarczyło...

Powróciła myślą do sceny, której była świadkiem. Przerażające, doprawdy przerażające... Była kobietą o mocnych nerwach, a mimo to zadrżała. Cóż za dziwny, nieprawdopodobny przypadek. I przydarzył się właśnie jej, Elspeth McGillicuddy! Gdyby roleta w przedziale nie podniosła się tak niespodzianie... Ale w tym, rzecz jasna, była ręka Opatrzności. To Opatrzność sprawiła, że ona, Elspeth McGillicuddy, stała się świadkiem przestępstwa. Zacisnęła mocno usta.

Na peronie coś wykrzykiwano, słychać było gwizdki, zatrzaskiwano drzwi. Pociąg 5.38 odjeżdżał powoli z dworca w Brackhampton. Godzinę i pięć minut później zatrzymał się w Milchester.

Pani McGillicuddy zebrała swoje paczki, chwyciła walizkę i wysiadła. Rozglądając się po peronie, potwierdziła swoją opinię: za mało bagażowych. Ci w zasięgu wzroku wydawali się zajęci workami pocztowymi i wózkami towarowymi. Można by rzec, iż w dzisiejszych czasach wymagano od pasażerów, by sami nosili swoje torby. Cóż, nie była w stanie dźwigać walizki, parasolki i wszystkich paczek. Musiała czekać. Wreszcie jakiś się napatoczył.

– Taksówka? – zapytał.

– Sądzę, że ktoś powinien na mnie czekać.

Przed dworcem podszedł do nich taksówkarz, obserwujący wyjście.

– Czy pani McGillicuddy? Do St Mary Mead? – Mówił miękkim lokalnym dialektem.

Starsza pani potwierdziła. Bagażowego wynagrodziła odpowiednio, jeśli nie hojnie. Samochód z pasażerką, jej walizką i paczkami ruszył nocą w dziewięciomilową drogę. Pani McGillicuddy cały czas była spięta, nie potrafiła się odprężyć. W końcu taksówka przejechała wzdłuż znajomej wiejskiej ulicy i dotarła do miejsca przeznaczenia. Pani McGillicuddy wysiadła i po ceglanej ścieżce podeszła do drzwi. Otworzyła je niemłoda pokojówka, kierowca złożył bagaże w holu. Pani McGillicuddy poszła prosto ku otwartym drzwiom salonu, gdzie oczekiwała ją pani domu – delikatna, sędziwa dama.

– Elspeth!

– Jane!

Ucałowały się i pani McGillicuddy, nie wyjaśniając niczego, dała upust swoim emocjom:

– Och, Jane! – zawołała. – Widziałam morderstwo!

Rozdział drugi

I

Zgodnie z wpojoną przez matkę i babkę zasadą, że prawdziwej damy nigdy nic nie powinno zaszokować ani zaskoczyć, panna Marple uniosła tylko lekko brwi i pokiwała głową, mówiąc:

– Jakież to dla ciebie przykre, Elspeth i, doprawdy, niezwykłe. Sądzę, że najlepiej będzie, jeśli opowiesz mi dokładnie, co właściwie się wydarzyło.

Pani McGillicuddy nie pragnęła niczego bardziej. Pozwoliwszy gospodyni podprowadzić się bliżej kominka, usiadła, ściągnęła rękawiczki i z ożywieniem zaczęła swoją opowieść.

Starsza pani słuchała z wielką uwagą. Kiedy przyjaciółka przerwała na chwilę, by zaczerpnąć tchu, panna Marple oświadczyła zdecydowanie:

– Najlepiej będzie, kochanie, jeśli pójdziesz teraz na górę, przebierzesz się i weźmiesz kąpiel. Później zjemy kolację, ale podczas posiłku nie powinnyśmy rozmawiać o tym, co widziałaś. Potem możemy dokładnie omówić sprawę i rozważyć wszystkie jej aspekty.

Pani McGillicuddy zgodziła się skwapliwie. Damy zjadły kolację, gawędząc o rozmaitych stronach wiejskiego życia w St Mary Mead. Panna Marple opowiadała o powszechnej nieufności wobec nowego organisty, o skandalu, którego bohaterką była żona aptekarza, wspomniała też o zatargu pomiędzy kierowniczką szkoły a radą wiejską. Następnie obie panie rozmawiały o swoich ogrodach.

– Peonie – powiedziała panna Marple, wstając od stołu – są najbardziej kapryśne. Albo się udają, albo nie. Ale jeśli już się przyjmą, to, że tak powiem, zostają do końca życia. Teraz mamy najpiękniejsze odmiany.

11

Ponownie usadowiły się przy kominku, a panna Marple wyjęła z narożnego kredensu butelkę i dwa bardzo stare kieliszki z waterfordzkiego szkła.

– Dla ciebie, Elspeth, nie ma kawy dziś wieczorem – zaznaczyła.
– Jesteś zbyt podekscytowana, zresztą nic dziwnego! I tak na pewno nie będziesz mogła zasnąć. Przepisuję ci kieliszek mojego domowego wina, a potem, być może, filiżankę herbaty rumiankowej.

Pani McGillicuddy poddała się chętnie tym zaleceniom, a panna Marple nalała wina.

– Jane – zaczęła pani McGillicuddy, pociągając ze smakiem łyk wina – ty chyba nie uważasz, że mi się to wszystko przyśniło ani że wymyśliłam sobie taką historię?

– Oczywiście, że nie – odparła ciepło panna Marple.

Pani McGillicuddy westchnęła z ulgą. Po chwili dodała:

– Tamten konduktor tak właśnie myślał. Był dosyć uprzejmy, ale jednak...

– Sądzę, Elspeth, iż to zupełnie naturalne, zważywszy na okoliczności. Miał prawo przypuszczać, że fantazjujesz. Przecież ciebie nie znał. Nie, nie mam najmniejszych wątpliwości, że naprawdę widziałaś to wszystko, o czym mi opowiedziałaś. Rzeczywiście niezwykła historia, ale całkiem prawdopodobna. Ja też kiedyś patrzyłam zaciekawiona w okna jakiegoś pociągu, który zrównał się z moim, i widziałam wyraźnie jeden czy dwa przedziały. Pamiętam, że mała dziewczynka, bawiąca się pluszowym misiem, rzuciła go rozmyślnie w grubego mężczyznę, który spał w kącie. Obudzony w ten sposób strasznie się oburzył, a pozostali pasażerowie nie kryli rozbawienia. Widziałam wszystkich wyraźnie. Mogłabym opisać dokładnie nawet dziś, jak wyglądali.

Pani McGillicuddy przytaknęła z wdzięcznością.

– Właśnie tak samo było ze mną.

– Mężczyzna, jak mówisz, stał do ciebie tyłem. Nie widziałaś więc jego twarzy?

– Nie.

– A kobieta, czy możesz ją opisać? Młoda, stara?

– Raczej młoda. Mogła mieć trzydzieści, najwyżej trzydzieści pięć lat.

– Ładna?

– Tego nie wiem. Jej twarz... zupełnie wykrzywiona i...

– Tak, tak, rozumiem doskonale – przerwała panna Marple. – A jak była ubrana?

– W jakieś futro, raczej jasne. Nie miała kapelusza, widziałam jej blond włosy.

12

– Nie zauważyłaś niczego szczególnego w tym mężczyźnie? Może coś zapamiętałaś?

Pani McGillicuddy zastanowiła się przez chwilę, nim odparła:

– Był dość wysoki, chyba brunet. Miał na sobie obszerny płaszcz, więc nie mogę dokładnie określić jego budowy. Obawiam się, że nic więcej nie spostrzegłam – dodała z przygnębieniem.

– Jednak to już coś – pocieszyła przyjaciółkę panna Marple. – Ale czy jesteś rzeczywiście przekonana, że dziewczyna była... martwa? – zapytała po chwili.

– Tak. Jestem całkowicie pewna. Język miała na wierzchu i... Wolałabym o tym nie mówić.

– Oczywiście, oczywiście – powiedziała szybko panna Marple. – Sądzę, że rano dowiemy się więcej.

– Rano?

– Spodziewam się, iż o sprawie poinformują poranne gazety. Ten mężczyzna miał niewątpliwie kłopot z ciałem zabitej. Co mógł zrobić? Pewnie wysiadł szybko z pociągu na najbliższej stacji. Przy okazji, może pamiętasz, czy ten wagon miał korytarz?

– Nie, nie miał*.

– W takim razie nie był to pociąg dalekobieżny. Niewątpliwie zatrzymywał się w Brackhampton. Powiedzmy, że mężczyzna wysiadł w Brackhampton, być może ułożył ciało w kącie i zasłonił twarz ofiary kołnierzem futra, aby opóźnić odkrycie zbrodni. Tak, sądzę, iż tak właśnie zrobił. Ale oczywiście wkrótce znajdą denatkę i spodziewam się, że wiadomość o zwłokach znalezionych w pociągu pojawi się w porannych gazetach. Zobaczymy.

II

Poranne gazety nie zamieściły jednak żadnej wzmianki o morderstwie popełnionym w pociągu. Upewniwszy się co do tego, obie damy w milczeniu dokończyły śniadanie. Obydwie rozmyślały.

Niebawem wstały od stołu i poszły do ogrodu. Zwykle uwielbiały tak spędzać czas, ale dzisiaj nie sprawiało im to takiej radości. Chociaż panna Marple starała się zwrócić uwagę przyjaciółki na nowe i rzadkie gatunki roślin, jakie zdobyła do ogródka skalnego, czyniła to z pewnym roztargnieniem. A pani McGillicuddy nie opowiadała, co było nader dziwne, o swoich najnowszych nabytkach.

* Niektóre wagony brytyjskich kolei mają wejścia bezpośrednio z peronu do przedziałów (przyp. tłum.).

– Ogród wygląda zupełnie nie tak, jak powinien – mówiła niczym automat panna Marple. – Doktor Haydock surowo zabronił mi schylania się czy klękania, a cóż można zrobić na grządkach, nie klękając i nie schylając się? Oczywiście, jest stary Edwards, który uważa, że tylko on ma zawsze rację. Pracuje na zlecenie u tak wielu ludzi naraz, wszędzie częstowany filiżanką herbaty, nic dziwnego, że przewróciło mu się w głowie. Prawdę mówiąc, nie robi nic, po prostu się obija.

– Rozumiem – powiedziała pani McGillicuddy. – Oczywiście nie ma mowy o tym, żeby mi ktoś zabronił schylania się, ale wiem, że muszę uważać; teraz, kiedy trochę przytyłam – spojrzała na swoje obfite kształty – dostaję zgagi, szczególnie po posiłkach.

Zapadła cisza. Po chwili pani McGillicuddy przystanęła i zwróciła się twarzą ku przyjaciółce.

– No i co? – zapytała.

Było to krótkie i niezbyt precyzyjne pytanie, ale nabrało wagi przez ton, jakim zostało wypowiedziane. Panna Marple zrozumiała doskonale.

– Mam pomysł – odparła.

Obie panie spojrzały na siebie.

– Sądzę – zaczęła panna Marple – że mogłybyśmy zajść na posterunek i pomówić z sierżantem Cornishem. Jest inteligentny i cierpliwy, znamy się też bardzo dobrze. Myślę, iż zechce nam poświęcić kilka minut, a potem przekaże sprawę właściwym służbom.

Po około trzech kwadransach panna Marple i pani McGillicuddy rozmawiały z poważnym mężczyzną, mniej więcej czterdziestoletnim, o czerstwej twarzy i bystrym spojrzeniu.

Frank Cornish przyjął pannę Marple serdecznie, choć z należnym respektem i podał obydwu damom krzesła.

– Czym mogę służyć? – zwrócił się do panny Marple.

– Bardzo bym prosiła, żeby zechciał pan wysłuchać tego, co moja przyjaciółka, pani McGillicuddy, ma do powiedzenia – odparła panna Marple.

Sierżant Cornish oczywiście się zgodził. W trakcie opowiadania uważnie przyglądał się pani McGillicuddy. Odniósł korzystne wrażenie: rozsądna kobieta, potrafiąca mówić jasno, bez egzaltacji i, jak mu się wydawało, nieobdarzona nadmiernie fantazją. Ponadto, panna Marple wierzyła w jej relację, a sierżant Cornish ufał bez zastrzeżeń pannie Marple. Wszyscy w St Mary Mead znali tę damę – nieporadną i niezdecydowaną z pozoru, ale w rzeczywistości o nieprawdopodobnie przenikliwym umyśle. Gdy pani McGillicuddy skończyła, policjant milczał jakiś czas.

– To naprawdę niezwykła historia – odezwał się w końcu. – Rzecz jasna – odchrząknął – wszystko mogło się pani wydawać. Nie twierdzę, proszę zauważyć, że tak było, lecz że mogło być. Jakaś ostra kłótnia, może nawet szarpanina, ale nie ze skutkiem śmiertelnym.

– Dobrze wiem, co widziałam – powiedziała zdecydowanie pani McGillicuddy.

I nie odstąpisz od tego ani na krok. Rzekłbym jednak, prawdopodobne to, czy nie, że masz rację, pomyślał Cornish, a głośno dodał:

– Opowiedziała pani wszystko władzom kolejowym i przyszła do mnie złożyć zeznanie. To właściwy sposób postępowania i może pani polegać na moim słowie, że śledztwo w przedstawionej sprawie zostanie wszczęte.

Panna Marple z zadowoleniem i aprobatą pokiwała głową. Pani McGillicuddy nie była najwyraźniej aż tak usatysfakcjonowana, ale powstrzymała się od wyrażenia swojego zdania. Sierżant Cornish zwrócił się do panny Marple, chciał bowiem usłyszeć jej opinię:

– Zakładając, że stan faktyczny jest taki, jak w zeznaniu, co, według pani, mogło się stać z ciałem?

– Uważam, iż są tylko dwie możliwości – odparła panna Marple bez wahania. – Najbardziej prawdopodobna, rzecz jasna, jest taka, że ciało zostawiono w pociągu, ale trzeba ją wykluczyć; zwłoki zostałyby znalezione już zeszłej nocy przez innego podróżnego lub przez pracowników kolei na stacji końcowej.

Frank Cornish przytaknął.

– Jedyną możliwością, poza tą, jest więc wyrzucenie ciała. Sądzę, że musi jeszcze gdzieś leżeć nieodkryte na trasie pociągu, choć trudno w to uwierzyć. Wydaje mi się, że nie było innego sposobu, aby się pozbyć ofiary.

– Czyta się o zwłokach znalezionych w kufrach – zauważyła pani McGillicuddy – ale teraz nikt już nie podróżuje z kuframi, tylko z walizkami; nie da się zapakować ciała do walizki.

– Tak – rzekł sierżant. – Zgadzam się z obiema paniami. Ciało, jeżeli w ogóle istnieje, powinno zostać już odkryte, albo nastąpi to wkrótce. Powiadomię panie o rozwoju sytuacji, chociaż myślę, że wyprzedzą mnie gazety. Niewykluczone też, że kobieta, choć brutalnie zaatakowana, przeżyła. Mogła wysiąść z pociągu o własnych siłach.

– Nie sądzę, że bez pomocy kogoś z zewnątrz – wtrąciła panna Marple. – A skoro tak, to ktoś musiał zauważyć na przykład mężczyznę, na którym wspierała się kobieta, wyglądająca na chorą.

– Istotnie, to na pewno zostałoby zauważone – potwierdził Cornish. – A jeśli tę kobietę znaleziono nieprzytomną w wagonie i przewieziono do szpitala, wtedy też o zdarzeniu doniesie prasa. Może pani być pewna, że usłyszy o tym wszystkim bardzo prędko.

Jednak minął dzień, a po nim drugi, i dopiero wieczorem panna Marple otrzymała kartkę od sierżanta Cornisha: *W związku ze sprawą, którą panie konsultowały ze mną, zostało wszczęte śledztwo; jednak nie przyniosło ono żadnych rezultatów. Nie odnaleziono zwłok. Żaden szpital nie przyjął kobiety, jaką pani opisuje, jak również nie zaobserwowano żadnej chorej ani zszokowanej, która by wychodziła z dworca z pomocą mężczyzny. Może być pani pewna, że wszczęto bardzo drobiazgowe śledztwo. Moim zdaniem, przyjaciółka pani mogła być świadkiem opisanej przez nią sceny, lecz był to incydent znacznie mniej poważny, niż jej się wydawało.*

Rozdział trzeci

I

– Mniej poważny?! Nonsens! – wykrzyknęła pani McGillicuddy. – Zostało popełnione morderstwo!

Spiorunowała wzrokiem pannę Marple, która spokojnie wytrzymała jej spojrzenie.

– No, śmiało, Jane! Powiedz, że zmyśliłam sobie całą tę historię! Przecież tak właśnie teraz uważasz, prawda?

– Każdy może się omylić – zaczęła łagodnie panna Marple. – Każdy, Elspeth, nawet ty. Sądzę, że musimy brać pod uwagę i taką możliwość. Ale wiesz, wciąż myślę, że chyba się nie omyliłaś... Nosisz okulary do czytania, lecz na odległość masz bardzo dobry wzrok i scena, którą zobaczyłaś, zrobiła na tobie ogromne wrażenie. Kiedy przyjechałaś, byłaś z całą pewnością w szoku.

– Widziałam coś, czego nigdy nie zapomnę – powiedziała, drżąc, pani McGillicuddy. – Martwi mnie tylko, że nie wiem, co jeszcze mogłabym zrobić w tej sprawie.

– Nie sądzę, żebyś ty mogła coś zrobić.

Gdyby pani McGillicuddy zwróciła uwagę na ton głosu przyjaciółki, usłyszałaby delikatny nacisk na słówku ty.

– Złożyłaś już zeznanie na kolei i na policji. Nie, nic więcej nie możesz zrobić.

– To w pewnym sensie ulga, bo, jak wiesz, zaraz po świętach wyjeżdżam na Cejlon do Roderyka, a nie chciałabym odkładać tej ważnej dla mnie i zaplanowanej dawno wizyty. Jednak, rzecz jasna, nie pojadę, gdyby się okazało, że mogę się przydać – oświadczyła pani McGillicuddy, kierując się poczuciem obywatelskiej odpowiedzialności.

17

– Jestem pewna, Elspeth, że tak byś postąpiła, ale uważam, że zrobiłaś wszystko, co mogłaś.

– Teraz to sprawa policji – przyznała pani McGillicuddy. – A jeśli policja postępuje głupio...

Panna Marple pokręciła głową:

– O nie. Policja nie jest głupia. I to właśnie czyni sprawę tak interesującą, prawda?

Pani McGillicuddy spojrzała na nią nie rozumiejąc i panna Marple utwierdziła się w swojej opinii o przyjaciółce jako kobiecie nieskazitelnych zasad i zupełnie pozbawionej wyobraźni.

– Warto by się dowiedzieć, co się naprawdę zdarzyło – powiedziała panna Marple.

– Zamordowano kobietę.

– Tak, ale kto ją zabił, dlaczego i co się stało z ciałem? Gdzie jest?

– Wyjaśnienie sprawy należy do policji. Już to ustaliłyśmy.

– Na razie nie wpadli na żaden trop, co znaczy, że morderca jest sprytny, bardzo sprytny. Nie mogę sobie wyobrazić, jak się pozbył ciała – mówiła panna Marple, marszcząc brwi. – Zabił kobietę w napadzie szału, na pewno nie z premedytacją; nikt nie zaplanowałby zabójstwa w takich okolicznościach – parę minut przed wjazdem pociągu na dużą stację. Nie, to musiała być kłótnia, zadziałały emocje. Udusił ją i musiał coś zrobić ze zwłokami, właśnie wtedy, zanim pociąg wjechał na oświetlony dworzec. Cóż można by zrobić, poza, jak mówiłam na początku, ułożeniem ciała w kącie w pozycji śpiącego i ukryciem twarzy, a potem jak najszybszym opuszczeniem pociągu? Nie widzę żadnej innej możliwości, a jednak jakaś jeszcze musiała być...

Panna Marple zatopiła się w myślach.

Pani McGillicuddy musiała odezwać się do niej dwukrotnie, zanim przyjaciółka zareagowała.

– Głuchniesz, Jane.

– Może trochę. Wydaje mi się, że ludzie mówią teraz jakby mniej wyraźnie niż kiedyś. Ale słyszałam cię. Przepraszam, że nie uważałam.

– Pytałam o jutrzejsze pociągi do Londynu. Chodzi mi o popołudnie. Jadę do Margaret, a ona nie spodziewa się mnie przed porą podwieczorku.

– Czy odpowiadałby ci ten o 12.15? Zjadłybyśmy lunch wcześniej.

– Oczywiście, i...

– Zastanawiam się też – panna Marple mówiła dalej, przerywa-

18

jąc jej – czy Margaret nie miałaby nic przeciwko temu, gdybyś przyjechała gdzieś około siódmej?

Pani McGillicuddy popatrzyła na przyjaciółkę z zaciekawieniem.

– Co masz na myśli?

– Proponuję, żebyśmy pojechały razem do Londynu, a potem z powrotem aż do Brackhampton pociągiem, którym jechałaś tamtego dnia. Z Brackhampton wróciłabyś do Londynu, a ja przyjechałabym tu, tak jak ty wtedy. Oczywiście pokrywam koszty podróży.

– Panna Marple wyraźnie podkreśliła tę kwestię.

Pani McGillicuddy zignorowała finansowy aspekt sprawy.

– A czegóż ty się spodziewasz, Jane? Następnego morderstwa?

– Oczywiście, że nie – odparła wstrząśnięta panna Marple. – Ale przyznam, iż chciałabym sama zobaczyć, pod twoim przewodnictwem, ten... ten... Doprawdy, trudno jest mi znaleźć stosowne określenie... teren morderstwa.

Następnego dnia panna Marple i pani McGillicuddy siedziały naprzeciwko siebie w narożnikach przedziału pierwszej klasy pociągu odjeżdżającego z londyńskiego dworca Paddington o 4.50 po południu. Na dworcu panował jeszcze większy tłok niż w ubiegły piątek, do świąt Bożego Narodzenia zostały już tylko dwa dni, ale pociąg o 4.50 był względnie luźny, w każdym razie jego tylne wagony.

Tym razem żaden pociąg nie zrównał się z nimi ani ich pociąg nie dogonił innego. Co jakiś czas przejeżdżały składy z przeciwka, a dwukrotnie wyprzedziły ich pośpieszne z Londynu. Pani McGillicuddy co chwila niepewnie spoglądała na zegarek.

– Trudno powiedzieć dokładnie, kiedy przejechaliśmy przez stacje, które pamiętam... – Ale ciągle przejeżdżali przez jakieś stacje.

– Za pięć minut mamy być w Brackhampton – stwierdziła panna Marple.

W drzwiach pojawił się konduktor. Panna Marple pytająco uniosła brwi. Przyjaciółka pokręciła głową. To nie był ten sam. Skasował bilety i poszedł dalej, zataczając się lekko, gdy pociąg wchodził w długi łuk, zmniejszając prędkość.

– Zdaje się, że dojeżdżamy do Brackhampton – zauważyła pani McGillicuddy.

– To już przedmieścia – potwierdziła panna Marple.

Za oknem uciekały do tyłu budynki, czasem migały lampy uliczne i światła tramwajów. Pociąg zwolnił jeszcze bardziej. Zaczęły się rozjazdy.

– Będziemy za minutę – powiedziała pani McGillicuddy – a ja doprawdy nie widzę żadnego pożytku z naszej wyprawy. Może tobie ta podróż coś zasugerowała?

– Obawiam się, że nie – odparła panna Marple raczej niepewnie.

– Pożałowania godny wydatek sporych pieniędzy – oświadczyła pani McGillicuddy, co prawda z mniejszą dezaprobatą, niż gdyby płaciła sama za siebie. Panna Marple okazała się bowiem w tej kwestii niewzruszona.

– Mimo wszystko należało wykorzystać możliwość zobaczenia na własne oczy miejsca zdarzenia. Pociąg ma kilka minut spóźnienia. Czy w piątek przyjechał punktualnie?

– Tak myślę. Naprawdę nie zwróciłam uwagi.

Pociąg wolno podjeżdżał do dworca w Brackhampton. Z głośnika padały zapowiadane chrapliwym głosem informacje, drzwi się otwierały i zamykały, jedni pasażerowie wysiadali, inni wsiadali, tłocząc się wzdłuż peronu. Roiło się od ludzi.

Panna Marple pomyślała, że morderca mógł łatwo wmieszać się w tłum i wyjść z dworca, albo nawet wybrać sobie jakiś inny przedział i dalej jechać tym samym pociągiem w wybranym kierunku. Łatwo być jednym z wielu mężczyzn wśród pasażerów, ale niełatwo sprawić, by ciało rozpłynęło się w powietrzu bez śladu. Musi gdzieś być.

Pani McGillicuddy wysiadła. Stojąc na peronie, prosiła przyjaciółkę wychyloną z okna:

– Uważaj na siebie, Jane. Nie przeziąb się. To okropna i zdradliwa pora roku, a ty już nie jesteś taka młoda...

– Wiem. – Panna Marple pokiwała głową.

– I przestańmy się martwić. Zrobiłyśmy, co było w naszej mocy.

Starsza pani przytaknęła.

– Nie stój na zimnie, Elspeth, bo też się przeziębisz. Idź do restauracji dworcowej na filiżankę gorącej herbaty. Masz jeszcze czas, dwanaście minut do odjazdu powrotnego pociągu.

– Chyba tak zrobię. Do widzenia, Jane.

– Do widzenia, Elspeth. Wesołych świąt! Mam nadzieję, że Margaret czuje się dobrze. Życzę ci udanego pobytu na Cejlonie, pozdrów serdecznie Roderyka, jeżeli mnie w ogóle pamięta, w co wątpię.

– Oczywiście, że tak, i to bardzo dobrze. Pomogłaś mu pewnego razu, kiedy jeszcze chodził do szkoły; sprawa dotyczyła jakichś pieniędzy, znikających z uczniowskich szafek. Ciągle to wspomina.

– Ach, już wiem! – przypomniała sobie panna Marple.

Pani McGillicuddy odwróciła się. Na odgłos gwizdka pociąg ruszył. Panna Marple spoglądała za oddalającą się masywną sylwetką przyjaciółki. Elspeth mogła jechać na Cejlon z czystym sumieniem; spełniła swój obowiązek i była wolna od dalszych kłopotów.

Panna Marple nie oparła się wygodnie, gdy pociąg przyspieszał. Siedziała sztywno wyprostowana i rozmyślała. Choć zdarzało się jej mówić nieskładnie i mogła sprawiać wrażenie osoby rozkojarzonej, umysł miała jasny i przenikliwy. Musiała rozstrzygnąć kwestię swego dalszego postępowania, bowiem, co może wydać się dziwne, łączyło się to jej zdaniem z poczuciem właściwie pojmowanej odpowiedzialności. Podobnie zresztą uważała jej przyjaciółka ze Szkocji. Powiedziała Elspeth, że obie zrobiły wszystko, co mogły. Była to prawda, choć co do siebie samej panna Marple nie miała takiej pewności. Dręczyła się myślą, czy nie powinna lepiej wykorzystać swych szczególnych zdolności... Ale może to zarozumiałość... Cóż w końcu mogła zrobić? Przypomniały jej się słowa przyjaciółki, że już nie jest taka młoda...

Beznamiętnie, jak generał, który planuje kampanię lub księgowy wyceniający przedsiębiorstwo, panna Marple rozważyła i posegregowała wszystko, co przemawiało za i przeciw jej ewentualnemu przedsięwzięciu. Po stronie MA były następujące aktywa:

1. Długie doświadczenie życiowe i znajomość natury ludzkiej.
2. Sir Henry Clithering i jego chrześniak (obecnie, jak sądzę, w Scotland Yardzie), taki miły w trakcie rozwikływania sprawy Little Paddocks.
3. Dawid, młodszy syn mojego siostrzeńca Raymonda, który, jestem tego prawie pewna, pracuje na kolei.
4. Leonard, syn Gryzeldy, wie bardzo wiele o mapach.

Panna Marple oceniła te walory i zaaprobowała je. Wszystkie były naprawdę niezbędne, jeśli miały zrównoważyć słabe pozycje po stronie WINIEN, a w szczególności jej własną słabość fizyczną. Pomyślała, że nie mogłaby jeździć tam i z powrotem, prowadząc dochodzenie i osobiście sprawdzając różne fakty. Tak, to były główne kontrargumenty: lata i słabość. Chociaż, trzeba przyznać, zdrowie jej dopisywało, mimo niemłodego wieku. Skoro doktor Haydock surowo zabronił wykonywania jakichkolwiek prac w ogrodzie, raczej nie zaaprobowałby pościgu za mordercą, co, w rzeczy samej, planowała zrobić, i na tym właśnie polegał problem. Jeżeli bowiem dotychczas sprawy morderstw były jej niejako narzucane, teraz sama, rozmyślnie, wychodziła na spotkanie zbrodni, a zarazem wcale nie miała pewności, czy rzeczywiście chciała to zrobić... Była stara – stara i zmęczona. Pod koniec wyczerpującego dnia czuła wielką niechęć do podejmowania jakichkolwiek przedsięwzięć. Nie miała ochoty na nic, chciała tylko znaleźć się w domu jak najszybciej,

usiąść przy kominku do dobrej kolacji, po czym położyć się do łóżka, a następnego dnia popracować w ogrodzie, wykonać niezbędne prace przed zimą, oczywiście bez schylania się i nadwerężania...

– Jestem za stara na przygody – powiedziała panna Marple do siebie, patrząc bez zainteresowania przez okno na nikły zarys zakrzywionej linii nasypu kolejowego...

Zakręt... Coś jej zaświtało w głowie... Zaraz potem, kiedy konduktor skasował bilety... To wskazywało na pewną możliwość. Tylko możliwość. Zupełnie inną możliwość... Twarz panny Marple lekko się zaróżowiła. Nagle poczuła, że wcale nie jest zmęczona!

Jutro rano napiszę do Dawida – postanowiła. I w tej samej chwili jeszcze jeden wartościowy aktyw przyszedł jej do głowy: Florence!

II

Panna Marple rozpoczęła realizację planu swojej kampanii metodycznie, biorąc poprawkę na okres świąt, będący czynnikiem zdecydowanie opóźniającym.

Napisała do Dawida Westa, syna siostrzeńca, łącząc świąteczne życzenia z pilnym zapytaniem o informacje.

Na szczęście była zaproszona, jak w latach ubiegłych, na świąteczny obiad na plebanię, a tam mogła zwrócić się w sprawie map do młodego Leonarda, który przyjechał do domu na święta.

Mapy wszelkich możliwych rodzajów były namiętnością Leonarda. Powód zainteresowania sędziwej damy mapą pewnego szczególnego rejonu, w dużej skali, nie zdziwił go. Biegle wypowiadał się o mapach w ogólności i zapisał, jakie mapy dokładnie odpowiadałyby jej potrzebom. Zrobił nawet więcej: stwierdził, że posiada taką mapę w swojej kolekcji i zgodził się ją wypożyczyć, a panna Marple przyrzekła, iż będzie na nią uważać i zwróci w określonym czasie.

III

– Mapy? Nie pojmuję – powiedziała Gryzelda, która wciąż, mimo że miała dorosłego syna, wyglądała bardzo młodo i kwitnąco jak na osobę mieszkającą w starej, zapuszczonej plebanii. – O co jej chodzi? To znaczy, po co jej one?

– Nie wiem – odparł Leonard. – Właściwie nie wyjaśniła dokładnie.

– Ciekawa jestem... Coś mi tu brzydko pachnie... W jej wieku powinna wreszcie przestać się interesować takimi sprawami.

Leonard spytał, co ma na myśli, ale matka odpowiedziała wymijająco:

– Wtykanie nosa w nie swoje sprawy. Ciekawam, dlaczego właśnie mapy?

Po pewnym czasie panna Marple otrzymała list od Dawida Westa, syna swojego siostrzeńca, który pisał z widoczną nutką czułości: *Droga ciociu Jane, co tym razem zamierzasz? Mam te informacje, o które prosiłaś. Są tylko dwa pociągi, mogące wchodzić w rachubę – 4.33 i 5.00. Pierwszy to osobowy – zatrzymuje się w Haling Broadway, Barwell Heath, Brackhampton i na stacjach na trasie do Market Basing. Ten o 5.00 to walijski ekspres do Cardiff, Newport i Swansea. Osobowy mógł być gdzieś wyprzedzony przez ten o 4.50, chociaż ma planowy przyjazd do Brackhampton pięć minut wcześniej od niego, a drugi wyprzedza odjeżdżający o 4.50 przed samym Brackhampton.*

Czy nie mam racji, wietrząc w tym jakiś soczysty wiejski skandal? Czy, wracając tym o 4.50 z zakupowych szaleństw w mieście, podejrzałaś w przejeżdżającym obok pociągu żonę burmistrza w objęciach inspektora sanitarnego? Ale jakie to ma znaczenie, co to był za pociąg? Dziękuję za pulower. Dokładnie taki chciałem. Jak tam Twój ogród? Sądzę, że chyba niezbyt bujny o tej porze roku.

Zawsze Twój Dawid

Panna Marple lekko się uśmiechnęła, a potem przeanalizowała przysłane informacje. Elspeth wyraźnie stwierdziła, że wagon był bez korytarza. A więc – nie ekspres do Swansea. Pozostawał ten o 4.33.

Podróże okazały się nieuniknione. Panna Marple westchnęła, ale sporządziła plany.

Tym razem dojechała do Londynu, jak poprzednio o 12.15, ale wróciła nie o 4.50, lecz o 4.33 do Brackhampton. Podróż nie obfitowała w wydarzenia, ale panna Marple zarejestrowała pewne fakty. Pociągiem jechało niewiele osób – 4.33 nie była jeszcze godziną wieczornego szczytu. Tylko w jednym z przedziałów pierwszej klasy zauważyła pasażera – sędziwego pana czytającego gazetę. Panna Marple siedziała w pustym przedziale i na dwóch stacjach, Haling Broadway i Barwell Heath, wychyliła się z okna, by popatrzeć na wsiadających i wysiadających podróżnych. Parę osób wsiadło do wagonu trzeciej klasy w Haling Broadway. W Barwell Heath kilka z trzeciej klasy wysiadło. Nikt nie wsiadł ani nie wysiadł z wagonu pierwszej klasy, oprócz starszego pana, niosącego pod pachą „New Statesmana".

Kiedy pociąg wjeżdżał do Brackhampton po łuku torów, panna Marple, chcąc coś sprawdzić, stanęła tyłem do okna, na które wcześniej opuściła roletę.

Tak, siła bezwładności wywołana nagłym skrętem i hamowaniem pociągu mogła rzeczywiście spowodować utratę równowagi mordercy i pchnąć go do tyłu na okno, a wtedy roleta sama się zwinęła. Wyjrzała przez okno w noc. Było jaśniej niż wtedy, kiedy podróżowała pani McGillicuddy, ale i tak niewiele dojrzała w ciemnościach. Żeby coś zobaczyć, trzeba odbyć podróż za dnia.

Nazajutrz pojechała do Londynu rannym pociągiem i kupiła cztery lniane poszewki na poduszki (wybrzydzając na ich cenę!), aby połączyć śledztwo z potrzebami domu, a wróciła odjeżdżającym z Paddington o 12.15. Znów była sama w wagonie pierwszej klasy. Pomyślała, że takie pustki są rezultatem wysokich podatków. Nikt nie może sobie pozwolić na podróżowanie pierwszą klasą oprócz biznesmenów. I tylko dlatego, że mogą to wliczyć w koszta.

Około piętnastu minut przed planowym przyjazdem pociągu do Brackhampton, panna Marple wyjęła dostarczoną przez Leonarda mapę i rozpoczęła obserwację terenu. Przedtem już przestudiowała ją bardzo dokładnie i zobaczywszy nazwę mijanej stacji, zorientowała się, gdzie jest, kiedy tylko pociąg zaczął zwalniać przed łukiem. Zakręt był rzeczywiście duży. Panna Marple z twarzą przylepioną do szyby bardzo uważnie śledziła grunt poniżej (pociąg jechał po dość wysokim nasypie). Porównywała mapę z terenem, póki pociąg nie dojechał do Brackhampton.

Późnym wieczorem tego dnia napisała i nadała list zaadresowany do panny Florence Hill, 4 Madison Road, Brackhampton... Następnego ranka w bibliotece hrabstwa przejrzała książkę telefoniczną Brackhampton, spis miejscowości hrabstwa i jego historię.

Nic dotąd nie przemawiało przeciwko nader niepewnemu i mgliście zarysowanemu pomysłowi, który wcześniej przyszedł jej do głowy. To, co sobie wyobraziła, było prawdopodobne. Dalej już nie mogła działać sama.

Następny krok wymagał aktywności, a niestety, brakowało już sił. Jeżeli jej hipoteza ma być ostatecznie udowodniona bądź obalona, musi uzyskać teraz pomoc z zewnątrz. Pytanie brzmiało – od kogo? Panna Marple dokonała przeglądu rozmaitych nazwisk i gniewnie kręcąc głową, odrzuciła wszystkie. Ci, na których inteligencji mogła polegać, byli zbyt zajęci. Nie tylko mieli mniej lub bardziej ważne obowiązki, ale także czas wolny z góry szczegółowo zaplanowany. Ludzie inteligentni, którzy swobodnie dysponowali swoim czasem, byli, jak zdecydowała panna Marple, do niczego.

Rozmyślała z coraz większym rozdrażnieniem. Nagle jej twarz się rozjaśniła i stara dama wykrzyknęła głośno:

– Oczywiście! Lucy Eyelesbarrow!

Rozdział czwarty

I

Lucy Eyelesbarrow dała się już poznać w pewnych kręgach. Z pierwszą lokatą ukończyła matematykę w Oksfordzie, gdzie zwrócono uwagę na jej nieprzeciętne zdolności oraz inteligencję. Mogła więc rozpocząć znakomitą karierę na uniwersytecie.

Jednak ta trzydziestodwuletnia kobieta, poza akademicką błyskotliwością, miała jeszcze sporo zdrowego rozsądku. Nie mogła nie zauważyć, że naukowym splendorom towarzyszyło wyjątkowo niskie wynagrodzenie. Uczenie innych nie było pasją Lucy, choć kontakt z umysłami o wiele mniej bystrymi niż jej własny umysł sprawiał pewną przyjemność. Tak naprawdę lubiła ludzi, ludzi w ogóle, byle nie tych samych przez cały czas. No i, mówiąc zupełnie szczerze, lubiła pieniądze, a żeby zdobyć pieniądze, trzeba się zorientować w popycie.

Lucy Eyelesbarrow trafiła od razu tam, gdzie zapotrzebowanie było ogromne: brakowało powszechnie wszelkiego rodzaju wykwalifikowanych pomocy domowych. Ku zdziwieniu przyjaciół i kolegów uniwersyteckich zdecydowała się na pracę w tej właśnie branży.

Powodzenie było natychmiastowe i oszałamiające. Wkrótce zyskała rozgłos na całych Wyspach Brytyjskich. Zwyczajem żon stało się mówienie do mężów, że wszystko jest załatwione: „Będę mogła pojechać z tobą do Stanów. Mam Lucy Eyelesbarrow!". Rzecz w tym, że kiedy tylko wkraczała do jakiegoś domu, znikały zeń wszelkie troski, zmartwienia i uciążliwe prace nie stanowiły problemu. Lucy robiła wszystko, wszystkiego doglądała, wszystko załatwiała. Była niewiarygodnie kompetentna we wszelkich „dziedzinach", jakie tylko można sobie wyobrazić w życiu domowym.

Opiekowała się sędziwymi rodzicami, zajmowała małymi dziećmi, pielęgnowała chorych, genialnie gotowała, dobrze żyła ze starymi, skwaszonymi służącymi (zwykle jednak ich nie było), z wyrozumiałością traktowała zachowania nieznośnych osób, koiła cierpienia nałogowych pijaków, była cudowna dla psów. A co najważniejsze, chętnie wykonywała właściwie wszystko: szorowała podłogę w kuchni, kopała w ogrodzie, sprzątała psie nieczystości i nosiła węgiel!

Jedna z jej zasad polegała na nieprzyjmowaniu zatrudnienia na długo. Dwa tygodnie stanowiły przeciętny czas pracy w jednym domu – miesiąc tylko w naprawdę wyjątkowych okolicznościach. Za zatrudnienie jej na dwa tygodnie płacono krocie, ale przez te czternaście dni życie pracodawców stawało się rajem. Mogli się całkowicie odprężyć, wyjechać za granicę, zostać na miejscu, robić to, na co mieli ochotę, z poczuciem pewności, że w pewnych rękach Lucy Eyelesbarrow dom funkcjonuje jak należy.

Rzecz jasna, zapotrzebowanie na jej usługi było ogromne. Mogła przyjąć rezerwację, jeśliby chciała, na prawie trzy lata naprzód. Proponowano jej niebotyczne kwoty, by zgodziła się zostać na stałe, ale Lucy nie miała na to najmniejszej ochoty, nie zobowiązywała się też na żadne terminy z wyprzedzeniem większym niż pół roku. A i w tym okresie, w tajemnicy przed naprzykrzającymi się klientami, zawsze pozostawiała tyle wolnego czasu, że mogła pozwolić sobie na krótkie, luksusowe wakacje (kiedy pracowała, nie wydawała na swoje potrzeby, będąc hojnie opłacana i utrzymywana) lub przyjąć niemal z marszu każdą pracę, która ją zainteresowała, czy to ze względu na rodzaj zajęcia, czy też dlatego, że podobali jej się ludzie. Ponieważ miała pełną swobodę wyboru klientów, kierowała się w bardzo dużym stopniu własnymi gustami. Sama propozycja wysokiego wynagrodzenia nie wystarczała do zapewnienia sobie usług Lucy Eyelesbarrow. Mogła wybierać dowolnie, więc tak właśnie robiła. Cieszyła się życiem i znajdowała w nim niewyczerpane źródło rozrywki.

Lucy Eyelesbarrow przeczytała dwukrotnie list od panny Marple. Poznała ją dwa lata temu, będąc zatrudniona u pisarza Raymonda Westa w St Mary Mead. Opiekowała się jego starą ciotką, rekonwalescentką po zapaleniu płuc. Bardzo polubiła pannę Marple. Ta zaś, zobaczywszy z okna sypialni, jak Lucy Eyelesbarrow (prawidłowo!) okopywała słodki groszek, położyła się na poduszkach z westchnieniem ulgi. Zajadała małe, smakowite posiłki przyrządzane przez opiekunkę i słuchała, mile zaskoczona, opowieści swojej drażliwej starej służącej, jak to nauczyła pannę Eyelesbarrow wzoru szydełkowego, o którym tamta nigdy nie słyszała i za co była jej prawdziwie wdzięczna! Panna Marple zaskoczyła wtedy lekarza szybko postępującą poprawą zdrowia. A teraz pytała w liście, czy panna Eyelesbarrow nie mogłaby się podjąć dla niej pewnego zadania, dosyć niezwykłego. Może zdecydowałaby się na spotkanie, podczas którego mogłyby omówić tę sprawę?

Lucy Eyelesbarrow przez chwilę marszczyła brwi w zamyśleniu. Miała co prawda komplet zamówień na swoje usługi, ale słówko „niezwykłego" w zestawieniu z osobowością panny Marple sprawiło, iż od razu zadzwoniła do starszej pani z wyjaśnieniem, że nie może przybyć do St Mary Mead, ponieważ teraz właśnie pracuje, ale będzie wolna jutro po południu, między drugą a czwartą i wtedy mogłyby się spotkać w Londynie. Zaproponowała swój klub, miejsce raczej pozbawione wyrazu, na którego korzyść przemawiało kilka małych, zacisznych gabinetów, zwykle wolnych. Następnego dnia spotkanie doszło do skutku. Po przywitaniu Lucy Eyelesbarrow poprowadziła gościa do najbardziej chyba ponurego ze wszystkich saloników klubu i powiedziała:

– Obawiam się, że sprawię pani zawód. Jestem teraz bardzo zajęta, ale proszę mi powiedzieć, co miałabym zrobić?

– To naprawdę bardzo proste – odrzekła panna Marple. – Niezwykłe, ale proste. Chcę, żeby pani odnalazła ciało.

Przez moment Lucy nawet podejrzewała, że siedząca naprzeciw niej dama jest niespełna rozumu, ale szybko się wycofała. Panna Marple była najzupełniej zdrowa psychicznie i miała na myśli dokładnie to, co powiedziała.

– Jakiego rodzaju ciało? – spytała Lucy Eyelesbarrow z podziwu godnym opanowaniem.

– Ciało zamordowanej kobiety, dokładnie rzecz biorąc, uduszonej w pociągu.

Brwi Lucy lekko się uniosły.

– Cóż, z całą pewnością jest to zajęcie niezwykłe. Proszę mi powiedzieć coś więcej.

Panna Marple zrelacjonowała dokładnie przebieg zdarzenia. Lucy Eyelesbarrow słuchała uważnie, nie przerywając. Wreszcie skonstatowała:

– Wszystko opiera się na tym, co widziała pani przyjaciółka albo myślała, że widzi...

– Elspeth McGillicuddy nigdy niczego nie zmyśla – oświadczyła kategorycznie panna Marple. – Dlatego właśnie jej ufam. Gdyby chodziło o Dorothy Cartwright, wtedy byłaby to zupełnie inna sprawa. Ona zawsze ma jakieś ciekawe historyjki do opowiedzenia, a często sama w nie wierzy; zwykle zawierają tylko ziarnko prawdy.

Elspeth natomiast z trudem może się zmusić, by uwierzyć, że coś nadzwyczajnego czy niezwykłego mogłoby się w ogóle wydarzyć. Nie ulega żadnym wpływom, niczym granit.

– Rozumiem – powiedziała Lucy w zamyśleniu. – Cóż, przyjmijmy, że jest to fakt. Jaką rolę przewiduje pani dla mnie w tej sprawie?

– Zrobiła pani na mnie wielkie wrażenie, kiedyśmy się poznały – odparła panna Marple. – A ja, widzi pani, nie mam już dosyć sił, by się osobiście wszystkim zająć.

– Chce pani, bym prowadziła dochodzenie? O to chodzi? Czy policja nie podjęła odpowiednich czynności? A może sądzi pani, że się po prostu nie przyłożyli?

– Ależ nie, nie byli niedbali – zapewniła panna Marple. – Mam natomiast pewną teorię. Ciało tej kobiety musi gdzieś być. Skoro nie znaleziono go w pociągu, to oczywiste, że zostało z niego wyrzucone, ale w pobliżu torów zwłok nie odkryto. Odbyłam podróż tą samą trasą, by sprawdzić, czy ciało nie mogło zostać wyrzucone z pociągu w takim miejscu, gdzie niełatwo byłoby na nie trafić. Jest takie miejsce! Tory kolejowe tworzą wielki łuk przed wjazdem do Brackhampton, i biegną skrajem wysokiego nasypu. Gdyby ciało wyrzucono, kiedy pociąg jechał w przechyle, sądzę, że zwaliłoby się w dół z nasypu.

– Z pewnością by je odnaleziono, nawet tam?

– O, tak. Ktoś musiał je zabrać... Ale już do tego przechodzimy. Mam zaznaczone na mapie to miejsce.

Lucy się pochyliła, żeby zobaczyć, co wskazuje palec jej rozmówczyni.

– Teraz należy do Brackhampton – powiedziała panna Marple. – Ale nadal jest posiadłością wiejską, z obszernym parkiem i gruntami, nietkniętą – otoczoną działkami budowlanymi i podmiejskimi domkami. Tę rezydencję, Rutherford Hall, wzniósł w roku 1884 bogaty przemysłowiec nazwiskiem Crackenthorpe. Jego syn, teraz już starszy pan, nadal tam mieszka z córką. Linia kolejowa otacza ponad połowę posiadłości.

– A pani chciałaby, żebym...

– Znalazła tam pracę – dokończyła od razu panna Marple. – Wszyscy poszukują teraz wykwalifikowanej służby i nie wyobrażam sobie, żeby pani nie udało się zatrudnić.

– Nie, nie uważam, żeby to był problem.

– Z tego co wiem, pan Crackenthorpe słynie w okolicy ze skąpstwa. Jeśli zgodzi się pani na niską pensję u niego, uzupełnię ją do wysokości, która, jak sądzę, raczej przewyższałaby obecne stawki.

28

– Ze względu na trudności?

– Nie tyle trudności, ile raczej niebezpieczeństwo. Muszę panią ostrzec, że to może być niebezpieczne.

– Nie wiem, czy zagrożenie mnie zniechęca – powiedziała Lucy głęboko zamyślona.

– Jasne. Nie jest pani tego rodzaju osobą.

– Pewnie myślała pani, że coś takiego nawet mnie skusi? Spotkałam się z bardzo niewieloma niebezpieczeństwami w życiu. Pani naprawdę wierzy, że może mi coś grozić?

– Ktoś popełnił przestępstwo niemal doskonałe – zwróciła uwagę panna Marple. – Nie było żadnego zamieszania, żadnych konkretnych podejrzeń. Dwie starsze panie opowiedziały dość nieprawdopodobną historię, policyjne dochodzenie nie potwierdziło faktu popełnienia morderstwa. Brak więc podstaw do wszczęcia śledztwa. Nie sądzę, żeby zabójca, kimkolwiek jest, siedział spokojnie, kiedy się zacznie sprawę rozgrzebywać. Zwłaszcza jeśli pani dociekliwość będzie skuteczna.

– Ustalmy: czego właściwie mam szukać?

– Wszelkich śladów wzdłuż nasypu, kawałka materiału, połamanych krzewów, tego typu konkretów.

– A wówczas?

– Będę pod ręką – odparła panna Marple. – Moja dawna służąca, wierna Florence, mieszka w Brackhampton. Przez lata opiekowała się swoimi starymi rodzicami. Oboje już nie żyją. Teraz przyjmuje lokatorów, samych szacownych ludzi. Zamieszkam u niej. Na pewno troskliwie się mną zajmie, a ja będę z panią w kontakcie. Proponuję, żeby pani wspomniała o starej ciotce, blisko której chciałaby pani dostać pracę. Proszę zażądać, w granicach rozsądku, wolnego czasu, żeby móc często odwiedzać staruszkę.

Lucy się zgodziła:

– Pojutrze miałam jechać na Taorminę. Ale przełożę urlop. Mogę jednak obiecać pani tylko trzy tygodnie. Potem jestem już umówiona.

– Tyle czasu powinno wystarczyć. Jeśli nic nie odkryjemy przez trzy tygodnie, możemy o całej sprawie zapomnieć.

Panna Marple pożegnała się, a Lucy, po chwili zastanowienia, zadzwoniła do biura pośrednictwa pracy w Brackhampton, którego kierowniczkę bardzo dobrze znała. Wytłumaczyła chęć otrzymania pracy w sąsiedztwie potrzebą codziennej opieki nad starą ciotką. Po odrzuceniu z pewnymi trudnościami i ogromną pomysłowością kilku proponowanych miejsc, wymieniono Rutherford Hall.

– Dokładnie czegoś takiego chcę – powiedziała Lucy pewnym tonem.

Z biura zatelefonowano do panny Crackenthorpe, która następnie zadzwoniła do Lucy. Dwa dni później utalentowana służąca wyjechała z Londynu w kierunku Rutherford Hall.

II

Prowadząc swój mały samochód, Lucy Eyelesbarrow przejechała przez imponująco szeroką, żelazną bramę. Zaraz za nią znajdowało się coś, co kiedyś było domkiem odźwiernego, a teraz popadło w ruinę. Czy to rezultat wojny, czy zaniedbania – trudno stwierdzić. Długi, zakręcony podjazd wiódł ku domowi między dużymi, bujnymi kępami rododendronów. Ujrzawszy dom, Lucy złapała oddech z lekkim trudem. Był to rodzaj zamku Windsor w miniaturze. Kamiennym stopniom prowadzącym do drzwi przydałoby się na pewno więcej troski, a żwirowy podjazd zieleni! się chwastami.

Pociągnęła za staroświecką rączkę z kutego żelaza i dźwięk dzwonka rozległ się gdzieś w głębi domu. Drzwi otworzyła niechlujna kobieta, która spojrzała na Lucy podejrzliwie, i wycierając ręce w fartuch, rzuciła opryskliwie:

– Umówiona, nie? Panna Coś tam-barrow, tak mi mówiła.

Lucy potwierdziła.

Wewnątrz domu było przeraźliwie zimno. Przewodniczka powiodła ją przez ciemny hol i otworzyła drzwi po prawej. Ku zaskoczeniu Lucy, pokój okazał się całkiem przyjemnym salonikiem, z książkami i z krzesłami obitymi perkalem.

– Powiem jej – burknęła kobieta, patrząc na Lucy z niechęcią i wyszła, zatrzaskując drzwi.

Otworzyły się po kilku minutach. Od pierwszej chwili Lucy zdecydowała, że lubi Emmę Crackenthorpe. Była to kobieta w średnim wieku, o niezbyt wyrazistych rysach, ani ładna, ani pospolita, z ciemnymi włosami zaczesanymi na bok z czoła, orzechowymi oczami i bardzo przyjemnym głosem, schludnie ubrana w tweedową spódnicę i pulower.

– Panna Eyelesbarrow? – spytała, wyciągając rękę. Wydawała się nieco zaskoczona, w jej głosie brzmiała niepewność:

– Nie wiem, czy ta posada odpowiada pani oczekiwaniom. Nie potrzebuję gospodyni do nadzorowania służby, lecz kogoś do roboty.

Lucy wyjaśniła, że właśnie tego wymaga większość jej pracodawców.

Emma Crackenthorpe powiedziała przepraszającym tonem:

– Wielu osobom chyba się wydaje, że wystarczy tylko odkurzanie, ale to mogę robić sama.

– Doskonale rozumiem – odparła Lucy. – Chodzi pani o gotowanie i zmywanie, sprzątanie i palenie w piecu. W porządku. Tym właśnie się zajmuję. Nie boję się pracy.

– Obawiam się, że to duży dom i niezbyt wygodny, ale jest kuchnia elektryczna i bojler z ciepłą wodą. Zamieszkujemy, rzecz jasna, tylko część budynku, to znaczy ja i ojciec, już niezbyt sprawny. Żyjemy raczej spokojnie. Mam kilku braci, lecz nie bywają tu zbyt często. Dochodzą do pomocy dwie kobiety, pani Kidder co rano, a pani Hart trzy razy w tygodniu; czyszczą srebra i wykonują rozmaite prace. Pani ma samochód?

– Mam. Może stać na dworze, jeśli nie ma go gdzie wstawić.

– Och, jest mnóstwo starych stajni. Nie ma problemu. – Zmarszczyła brwi. – Eyelesbarrow to raczej niezwykłe nazwisko. Moi znajomi, rodzina Kennedych, opowiadali mi o jakiejś Lucy Eyelesbarrow.

– Tak, w północnym Devonie. Byłam u nich, kiedy pani Kennedy urodziła dziecko.

Emma Crackenthorpe uśmiechnęła się.

– Mówili, że nigdy nie było im tak dobrze, jak wtedy, kiedy pani zajmowała się wszystkim. Ale sądziłam, że jest pani okropnie droga. Kwota, o której mówiłam...

– Jest całkiem wystarczająca – zapewniła pośpiesznie Lucy. – Widzi pani, zależy mi na tym, żeby być blisko Brackhampton. Mam starą ciotkę w kiepskim stanie zdrowia i chcę być w pobliżu niej. Dlatego wynagrodzenie ma znaczenie drugorzędne, nie mogę zaś sobie pozwolić, żeby nic nie robić. Czy mogłabym liczyć na trochę wolnego czasu codziennie?

– Ależ oczywiście. Każde popołudnie do szóstej, odpowiada pani?

– Doskonale.

Panna Crackenthorpe zawahała się przez moment:

– Mój ojciec jest w podeszłym wieku i niekiedy bywa trochę... uciążliwy. Zwraca wielką uwagę na oszczędności i mówi czasem ludziom nieprzyjemne rzeczy. Nie chciałabym...

Lucy przerwała prędko:

– Przywykłam do najróżniejszych zachowań osób w podeszłym wieku. Zawsze mi się udaje nawiązać z nimi dobry kontakt.

Emma Crackenthorpe wyraźnie odczuła ulgę.

Problemy z ojcem! – pomyślała Lucy. Założę się, że to stary piekielnik.

Przydzielono jej wielką i ponurą sypialnię z małym grzejnikiem elektrycznym, który robił wszystko, co było w jego ograniczonej mocy, by ogrzać nieprzytulny pokój. Pani Crackenthorpe oprowadziła ją po domu – obszernej, niewygodnej rezydencji. Gdy przechodziły obok kolejnych drzwi w holu, jakiś głos ryknął:

– To ty, Emmo? Masz już tę nową? Dawaj ją tutaj! Chcę na nią popatrzeć!

Emma się zarumieniła i spojrzała przepraszająco na Lucy. Weszły do pokoju obitego ciemną tkaniną, pełnego ciężkich, mahoniowych, wiktoriańskich mebli. Wąskie okna wpuszczały tu niewiele światła.

Stary pan Crackenthorpe siedział rozparty na wózku inwalidzkim, trzymając przy boku laskę ze srebrną gałką. Był wysokim, zasuszonym mężczyzną, a pomarszczona skóra zwisała luźnymi fałdami. Miał twarz buldoga z wojowniczo wysuniętym podbródkiem i małymi, podejrzliwie spoglądającymi oczami. Jego gęste, ciemne włosy były poprzetykane siwizną.

– Spójrzmy no na ciebie, młoda damo.

Lucy zbliżyła się, opanowana i uśmiechnięta.

– Lepiej będzie, jeśli od razu zrozumiesz jedno: to, że mieszkamy w dużym domu, nie znaczy wcale, że jesteśmy bogaci. Nie jesteśmy! Żyjemy skromnie, słyszysz? Skromnie! Nie ma co tu przychodzić z ekstrawaganckimi pomysłami. Dorsz jest równie dobrą rybą na co dzień, jak płastuga, zapamiętaj to sobie. Nie znoszę marnotrawstwa. Mieszkam tu, bo mój ojciec wybudował ten dom, a mnie on się podoba. Kiedy umrę, mogą go sprzedać, jeśli przyjdzie im ochota, a spodziewam się, że tak właśnie będzie. Ani za grosz uczuć rodzinnych! Ten dom jest solidnie zbudowany, a wokół rozciąga się nasza własna ziemia. Daje to nam poczucie prywatności – jesteśmy u siebie. Wiele by się zarobiło na sprzedaży gruntu pod zabudowę, ale nie póki ja żyję. Nie wyrzucicie mnie stąd, chyba tylko nogami do przodu! – Spiorunował wzrokiem córkę.

– Pański dom jest pańską twierdzą – powiedziała Lucy.

– Naśmiewasz się ze mnie?

– Oczywiście, że nie. Myślę, że to naprawdę niezwykłe: mieć prawdziwą wiejską posiadłość w samym mieście.

– Właśnie. Mieszka się w centrum, a nie zobaczy stąd innego domu. Pola, łąki, a na nich krowy, w samym środku Brackhampton. Słychać trochę ruch uliczny, jeśli wiatr wieje akurat od śródmieścia, ale, poza tym, to ciągle wieś.

Bez żadnej przerwy, ani zmiany tonu, zwrócił się do córki:

– Zadzwoń do tego cholernego durnia lekarza. Powiedz, że to, co mi ostatnio zapisał, jest całkiem do niczego.

Lucy i Emma uznały rozmowę za zakończoną. Kiedy wychodziły, krzyknął za nimi:

– I nie przysyłać mi tej przeklętej baby, która tu wyciera kurze. Poprzekładała mi wszystkie książki!

Lucy spytała:

– Czy pan Crackenthorpe od dawna jest inwalidą?

– Och, już od lat... – odpowiedziała Emma wymijająco. – Tu jest kuchnia.

Była olbrzymia. Obok zimnego pieca kuchennego, o którym dawno zapomniano, stała skromnie nowoczesna kuchenka elektryczna. Lucy zapytała o pory posiłków, przeprowadziła inspekcję spiżarni i zwróciła się do panny Crackenthorpe:

– Wiem już teraz wszystko. Proszę się o nic nie kłopotać i polegać na mnie.

Emma Crackenthorpe, idąc tej nocy na górę, do swej sypialni, westchnęła z ulgą. Pomyślała sobie, że Kennedy mieli rację. Ona jest cudowna.

Następnego ranka Lucy wstała o szóstej. Posprzątała dom, podała śniadanie i przygotowała warzywa. Wraz z panią Kidder posłały łóżka i o jedenastej zasiadły obie w kuchni do gorącej herbaty i biszkoptów. Pani Kidder, nieco rozbrojona tym, że Lucy nie stroiła fochów, a także mocną i dobrze posłodzoną herbatą, złagodniała i dała upust pasji do plotkowania. Była drobną, szczupłą kobietą o ostrym spojrzeniu i zaciśniętych ustach.

– Stary to kutwa. Ileż pani Emma musi znosić! Jednakowoż, nie jest, jak ja to mówię, stłamszona. Potrafi postawić na swoim, jeżeli bardzo jej na czymś zależy. Kiedy panicze się zjeżdżają, zawsze dopatrzy, żeby było coś porządnego do zjedzenia.

– Panicze?

– Tak. To była duża rodzina. Najstarszy, panicz Edmund, został zabity na wojnie. Drugi jest panicz Cedryk, który mieszka gdzieś za granicą. Nie ożenił się. Maluje obrazy. Panicz Harold pracuje w City, mieszka w Londynie i poślubił lordowską córkę. Potem jest panicz Alfred, przyjemny w obejściu, ale tutaj to czarna owca, raz czy dwa miał kłopoty; jest też mąż panienki Edyty, pan Bryan, zawsze taki miły, jest... Ona umarła kilka lat temu, ale on był przywiązany do rodziny. No i panicz Aleksander, synek panienki Edyty. Uczy się w szkole, a tutaj zawsze spędza część wakacji; panienka Emma go nie znosi.

Lucy trawiła te wiadomości, co rusz pojąc swą informatorkę herbatą. W końcu pani Kidder podniosła się z ociąganiem.

– Chyba świetnie się poznajomiłyśmy. Pomóc ci, kochana, przy ziemniakach?

– Już są gotowe.

– No, ty umiesz sobie dawać radę! Pójdę się lepiej uwinąć u siebie, bo tutaj chyba już nic nie mam do roboty.

Pani Kidder wyszła, a Lucy, mając czas do dyspozycji, wyszorowała stół kuchenny, co mu się dawno należało, ale odkładała na później, żeby nie urazić pani Kidder, do której obowiązków to właściwie należało. Następnie wyczyściła srebra na wysoki połysk. Przygotowała lunch, sprzątnęła po nim i zmyła naczynia, a o drugiej trzydzieści była gotowa do rozpoczęcia poszukiwań. Zrobiła kanapki, ułożyła je na tacy, przykryła wilgotną serwetką, aby nie wyschły.

Przeszła się po ogrodzie, co mogło się wydać zupełnie naturalne. Ogród przykuchenny tylko gdzieniegdzie obsadzony zaledwie kilkoma rodzajami warzyw, cieplarnie znajdowały się w opłakanym stanie, pozostały tylko ruiny, a ścieżki wszędzie zarośnięte chwastami. Za to żywopłot wyglądał na zadbany. Lucy widziała w tym rękę Emmy. Ogrodnik, bardzo stary i prawie głuchy, tylko pozorował pracę. Lucy zagadnęła go miło. Mieszkał w domku, przylegającym do dużego stajennego podwórca.

Boczna aleja dojazdowa wiodła stamtąd przez ogrodzony po obu stronach park, pod wiaduktem kolejowym, do wąskiej bitej drogi. Co kilka minut po torach przetaczały się z łoskotem pociągi. Lucy patrzyła, jak zmniejszały prędkość na ostrym łuku, otaczającym posiadłość Crackenthorpe'a. Przeszła pod wiaduktem i wyszła na drogę, która wyglądała na mało uczęszczaną. Po jednej stronie znajdował się nasyp kolejowy, a po drugiej wysoki mur, odgradzający jakieś duże zabudowania fabryczne. Droga zmieniła się wkrótce w ulicę z małymi domami. Z niewielkiej odległości dochodził hałas ruchu na głównej ulicy. Spojrzała na zegarek. Jakaś kobieta wyszła z domku nieopodal i Lucy zatrzymała ją.

– Przepraszam, czy jest tu gdzieś w pobliżu telefon?

– W budynku poczty, na rogu.

Lucy podziękowała i poszła dalej, aż dotarła do poczty, w której mieścił się jednocześnie sklep. Przy ścianie stała kabina telefoniczna. Weszła do niej i wykręciła numer. Poprosiła pannę Marple. Kobiecy głos zabrzmiał ostro:

– Teraz odpoczywa. I nie będę jej przeszkadzać! Potrzebuje spokoju. Jest w podeszłym wieku. Mam powiedzieć, że kto dzwonił?

– Panna Eyelesbarrow. Nie ma potrzeby jej niepokoić. Proszę tylko przekazać, że przyjechałam, wszystko idzie pomyślnie oraz że dam jej znać, kiedy tylko będę miała coś nowego.

Odłożyła słuchawkę i udała się z powrotem do Rutherford Hall.

Rozdział piąty

I

– Czy nikt nie będzie miał nic przeciwko temu, żebym poćwiczyła trochę w parku uderzenia kijem golfowym?

– Och, z całą pewnością nie. Pani pasjonuje się golfem?

– Nie jestem zbyt dobra, ale lubię ćwiczyć. To znacznie przyjemniejsze niż samo spacerowanie.

– Poza tym miejscem nie ma tu gdzie spacerować – burknął pan Crackenthorpe. – Nic, tylko chodniki i żałosne szeregi małych, pudełkowatych domów. Chcą zagarnąć moją ziemię i zbudować ich jeszcze więcej. Ale póki żyję, nic z tego. Nie zrobię nikomu tej grzeczności i nie umrę szybko. Tyle ci mogę powiedzieć! Tej grzeczności nie zrobię nikomu!

– Ależ, ojcze... – zaczęła Emma Crackenthorpe łagodnie, lecz staruszek przerwał jej natychmiast:

– Ja wiem, co oni myślą i na co czekają. Każdy z nich. Cedryk, i ten przebiegły lis Harold, ze swoją zadufaną miną. Co do Alfreda, to się zastanawiam, czy on nie próbował mnie wykończyć. Nie wiem, czy tak nie było w czasie Bożego Narodzenia. Miałem wtedy bardzo podejrzane sensacje. Aż się stary Quimper zdumiał. Zadał mi sporo dziwnych pytań.

– Każdy miewa od czasu do czasu niedyspozycje żołądkowe, ojcze.

– Dobra, dobra, powiedz wprost, że za dużo zjadłem! Oto, co masz na myśli. A dlaczego przeholowałem? Bo było za dużo jedzenia na stole, o wiele za dużo. Rozrzutność i ekstrawagancja. A to przypomina mi o tobie, młoda damo. Przysłałaś na obiad pięć ziemniaków – i to całkiem sporych. Dwa starczą każdemu w zupełności. Na przyszłość zatem, nigdy nie przysyłaj więcej niż cztery. Ten dodatkowy się dziś zmarnował.

– Nie zmarnował się, panie Crackenthorpe. Zamierzam go wieczorem wykorzystać do tortilli.

Wychodząc z pokoju z tacą do kawy, Lucy usłyszała, jak mówił:

– Szczwana dziewczyna! Na wszystko ma gotową odpowiedź. Gotuje jednak dobrze, a i niebrzydka z niej sztuka.

Lucy Eyelesbarrow wyjęła jeden ze swoich kijów golfowych, które przewidująco zabrała ze sobą i, przeszedłszy przez furtkę w płocie, udała się do parku.

Zaczęła serię uderzeń. Po około pięciu minutach piłka, najwyraźniej uderzona bokiem, wpadła na nasyp kolejowy. Lucy wspięła się nań i rozpoczęła poszukiwania. Odwróciła się i zerknęła w kierunku domu. Był daleko i nikt nie interesował się nawet w najmniejszym stopniu tym, co robiła. Rozglądała się za swoją piłką. Od czasu do czasu popatrywała z nasypu w dół, na trawę. W ciągu popołudnia przeszukała blisko jedną trzecią terenu, który ją interesował. Nic. Zagrała piłką w stronę domu.

Następnego dnia na coś natrafiła. Krzak głogu, rosnący gdzieś w połowie zbocza, był połamany. Kilka gałęzi leżało rozrzuconych wokoło. Lucy obejrzała dokładnie krzew. Na jednym z kolców zauważyła nadziany nań wydarty strzęp jasnobrązowego futra w kolorze drewna. Przypatrywała mu się chwilę, potem wyjęła z kieszeni nożyczki i ostrożnie rozcięła go na pół. Odciętą połowę włożyła do koperty wyjętej z drugiej kieszeni. Schodząc w dół stromizny, bacznie penetrowała teren – może znajdzie coś jeszcze. Na nierównej powierzchni łąki zauważyła ślad, który ktoś zostawił, idąc po wysokiej trawie. Był jednak bardzo słabo widoczny, znacznie mniej wyraźny od jej własnego. Musiał powstać jakiś czas temu; miała nawet wątpliwości, czy jest on rzeczywisty, czy tylko wytworem jej wyobraźni.

Rozpoczęła metodyczne przeszukiwanie trawy u podnóża nasypu, poniżej złamanego krzewu. Wkrótce wysiłek został nagrodzony. Znalazła tanią, emaliowaną puderniczkę. Zawinęła ją w chusteczkę i włożyła do kieszeni. Szukała dalej, ale nic nie zwróciło jej uwagi.

Następnego popołudnia wsiadła do samochodu i udała się w odwiedziny do niedomagającej ciotki. Emma Crackenthorpe powiedziała uprzejmie:

– Niech się pani nie spieszy z powrotem. Nie będziemy pani potrzebowali przed kolacją.

– Dziękuję, ale i tak będę najpóźniej przed szóstą.

Madison Road nr 4 był małym, nijakim domkiem przy małej, nijakiej ulicy. Uwagę zwracały bardzo czyste firanki z nottinghamskich koronek, lśniąco biały próg i dobrze wypolerowana mosiężna klamka. Drzwi otworzyła wysoka kobieta w czerni. Miała surowy wyraz twarzy i stalowoszare włosy upięte w duży węzeł. Popatrzyła bacznie na Lucy, mierząc ją nieufnym wzrokiem i poprowadziła do panny Marple. Siwa dama oczekiwała jej w czystym aż do przesady bocznym saloniku z widokiem na niewielki, zadbany kwadrat ogrodu. W pokoju, gdzie dominowały raczej ciężkie meble w stylu króla Jakuba, było mnóstwo podstawek, serwetek i porcelanowych ozdób. Stały też dwie paprotki. Starsza pani siedziała w dużym fotelu przy kominku, pochłonięta szydełkowaniem.

Lucy zamknęła za sobą drzwi. Usiadła na krześle naprzeciw panny Marple:

– Wygląda na to, że miała pani rację! – Wydostała swoje znaleziska i opowiedziała, jak je odkryła.

Twarz starszej pani rozświetlił rumieniec satysfakcji.

– Być może, moje słowa są niewłaściwe w tym wypadku, ale rzeczywiście jest przyjemnie, gdy sformułuje się teorię i otrzyma dowód, który ją potwierdza – powiedziała, muskając palcami małą kępkę futra. – Elspeth widziała, że tamta kobieta była w jasnym futrze. Sądzę, że puderniczkę miała w kieszeni; wypadła, kiedy ciało toczyło się po stromiźnie. Nie ma w niej nic charakterystycznego, może jednak pomóc. To cały kawałek futra?

– Nie, połowę zostawiłam na głogu.

Panna Marple pokiwała głową.

– Całkiem słusznie. Jest pani bardzo inteligentna, moja droga. Policja będzie chciała sprawdzić dokładnie.

– Pójdzie pani na policję z tymi rzeczami?

– Chyba jeszcze nie teraz... – odparła po chwili wahania panna Marple. – Myślę, że byłoby lepiej, gdyby najpierw zostało odnalezione ciało. A jak pani sądzi?

– Ma pani rację. Jednak taki wariant jest mało prawdopodobny. To znaczy, zakładając, że pani przypuszczenia są słuszne. Morderca wypchnął ciało z pociągu, a potem sam wysiadł w Brackhampton i kiedyś – zapewne tej samej nocy – przyszedł i je usunął. Mógł zabrać zwłoki gdziekolwiek.

– Nie gdziekolwiek – sprostowała panna Marple. – Nie wydaje mi się, żeby śledziła pani cały tok rozumowania aż do jego logicznych wniosków, droga panno Eyelesbarrow.

– Proszę mówić mi Lucy. Dlaczego nie gdziekolwiek?

– Bo gdyby tak było, to mógłby znacznie łatwiej zabić tę dziewczynę w jakimś odludnym miejscu i wywieźć stamtąd ciało. Nie doceniłaś...

Lucy przerwała jej.
– Czy pani twierdzi... czy chce przez to powiedzieć... że popełniono zbrodnię z premedytacją?
– Początkowo tak nie myślałam – przyznała panna Marple. – Nikt, naturalnie, tak by nie pomyślał. Wyglądało to na kłótnię: mężczyzna traci panowanie nad sobą i dusi, a potem chce jak najszybciej pozbyć się zwłok. Ale to już zbyt wiele, jak na zbieg okoliczności, żeby zabić dziewczynę w porywie wściekłości, wyjrzeć przez okno i stwierdziwszy, że pociąg jedzie po łuku dokładnie w miejscu, gdzie mógł wypchnąć ciało, być pewnym, że trafi tam później i je usunie. Gdyby zwłoki, akurat tam, wyrzucił przypadkowo, nic więcej by z nimi nie zrobił, więc już dawno zostałyby odnalezione. – Urwała.
Lucy patrzyła na nią w osłupieniu.
– Wiesz – ciągnęła panna Marple z namysłem – to naprawdę całkiem sprytny sposób zaplanowania zbrodni, a przypuszczam, że ta została obmyślana bardzo starannie. Pociągi mają w sobie coś bardzo anonimowego. Gdyby zabił kobietę w miejscu, gdzie mieszkała czy przebywała, ktoś mógłby widzieć, jak przychodził czy odchodził. Albo gdyby wywiózł ją gdzieś w głąb kraju, ktoś mógłby zauważyć samochód, jego numery czy markę. Natomiast pociąg pełen jest wsiadających i wysiadających ludzi, zupełnie sobie obcych. W przedziale wagonu bez korytarza, sam na sam z nią, było to całkiem łatwe, szczególnie jeśli zdamy sobie sprawę, że doskonale wiedział, co ma zamiar zrobić później. Wiedział – musiał wiedzieć – o Rutherford Hall i jego położeniu, to znaczy o dziwnym odizolowaniu owego miejsca, niby wyspy okolonej przez tory.
– Posiadłość jest właśnie taka – powiedziała Lucy. – Anachroniczna. Hałaśliwe życie miejskie, toczące się wokół, nie dotyka jej samej. Tylko dostawcy przybywają co rano, i to wszystko.
– Zakładamy więc, że tamtej nocy morderca przybył do Rutherford Hall. Było już ciemno, kiedy wyrzucił ciało i nikt nie mógł odkryć zwłok przed następnym dniem.
– Rzeczywiście.
– Jak morderca mógł tam dotrzeć? Samochodem? Ale którędy?
Lucy chwilę się zastanowiła.
– Jest tam droga wzdłuż fabrycznego muru. Prawdopodobnie przyjechałby tamtędy, skręcił pod wiadukt i pojechał wzdłuż bocznego podjazdu. Później przeszedłby przez płot, poszedł wzdłuż podnóża nasypu, znalazł ciało i zaniósł do samochodu.
– I zawiózł w jakieś wcześniej upatrzone miejsce – dopowiedziała panna Marple. – To wszystko było dobrze przemyślane. A ja, wi-

dzisz, nie sądzę, żeby wywiózł zwłoki z terenu Rutherford Hall, a jeśli nawet, to niezbyt daleko. Czy nie byłoby najoczywistszą rzeczą po prostu gdzieś je zakopać? – Spojrzała na Lucy pytająco.

– Też tak uważam – przyznała Lucy po namyśle. – Ale to nie byłoby tak łatwe, jak się wydaje.

Panna Marple przytaknęła.

– Nie zakopałby ciała w parku. Zbyt ciężka praca i łatwa do zauważenia. Raczej gdzieś, gdzie ziemia była już wcześniej kopana?

– Może w ogrodzie warzywnym, ale znajduje się on zbyt blisko domku ogrodnika. Stary co prawda kiepsko słyszy, lecz i tak byłoby to ryzykowne.

– Czy jest tam pies?

– Nie.

– Może jakaś szopa albo przybudówka?

– To się wydaje prostsze i łatwiejsze. Jest tam sporo nieużywanych zabudowań – rozwalone chlewy, wozownie, warsztaty, do których nikt nigdy nawet się nie zbliża. A może wcisnął zwłoki po prostu w kępę rododendronów czy innych krzewów?

– Tak, myślę, że to jest najbardziej prawdopodobne. – Panna Marple pokiwała głową.

Rozległo się pukanie do drzwi i wkroczyła groźna Florence z tacą.

– Miło, że ma pani gościa – zwróciła się do panny Marple. – Zrobiłam moje specjalne *scones*, które pani zawsze lubiła.

– Zawsze robiłaś przepyszne ciastka do herbaty – pochwaliła dawną służącą starsza pani.

Usatysfakcjonowana Florence zmięła twarz w zupełnie niespodziewanym uśmiechu i opuściła pokój.

– Uważam, moja droga, że teraz, przy podwieczorku, nie powinnyśmy rozmawiać o morderstwie – zdecydowała panna Marple. – To taki niemiły temat!

II

– Będę już wracać. Jak mówiłam, nikt z domowników Rutherford Hall nie mógł być tym mężczyzną, którego szukamy. Jest tam tylko starzec, kobieta w średnim wieku i stary, głuchy ogrodnik – powiedziała Lucy, wstając od stołu.

– Nie twierdzę, iż zabójca tam mieszka – odparła panna Marple. – Uważam tylko, że doskonale zna Rutherford Hall. Ale do tego przejdziemy, kiedy już znajdziesz ciało.

– Pani wierzy, że je odnajdę. – Lucy się uśmiechnęła. – Ja nie jestem aż taką optymistką.

– Uda ci się, moja droga. Jesteś przecież niezawodna.

– W niektórych sprawach czuję się pewnie, ale nie mam żadnego doświadczenia w poszukiwaniu zwłok.

– Sądzę, że wszystko, co jest do tego potrzebne, sprowadza się do odrobiny zdrowego rozsądku – stwierdziła starsza pani zachęcająco.

Lucy spojrzała na nią i zaśmiała się, a panna Marple jej zawtórowała.

Następnego popołudnia Lucy zabrała się do pracy. Systematycznie przetrząsała przybudówki, rozchylała krzaki dzikiej róży, otaczające chlewy i właśnie przypatrywała się kotłowni pod cieplarnią, kiedy usłyszała suchy kaszel. Odwróciła się i ujrzała starego ogrodnika Hillmana, patrzącego na nią z dezaprobatą.

– Niechże panienka uważa, żeby tam nie wpaść – ostrzegł ją. – Te tu schody nie są dobre. Była panienka na stryszku, a tam podłoga tyż niepewna.

Lucy starała się nie okazać zakłopotania.

– Myśli pan pewnie, że jestem bardzo wścibska – powiedziała wesoło. – Właśnie się zastanawiałam, czy tego miejsca nie dałoby się jakoś wykorzystać, na przykład hodować tutaj pieczarki na sprzedaż, czy coś takiego. Wszystko tu okropnie zapuszczone.

– Z winy naszego pana, przez niego. Nie wyda ani grosza. Mówiłem, że trzeba tu dwu pomocników i chłopca, by utrzymać to miejsce, jak się patrzy, ale on nie chce słuchać, nie. Robiłem wszystko, coby tylko kupił kosiarkę. Chciał, żebym ręcznie kosił cały ten tam trawnik od frontu!

– Ale gdyby dało się coś na tym zarobić, po pewnych remontach?

– Tego miejsca nie da się już wyszykować, żeby zarabiało. Za daleko to zaszło. A poza tym, on o nic nie dba. Myśli tylko o oszczędzaniu. Dobrze wie, co będzie, kiedy odejdzie: młodzi panowie rychło wszystko wyprzedadzą. Tylko czekają, aż się przekręci. Dostanie im się niezła sumka, jak mu się zemrze, tak żem słyszał.

– Chyba jest bardzo bogaty?

– Zaczął to stary pan, ojciec pana Crackenthorpe'a. Ostry gość, wszyscy tak mówili. Zarobił masę pieniędzy i pobudował to miejsce. Zdrowy był jak rydz i nigdy nie darował swojej krzywdy. Ale przy tym wszystkim miał hojną rękę. Nie było w nim nic ze sknery. Zawiódł się na obu synach, jak powiadają. Wykształcił ich i wychował jak się należy – Oksford i takie tam. Ale byli zbyt dumni, żeby zajmować się interesami. Młodszy poślubił aktorkę, a później rozwalił się po pijaku, zginął w wypadku samochodowym. Starszy, ten nasz

40

tutaj – nigdy go ojciec nie lubiał – często był za granicą, kupował jakieś pogańskie figurki i przysyłał do domu. Za młodu nie był taki chciwy na pieniądze, to przyszło na niego później. Nie, nigdy nie żyli blisko, on i ojciec, tak żem słyszał.

Lucy chłonęła te informacje, starając się stwarzać wrażenie uprzejmego zainteresowania. Stary oparł się o ścianę i szykował do kontynuowania opowieści. Znacznie bardziej wolał rozmowę od jakiejkolwiek pracy.

– Zmarł przed wojną stary pan. Temperamentny był strasznie. Lepiej mu się było nie stawiać, nigdy by tego nie zniósł.

– A potem, jak umarł, nastał tu obecny pan Crackenthorpe?

– On i jego rodzina, taa. Już byli wtenczas prawie dorośli.

– Ale... Ach, rozumiem, ma pan na myśli wojnę roku 1914!

– Nie, nie mam. Zmarł w 1928, to mam na myśli.

– Chciałby pan pewno pracować dalej. Proszę sobie nie przeszkadzać – powiedziała Lucy.

– Ee, tam – wymamrotał Hillman, co bynajmniej nie oznaczało entuzjazmu. – Nie idzie wiele zrobić o tej porze dnia. Światło bardzo kiepskie.

Lucy wróciła do domu, zatrzymując się po drodze, by zbadać zarośla brzeziny i rododendronów, które mogły coś kryć. W holu zastała Emmę Crackenthorpe. Pani domu czytała list, doręczony popołudniową pocztą.

– Mój siostrzeniec przyjedzie tu jutro ze swoim szkolnym kolegą. Pokój Aleksandra jest nad wejściem. Ten obok będzie w sam raz dla Jamesa Stoddarda-Westa. Mogą korzystać z łazienki naprzeciwko.

– Dobrze, panno Crackenthorpe. Dopilnuję, żeby pokoje były przygotowane.

– Przyjadą rano, przed obiadem... – Emma zawahała się – i będą chyba głodni.

– Jestem pewna, że tak – odparła Lucy. – Pieczeń wołowa, jak pani sądzi? I może ciasto z melasą?

– Aleksander uwielbia ciasto z melasą!

Obaj chłopcy przybyli następnego ranka. Mieli dobrze wyszczotkowane włosy, podejrzanie anielskie twarze i nieskazitelne maniery. Aleksander Eastley był niebieskookim blondynem, Stoddard-West brunetem w okularach. Podczas obiadu komentowali z powagą wydarzenia w sportowym świecie, od czasu do czasu nawiązując do najnowszej fantastyki naukowej. Ze sposobu zachowania przypominali starszawych profesorów, prowadzących dyskusję o paleolitycznych znaleziskach. Przy tych chłopcach Lucy czuła się całkiem młoda.

Wołowina zniknęła w okamgnieniu, a ciasto zostało zjedzone co do okruszka.

– Przeżrecie mi cały dom – mruknął pan Crackenthorpe.

Aleksander rzucił mu spojrzenie pełne dezaprobaty.

– Będziemy jeść chleb i ser, skoro nie stać cię na mięso, dziadku.

– Nie stać? Ależ stać. Tylko nie znoszę marnotrawstwa.

– Nic nie zmarnowaliśmy, proszę pana – powiedział Stoddard--West, patrząc na swoje nakrycie, które wyraźnie o tym świadczyło.

– Wy, chłopcy, jecie dwa razy tyle, ile ja.

– Jesteśmy w okresie wzrostu – wyjaśnił Aleksander. – Mamy ogromne zapotrzebowanie na proteiny.

Starzec chrząknął tylko.

Kiedy chłopcy wstawali od stołu, Lucy usłyszała, jak Aleksander mówił przepraszającym tonem do przyjaciela:

– Nie zwracaj najmniejszej uwagi na mojego dziadka. Musi przestrzegać jakiejś szczególnej diety, a to sprawia, że bywa nieraz dziwny. Jest też przeraźliwie skąpy. Sądzę, że to jakiś kompleks.

Stoddard-West odpowiedział ze zrozumieniem:

– Miałem ciotkę, która wciąż myślała, że bankrutuje. Naprawdę miała furę pieniędzy. Patologiczne, tak powiedział lekarz. Czy masz tę piłkę, Aleks?

Lucy sprzątnęła po obiedzie, zmyła naczynia i wyszła. Słyszała chłopców, pokrzykujących na trawniku w oddali. Podążyła w przeciwnym kierunku – najpierw główną aleją dojazdową, stamtąd na przełaj do zwartych kęp rododendronów. Uważnie je przeszukiwała, odchylała liście i zaglądała do środka. Systematycznie przechodziła od kępy do kępy i właśnie grzebała w którejś kijem golfowym, kiedy głos Aleksandra sprawił, że podskoczyła.

– Czy pani czegoś szuka, panno Eyelesbarrow?

– Piłki golfowej – odparła bez chwili wahania. – A właściwie to wielu piłek. Ćwiczyłam uderzenia przez kilka popołudni i straciłam sporo piłek. Pomyślałam, że dzisiaj naprawdę muszę znaleźć przynajmniej niektóre z nich.

– Pomożemy pani – zobowiązał się Aleksander.

– To bardzo uprzejme z waszej strony. Myślałam, że gracie w piłkę.

– Nie sposób bez przerwy kopać piłki – wyjaśnił Stoddard-West. – Można się nadmiernie zgrzać. Czy pani dużo grywa w golfa?

– Lubię to. Nie mam zbyt wiele okazji.

– Spodziewam się, że nie. Pani zajmuje się tu gotowaniem, czy tak?

– Tak.

– To pani dzisiaj gotowała obiad?

– Tak. Smakował wam?

42

– Był po prostu cudowny! – wypalił Aleksander. – W szkole dają nam okropne mięso, całkiem suche. Uwielbiam wołowinę, która jest wewnątrz różowa i soczysta. Ciasto też było fantastyczne.

– Musicie mi powiedzieć, co lubicie najbardziej.

– Czy moglibyśmy któregoś dnia dostać bezy z jabłkami? To lubię najbardziej.

– Oczywiście.

Aleksander sapnął zadowolony.

– Pod schodami jest zestaw do minigolfa. Moglibyśmy ustawić go na trawniku i trochę powrzucać. Co o tym sądzisz, Stodders?

– Dobra – powiedział Stoddard-West z australijskim akcentem. Nie miał naprawdę z Australią nic wspólnego, ćwiczył tylko wymowę na wypadek, gdyby rodzice zabrali go tam na przyszłoroczne rozgrywki krykieta.

Zachęceni przez Lucy, poszli po zestaw do golfa. Później, kiedy wracała do domu, zobaczyła, jak rozkładali go na trawniku, spierając się o rozmieszczenie numerów.

– Nie chcemy, żeby był jak tarcza zegara – tłumaczył Stoddard--West. – To dla dzieci. Trzeba zrobić prawdziwe pole. Krótkie i długie dystanse. Szkoda, że numery są aż tak zatarte. Prawie wcale ich nie widać.

– Wystarczy pociągnąć tylko białą farbą – poradziła Lucy. – Jutro moglibyście je pomalować.

– Dobry pomysł. – Twarz Aleksandra się rozjaśniła. – Przypuszczam, że w Długiej Stodole jest parę starych puszek farby, które zostawili malarze podczas zeszłych wakacji. Zobaczymy?

– Co to takiego Długa Stodoła? – spytała Lucy.

Aleksander wskazał na podłużny, kamienny budynek, usytuowany opodal domu, blisko bocznego podjazdu.

– Jest dość stary – objaśnił. – Dziadek nazywa go Cieknącą Stodołą i mówi, że pochodzi z czasów elżbietańskich, ale to przechwałki. Stodoła należała do farmy, która była tu pierwotnie. Mój pradziadek zburzył stary dom i na jego miejscu wybudował to paskudztwo, w którym teraz mieszkamy. A w Długiej Stodole jest sporo eksponatów z dziadkowej kolekcji – dodał. – Rzeczy, które przysyłał do domu z zagranicy, kiedy był młody. Większość z nich jest też okropna. Długa Stodoła służy czasami do gry w wista i jako miejsce spotkań Women's Institute*. Chodźmy tam.

* Organizacja założona w Kanadzie w 1897, od 1915 r. działająca w Wielkiej Brytanii. Obecnie rozpowszechniona na całym świecie. Zajmuje się w szerokim zakresie problemami kobiet (przyp. tłum.).

Lucy towarzyszyła im chętnie. Do stodoły prowadziły duże, nabijane ćwiekami, dębowe wrota. Aleksander sięgnął ręką na prawo, powyżej framugi i z gwoździa pod bluszczem zdjął klucz. Przekręcił go w zamku i pchnął drzwi, które otworzyły się na oścież. Weszli do środka.

Na pierwszy rzut oka Lucy się wydało, że trafiła do jakiegoś osobliwego muzeum. Pełno tu było kiczowatych przedmiotów i rupieci. Marmurowe głowy dwóch cesarzy rzymskich piorunowały ją spojrzeniem wyłupiastych oczu, stał też sarkofag ze schyłkowego okresu greko-romańskiego, uśmiechająca się głupkowato Wenus na cokole, podtrzymywała kurczowo opadające z niej draperie. Oprócz tych dzieł sztuki, było tam parę składanych stołów, trochę ułożonych w stos krzeseł oraz rozmaite graty: zardzewiała ręczna kosiarka, dwa wiadra, para zżartych przez mole foteli samochodowych i pomalowana na zielono ławka ogrodowa bez nogi.

– Wydaje mi się, że widziałem farbę gdzieś tam – powiedział niepewnie Aleksander. Podszedł do kąta i odsunął obszarpaną zasłonę. Znaleźli kilka puszek farby oraz pędzle, zeschnięte i sztywne.

– Potrzebny będzie rozpuszczalnik – zauważyła Lucy.

Szukali jednak nadaremnie. Postanowili zatem, że pojadą rowerami do miasta i kupią; Lucy poparła gorąco ten pomysł. Miała nadzieję, że malowanie numerów zajmie chłopcom trochę czasu.

– Przydałoby się tu trochę posprzątać – mruknęła.

– Nie trudziłbym się tym – odparł Aleksander. – Sprząta się w stodole, kiedy ma być do czegoś używana, ale o tej porze roku praktycznie nic się tu nie dzieje.

– Zawiesić klucz z powrotem na zewnątrz?

– Tak. Wie pani, tu nie ma nawet co ukraść. Nikt nie połaszczyłby się na te marmurowe okropieństwa, na dodatek ważące chyba z tonę.

Lucy zgodziła się z nim. Nie podzielała artystycznych gustów pana Crackenthorpe'a. Zdawał się mieć nieomylny zmysł do wybierania najgorszego egzemplarza z każdego okresu.

Po wyjściu chłopców, kiedy stała, rozglądając się, zatrzymała spojrzenie na sarkofagu. Ten sarkofag...

Powietrze w stodole było lekko stęchłe, jak w dawno niewietrzonym pomieszczeniu. Podeszła do sarkofagu. Miał ciężkie, szczelnie dopasowane wieko. Lucy popatrzyła na nie z namysłem. Wyszła ze stodoły, pobiegła do domu, znalazła ciężki łom i wróciła.

Nie było to łatwe zadanie, lecz Lucy naciskała wytrwale. Z wolna wieko, podważane łomem, zaczęło się podnosić. Uniosło się wreszcie dostatecznie, aby mogła zobaczyć, co było pod nim...

Rozdział szósty

I

Kilka minut później Lucy, wyraźnie pobladła, wyszła ze stodoły, zamknęła drzwi i zawiesiła klucz na gwoździu pod bluszczem. Wyprowadziła szybko ze stajni swój samochód i wyjechała bocznym podjazdem. Zatrzymała się przed pocztą na końcu ulicy. Weszła do kabiny telefonicznej, włożyła monetę i wykręciła numer.

– Chcę rozmawiać z panną Marple.

– Odpoczywa, panienko. Panna Eyelesbarrow, nieprawdaż?

– Tak.

– Nie będę jej przeszkadzać i kwita, panienko. Jest staruszką i potrzebuje wypoczynku.

– Musi jej pani przeszkodzić. To pilne.

– Nie mam...

– Proszę natychmiast ją poprosić.

Kiedy chciała, potrafiła nadać swemu głosowi twardość stali, a Florence umiała docenić autorytet, gdy się z nim zetknęła.

Po chwili odezwała się panna Marple:

– Słucham...

Lucy wzięła głęboki oddech:

– Miała pani całkowitą rację. Znalazłam je.

– Zwłoki?

– Tak. Kobieta w futrze. Jest w kamiennym sarkofagu, stojącym w czymś pośrednim między stodołą a muzeum, niedaleko od domu. Nie wiem, co zrobić. Powinnam chyba zawiadomić policję?

– Tak. Musisz zawiadomić policję. Natychmiast.

– Mam powiedzieć im o naszym śledztwie? Pierwszą rzeczą, o jaką spytają, będzie, dlaczego podważałam wieko, ważące całe tony,

45

bez żadnego powodu. Może wymyślić jakiś powód? Sądzę, że potrafię.

– Nie – powiedziała panna Marple swoim łagodnym, a zarazem poważnym głosem. – Jedyne, co można zrobić, to powiedzieć całą prawdę.

– O pani?

– O wszystkim.

Niespodziewany uśmiech zagościł na pobladłej twarzy Lucy.

– Dla mnie to będzie dość łatwe. Ale wyobrażam sobie, że im może być raczej trudno w to uwierzyć!

Odłożyła słuchawkę, odczekała chwilę, wykręciła numer i dostała połączenie z posterunkiem policji:

– Właśnie odkryłam zwłoki w sarkofagu w Długiej Stodole przy Rutherford Hall.

– Co takiego?!

Lucy powtórzyła swoje oświadczenie i, uprzedzając następne pytanie, podała personalia.

Pojechała z powrotem, wprowadziła samochód na miejsce i weszła do domu. Przystanęła na moment w holu, zastanawiając się nad czymś. Potem gwałtownie kiwnęła głową i zapukała do drzwi biblioteki, gdzie siedziała Emma Crackenthorpe, pomagając ojcu w rozwiązywaniu krzyżówki z „Timesa".

– Czy mogę panią na chwilę prosić, panno Crackenthorpe?

Emma spojrzała na nią z cieniem niepokoju w oczach. Niepokój był, jak pomyślała Lucy, wyłącznie gospodarskiej natury. Takimi słowy zwykle służba domowa obwieszcza swoje natychmiastowe odejście.

– No, mów głośno, dziewczyno, mów głośno. – Stary pan Crackenthorpe podniósł z irytacją rękę.

Lucy zwróciła się do Emmy.

– Wolałabym pomówić z panią na osobności.

– Bzdury – burknął pan Crackenthorpe. – Mów tu, wprost, co masz do powiedzenia.

– Jedną chwilę, ojcze.

Emma wstała i poszła do drzwi.

– Wszystko bzdury. To może zaczekać – warknął starzec ze złością.

– Obawiam się, że to nie może zaczekać – odparła Lucy.

– Cóż za impertynencja! – wykrzyknął pan Crackenthorpe.

Emma wyszła do holu. Lucy zamknęła dokładnie drzwi.

– O co chodzi? – zapytała Emma. – Jeśli uważa pani, że jest za dużo roboty z chłopcami tutaj, mogę pani pomóc i...

– Nie w tym rzecz – przerwała Lucy. – Nie chciałam mówić przy pani ojcu, bo wiem, że choruje, a to co powiem, mogłoby wywołać szok. Proszę pani, przed chwilą znalazłam zwłoki kobiety w tym wielkim sarkofagu w Długiej Stodole.

Panna Crackenthorpe otworzyła szeroko oczy.

– W sarkofagu? Martwa kobieta? Co też pani opowiada!

– Ale to prawda. Zadzwoniłam na policję. Będą tu lada chwila.

Policzki Emmy lekko się zarumieniły.

– Powinna była pani najpierw powiedzieć mnie, przed zawiadomieniem policji.

– Przykro mi.

– Nie słyszałam, jak pani dzwoniła. – Spojrzenie Emmy powędrowało do telefonu na stoliku.

– Dzwoniłam z poczty na końcu ulicy.

– Zadziwiające. Dlaczego nie stąd?

Lucy zastanawiała się tylko moment:

– Obawiałam się, że chłopcy mogliby być w pobliżu... i usłyszeć, gdybym dzwoniła z holu.

– Rozumiem... Tak... Rozumiem... Przyjeżdżają... mam na myśli policję...

– Już tu są – powiedziała Lucy. Jakiś samochód zajechał z piskiem opon przed drzwi wejściowe, a w całym domu rozległ się dzwonek.

II

– Przykro mi, doprawdy, niezwykle przykro, że musiałem panią o to prosić – tłumaczył się inspektor Bacon.

Trzymając Emmę pod rękę, wyprowadził ją ze stodoły. Była bardzo blada, wyglądała, jakby było jej niedobrze, ale szła sztywno wyprostowana.

– Jestem całkowicie pewna, że nigdy w życiu nie widziałam tej kobiety.

– Bardzo pani dziękujemy. To wszystko, co chciałem wiedzieć, panno Crackenthorpe. Może zechce się pani położyć?

– Muszę iść do ojca. Zatelefonowałam do doktora Quimpera, kiedy tylko się o tym dowiedziałam i teraz jest przy nim.

Doktor Quimper wyszedł z biblioteki, gdy przechodzili przez hol. Był wysokim, dobrodusznym mężczyzną o swobodnym, nieco nawet nonszalanckim sposobie bycia. Pacjenci uważali, że oddziałuje na ich samopoczucie niezwykle krzepiąco.

47

Doktor oraz inspektor ukłonili się sobie.

– Panna Crackenthorpe naprawdę zaimponowała mi opanowaniem w tak przykrej dla niej sytuacji – stwierdził inspektor Bacon.

– Podziwiam cię, Emmo. – Doktor ujął ją pod ramię. – Potrafisz znieść wiele. Zawsze to wiedziałem. Twój ojciec czuje się dobrze. Wejdź po prostu i zamień z nim kilka słów, a potem idź do jadalni i nalej sobie kieliszek koniaku. To ci przepisuję.

Emma uśmiechnęła się do niego z wdzięcznością i weszła do biblioteki.

– Ta kobieta to złoto – powiedział lekarz, patrząc za nią. – Wielka szkoda, że nie wyszła za mąż. Przekleństwo jedynej kobiety w rodzinie samych mężczyzn. Jej siostra się wyrwała, poślubiła młodego oficera, kiedy miała siedemnastkę, zdaje się. A Emma jest naprawdę całkiem ładną kobietą. Byłaby wspaniałą żoną i matką.

– Zbyt oddana ojcu? – spytał inspektor Bacon.

– Chyba nie, ale jest w niej to instynktowne dążenie do uszczęśliwiania swoich mężczyzn, jakie mają niektóre kobiety. Widzi, że ojciec lubi być inwalidą, więc mu na to pozwala. Taka sama jest wobec braci. Cedryk czuje przy niej, że jest dobrym malarzem; ten – jak mu tam – Harold, wie, jak bardzo siostra polega na jego zdrowym rozsądku; cierpliwie wysłuchuje szokujących opowieści Alfreda o jego sprytnych transakcjach. O tak, to mądra kobieta. Cóż, czy jestem panu do czegoś potrzebny? Czy mam popatrzeć na pańskiego trupa, kiedy znakomity lekarz policyjny, Johnstone, już z nim skończy i sprawdzić, czy nie jest to przypadkiem jeden z moich błędów w sztuce lekarskiej?

– Rzeczywiście, proszę, żeby pan rzucił okiem na tę kobietę. Chcielibyśmy ją zidentyfikować. Obawiam się, że dla starego pana Crackenthorpe'a byłoby to zbyt silne przeżycie?

– Przeżycie? Bzdury! Nigdy nie wybaczyłby ani panu, ani mnie, gdybyśmy nie dali mu zerknąć. Siedzi cały czas jak na szpilkach. Nic bardziej podniecającego nie mogło mu się przytrafić od piętnastu lat lub coś koło tego i... nie będzie go kosztować ani pensa!

– Co właściwie mu dolega?

– Ma siedemdziesiąt dwa lata – powiedział doktor. – To wszystko, co mu dolega. Od czasu do czasu dokuczają mu bóle reumatyczne – któż ich nie ma? On nazywa je artretyzmem. Po jedzeniu miewa palpitacje – czemu miałby nie mieć? – Mówi, że to serce. A wolno mu robić wszystko, co chce! Mam mnóstwo takich pacjentów. Ci naprawdę chorzy, zwykle desperacko się upierają, że są zupełnie zdrowi. Chodźmy teraz zobaczyć ciało. Przykry widok, jak sądzę?

– Johnstone ocenia, że kobieta nie żyje od dwóch lub trzech tygodni.

Doktor stał przy sarkofagu i patrzył z nieskrywanym zainteresowaniem, zawodowo obojętny wobec tego, co nazwał „przykrym widokiem".

– Nigdy przedtem nie widziałem jej w Brackhampton. Nie była moją pacjentką. Musiała być ładna... hm... Ktoś ją nieźle załatwił.

Wyszli na zewnątrz. Doktor Quimper spojrzał na budynek.

– Znaleziona w jak... jak to zwą? Długa Stodoła? – W sarkofagu! Fantastyczne! Kto ją znalazł?

– Panna Lucy Eyelesbarrow.

– Nowa pomoc domowa? A po cóż ona grzebała w tym sarkofagu?!

– O to właśnie mam zamiar ją zapytać – odparł inspektor Bacon poważnym tonem. – Wracając do pana Crackenthorpe'a. Czy mógłby pan?...

– Przyprowadzę go.

Pan Crackenthorpe, okutany szalikami, przydreptał żwawo w towarzystwie doktora.

– Haniebne – powiedział. – Absolutnie haniebne! Przywiozłem ten sarkofag z Florencji w... zaraz... to musiało być w 1908... a może w 1909?

– Teraz spokojnie – ostrzegł go doktor. – To nie będzie przyjemne, wie pan.

– Niezależnie od tego, jak bardzo jestem chory, muszę spełnić swój obowiązek, prawda?

Bardzo krótka wizyta w Długiej Stodole okazała się wystarczająco długa, by pan Crackenthorpe z zadziwiającą chyżością poczłapał z powrotem na świeże powietrze.

– Nigdy w życiu jej nie widziałem! Co to znaczy? Doprawdy haniebne. To nie była Florencja, teraz pamiętam, to był Neapol. Bardzo cenny okaz. I jakieś głupie babsko musiało tu przyjść i dać się w nim zabić!

Miętosił nerwowo fałdy grubego płaszcza, mamrocząc:

– To dla mnie za wiele... Moje serce... Gdzie Emma? Doktorze...

Quimper ujął go pod rękę i powiedział:

– Wszystko będzie w porządku. Przepisuję mały środek wzmacniający. Brandy.

Obaj poszli w kierunku domu.

– Sir, prosimy...

Inspektor Bacon się odwrócił. Na rowerach przyjechali dwaj chłopcy, zdyszani mocno.

– Sir, czy możemy zobaczyć ciało?

– Nie, nie możecie.

– Och, tak bardzo pana prosimy, sir. Niech pan nam pozwoli. A może wiemy, kim była. Prosimy pana, sir, no niech pan będzie równy. To nie w porządku. Popełniono morderstwo, właśnie tu, w naszej stodole. Taka okazja może się więcej nie powtórzyć. Niech pan będzie równy, sir.

– A kim wy jesteście?

– Nazywam się Aleksander Eastley, a to mój przyjaciel James Stoddard-West.

– Czy kiedykolwiek widzieliście gdzieś tu w okolicy blondynkę w jasnym, farbowanym futrze z wiewiórek?

– Cóż, nie mogę sobie dokładnie przypomnieć – zaczął przebiegle Aleksander. – Gdybym mógł spojrzeć...

– Wprowadź ich, Sanders – rozkazał inspektor Bacon konstablowi, stojącemu przy drzwiach stodoły. – Raz tylko jest się młodym!

– Och sir, dziękujemy, dziękujemy panu bardzo! – wykrzykiwali obaj chłopcy. – To bardzo uprzejme z pana strony!

Bacon skierował się w stronę domu.

– A teraz po pannę Lucy Eyelesbarrow – mruknął do siebie zasępiony.

III

Zaprowadziwszy policję do stodoły, po zwięzłym przedstawieniu swoich działań, Lucy usunęła się w cień wydarzeń, ale nie miała najmniejszych złudzeń, że jej rola się skończyła.

Właśnie przygotowywała ziemniaki na frytki, kiedy dotarła do niej wiadomość, że inspektor Bacon chce z nią porozmawiać. Odstawiwszy na bok miskę z wodą, w której były pokrojone ziemniaki, poszła za policjantem do inspektora. Usiadła i czekała spokojnie na pytania. Po spisaniu jej danych personalnych dodała od siebie:

– Podam panu kilka nazwisk i adresów, pod którymi może pan spytać o moje referencje.

Wymieniła bardzo dobre: admirała, dziekana jednego z kolegiów oksfordzkich oraz pewnej damy Imperium Brytyjskiego. Wbrew sobie, inspektor Bacon był pod wrażeniem.

– A więc, panno Eyelesbarrow, poszła pani do Długiej Stodoły po farbę. Czy tak? Wzięła pani farbę, przyniosła łom, podważyła wieko sarkofagu i znalazła ciało. Czego pani szukała w tym sarkofagu?

– Szukałam ciała.

– Szukała pani ciała – i znalazła! Czyż nie wydaje się to pani nader niezwykłą historią?

– O, tak, to niezwykła historia. Może pozwoli pan, że to wyjaśnię.
– Oczywiście, myślę, iż lepiej będzie, jeśli to pani zrobi.

Lucy opowiedziała mu dokładnie o wydarzeniach, które doprowadziły do jej sensacyjnego odkrycia.

Inspektor podsumował wzburzony:

– Została pani wynajęta przez pewną staruszkę, która poleciła pani przyjąć tu posadę, aby poszukać zwłok na terenie posiadłości, czy tak?

– Tak.

– Kim jest ta staruszka?

– Panna Jane Marple. Przebywa obecnie przy Madison Road pod numerem czwartym.

Inspektor zapisał.

– Sądzi pani, że uwierzę w tę historię?

Lucy odpowiedziała spokojnie:

– Chyba nie, dopóki nie rozmówi się pan z panną Marple i nie uzyska potwierdzenia moich słów.

– A pewnie, że się z nią rozmówię. Musi być stuknięta.

Lucy powstrzymała się od stwierdzenia, iż to, że ktoś, jak się okazuje, ma rację, nie jest dowodem choroby umysłowej. Zamiast tego spytała:

– Co pan zamierza powiedzieć pannie Crackenthorpe? To znaczy, o mnie?

– Dlaczego pani pyta?

– Cóż, jeśli chodzi o pannę Marple, to wykonałam już zlecenie. Znalazłam ciało, które miałam odszukać. Ale wciąż pracuję u panny Crackenthorpe, a w domu jest dwóch głodnych chłopców. Prawdopodobnie, po tym całym zamieszaniu, wkrótce zjedzie się tu jeszcze więcej rodziny. Panna Crackenthorpe potrzebuje pomocy domowej. Jeśli powie jej pan, że po to tylko przyjęłam tę posadę, żeby szukać zwłok, to najprawdopodobniej mnie wyrzuci. Gdyby się jednak nie dowiedziała prawdy, mogłabym pracować nadal i być jej pomocna.

Inspektor popatrzył na nią twardo.

– Nic nikomu teraz nie powiem. Nie sprawdziliśmy jeszcze pani oświadczeń. Mogła pani przecież to wszystko zmyślić.

Lucy wstała.

– Dziękuję panu. Wracam więc do kuchni i biorę się do roboty.

Rozdział siódmy

I

– Chyba lepiej, żebyśmy wciągnęli w to Scotland Yard, czy nie uważasz, Bacon? – Komisarz okręgowy spojrzał na niego badawczo. Inspektor był postawnym, flegmatycznym mężczyzną, o wyrazie twarzy kogoś do głębi zdegustowanego niedoskonałością świata.
– Ta kobieta nie była tutejsza, sir – powiedział. – Niewykluczone, sądząc po rodzaju jej bielizny, że to cudzoziemka. Rzecz jasna – dodał pośpiesznie – jeszcze tego na razie nie ujawniamy. Trzymamy w zanadrzu, aż do rozprawy u koronera.
Komisarz pokiwał głową.
– Rozprawa będzie, zdaje się, czystą formalnością?
– Tak, sir. Widziałem się z koronerem.
– I ustalona jest na... kiedy?
– Na jutro. Wiem, że przybędą na nią pozostali członkowie rodziny Crackenthorpe'ów. Będą tu wszyscy.
Zajrzał do trzymanej w ręku listy.
– Harold Crackenthorpe jest dosyć ważną figurą w City, o ile mi wiadomo. Alfred – nie wiem dokładnie, czym się zajmuje. Cedryk – mieszka za granicą. Maluje!
Inspektor wymówił to słowo z ironią, przesadnie akcentując. Komisarz uśmiechnął się pod wąsem.
– Nie ma chyba żadnej podstawy do twierdzenia, iż rodzina Crackenthorpe'ów była w jakikolwiek sposób w to zamieszana?
– Żadnej, poza tą, że ciało znaleziono na ich terenie – powiedział inspektor Bacon. – No i oczywiście jest jeszcze możliwe, że artysta Cedryk mógłby je zidentyfikować. Nie daje mi spokoju ta bzdurna historyjka o pociągu.

52

– Ach, tak. Był pan u tej staruszki, tej... ee... – Zajrzał do notatki na biurku. – Panny Marple?

– Tak, sir. Obstaje przy swojej wersji wydarzeń. Czy jest stuknięta, czy nie, nie wiem, ale twierdzi uparcie, że opowieść przyjaciółki nie powstała za sprawą bujnej wyobraźni. Dla mnie to czysta fantazja, tak jak różne inne bajdy wymyślane często przez staruszki – latające talerze widziane na końcu ogrodu i rosyjscy szpiedzy w bibliotece publicznej. Ale z całą pewnością wynajęła dziewczynę, tę damę-pomoc domową, każąc jej szukać ciała. Toteż szukała.

– I znalazła – zauważył komisarz. – Cóż, to bardzo szczególna historia. Marple, panna Jane Marple, skądś znam to nazwisko... W każdym razie, zwrócę się do Scotland Yardu. Myślę, że ma pan rację: to nie jest lokalna sprawa, choć nie będziemy tego jeszcze nagłaśniać. Na razie jak najmniej informacji dla prasy.

II

Rozprawa u koronera była czystą formalnością. Nie stawił się nikt, kto mógłby zidentyfikować zmarłą. Wezwano Lucy do złożenia zeznania i przedstawiono orzeczenie lekarskie o przyczynie zgonu: uduszenie. Następnie rozprawę odroczono.

Było zimno i wietrznie, kiedy rodzina Crackenthorpe'ów wychodziła z budynku, w którym odbyła się rozprawa. Pojawili się wszyscy: Emma, Cedryk, Harold, Alfred i Bryan Eastley, mąż ich zmarłej siostry Edyty. Był też pan Wimborne, główny udziałowiec firmy prawniczej, zajmującej się sprawami rodziny. Przyjechał specjalnie z Londynu, mimo niewygód, aby uczestniczyć w rozprawie. Przez chwilę wszyscy stali na chodniku, drżąc z zimna. Obok zebrał się spory tłumek; sensacyjne szczegóły o „trupie w sarkofagu" opublikowała prasa, zarówno lokalna, jak i londyńska.

Rozległy się stłumione głosy:

– To oni...

Emma powiedziała ostro:

– Uciekajmy stąd.

Do krawężnika podjechał duży, wynajęty daimler. Emma wsiadła pierwsza i gestem zaprosiła Lucy. Zmieścili się także pan Wimborne, Cedryk i Harold. Bryan Eastley oznajmił:

– Zabiorę Alfreda moim wspaniałym pojazdem.

Szofer zamknął drzwi i daimler szykował się do odjazdu.

– Och, proszę zaczekać! – krzyknęła Emma. – Tam są chłopcy!

Obu, mimo gwałtownych protestów, zostawiono w Rutherford Hall, a nagle pojawili się uśmiechnięci od ucha do ucha.

– Przyjechaliśmy na rowerach – wyjaśnił Stoddard-West. – Policjant był bardzo miły i wpuścił nas na tył sali. Mam nadzieję, że pani się nie gniewa, panno Crackenthorpe – dodał grzecznie.

– Nie gniewa się – odpowiedział za siostrę Cedryk. – Tylko raz jest się młodym. To chyba wasza pierwsza rozprawa?

– Jesteśmy raczej rozczarowani – wyznał szczerze Aleksander. – Tak szybko było po wszystkim.

– Nie możemy tu stać i rozmawiać – rzucił Harold z irytacją. – Zebrał się już niezły tłum. I ci wszyscy ludzie z aparatami!

Na dany przez niego znak kierowca ruszył. Chłopcy rozbawieni, machali rękami.

– „Tak szybko było po wszystkim"! – powtórzył Cedryk. – Tak myślą, biedne niewiniątka. To dopiero początek.

– Cała sprawa jest bardzo niefortunna. Nader niefortunna – stwierdził Harold. – Sądzę...

Spojrzał na pana Wimborne'a, który, zacisnąwszy wąskie usta, z niesmakiem pokręcił głową:

– Mam nadzieję, że wszystko wkrótce się wyjaśni. Policja była bardzo szybka. Jednakże cała sprawa, jak powiedział Harold, jest nader niefortunna.

Mówiąc to, patrzył na Lucy, a jego pełen dezaprobaty wzrok zdawał się mówić: gdyby nie ta kobieta, wtykająca nos w nie swoje sprawy, nic by się nie zdarzyło.

Taki właśnie pogląd, albo bardzo zbliżony, wyartykułował Harold Crackenthorpe:

– Nawiasem mówiąc, panno... ee... ee... Eyelesbarrow, co sprawiło, że zajrzała pani do sarkofagu?

Lucy już się zastanawiała, komu z rodziny przyjdzie do głowy ta myśl. Wiedziała, że policja od razu zada takie właśnie pytanie; zaskakujące, że nie nasunęło się aż do tej pory nikomu innemu.

Cedryk, Emma, Harold i pan Wimborne – wszyscy teraz na nią patrzyli.

Odpowiedź, jakkolwiek by ją oceniać, miała, naturalnie, już wcześniej przygotowaną.

– Doprawdy nie wiem... – odezwała się niepewnie. – Uważałam, że całe pomieszczenie wymagało dokładnego posprzątania i wyczyszczenia. Był tam też – zawahała się – bardzo szczególny i nieprzyjemny zapach...

Słusznie liczyła na natychmiastową i pełną odrazy reakcję wszystkich na ten przykry szczegół.

Pan Wimborne wymruczał:

– Tak, tak, oczywiście... Lekarz policyjny powiedział: około trzech tygodni... Myślę, że powinniśmy spróbować o tym zapomnieć... – Uśmiechnął się krzepiąco do Emmy, która mocno pobladła. – Pamiętajmy, że ta przeklęta kobieta nie miała nic wspólnego z żadnym z nas.

– Ale tego nie może pan być całkiem pewien, prawda? – powiedział Cedryk.

Lucy spojrzała na niego z zainteresowaniem. Zaintrygowały ją już wcześniej uderzające wręcz różnice w wyglądzie trzech braci. Cedryk był dużym mężczyzną z ogorzałą twarzą, rozczochranymi włosami i miał wesołe usposobienie. Przyjechał z lotniska nieogolony, i choć u koronera stawił się już bez zarostu, nie zmienił ubrania, które było prawdopodobnie jego jedynym: znoszone spodnie z szarej flaneli, połatana, wytarta i powypychana marynarka. To wszystko nadawało mu nieco wystylizowany wygląd przedstawiciela bohemy, a czego wydawał się dumny.

Brat Harold był jego przeciwieństwem – doskonały okaz dżentelmena z City, dyrektora ważnych spółek. Wysoki, wyprostowany i elegancki w ruchach, miał ciemne włosy, lekko rzednące na skroniach i czarne wąsiki. Nieskazitelnie ubrany w ciemny, dobrze skrojony garnitur z właściwie dobraną koszulą i krawatem, wyglądał na tego, kim był w istocie: rozsądnym, odnoszącym sukcesy biznesmenem. Zwrócił się do brata z naganą w głosie:

– Doprawdy, Cedryku, to bardzo niestosowna uwaga.

– A to dlaczego? W końcu była w naszej stodole. Po co tam przyszła?

Pan Wimborne odkaszlnął.

– Prawdopodobnie, jakaś hm... schadzka. Jeśli się nie mylę, było powszechnie wiadome w okolicy, że klucz znajduje się na gwoździu przy wejściu.

Ton jego głosu sugerował bezwzględne potępienie lekkomyślności takiego postępowania. Było to tak wyraźne, że Emma, by się usprawiedliwić, wyjaśniła w czym rzecz:

– Klucz zostawialiśmy tam w czasie wojny. W stodole był mały grzejnik spirytusowy i wartownicy z obrony przeciwlotniczej podgrzewali sobie na nim kakao. A ponieważ nie przechowywaliśmy tam nic cennego, potem wieszaliśmy klucz, jak zwykle; teraz czynimy tak dla wygody pań z Women's Institute. Gdybyśmy go trzymali w domu, mogłoby to być krępujące – w razie naszej nieobecności nie mogłyby skorzystać z pomieszczenia. Mając tylko dochodzącą służbę, żadnej na stałe w domu...

Mówiła mechanicznie, wyjaśniając sprawę klucza obszernie, ale była myślami gdzieś daleko, co dało się zauważyć.

Cedryk zerknął na nią, zaniepokojony.

– Martwisz się, siostrzyczko. Co ci jest?

Harold nie krył oburzenia:

– Ależ Cedryku, jak możesz pytać?!

– A tak, pytam. Zgadza się, że obca, młoda kobieta dała się zabić w stodole Rutherford Hall, co brzmi jak wiktoriański melodramat, zgadza się też, że Emma przeżyła w pewnym momencie wstrząs, ale była zawsze rozsądną dziewczynką i nie rozumiem, dlaczego ciągle się martwi. Przecież do wszystkiego można się przyzwyczaić.

– Jak widać przyzwyczajanie się do morderstwa u niektórych trwa dłużej, niż w twoim wypadku – skwitował Harold kwaśno. – Zapewne na Majorce zbrodnie są rzeczą zgoła powszednią i...

– Na Ibizie, nie na Majorce.

– Wszystko jedno.

– Ależ nie, to dwie zupełnie różne wyspy.

Harold ciągnął niezrażony:

– Przyjmij do wiadomości, że choć zbrodnia może być dla ciebie – jako że mieszkasz pośród gorącokrwistych południowców – czymś zwyczajnym, jednak my, tu w Anglii, takie sprawy traktujemy poważnie. I doprawdy, Cedryku – dodał z rosnącą irytacją – pojawiać się na publicznej rozprawie w takim stroju...

– Coś jest nie tak z moimi ciuchami? Są wygodne.

– Ale niestosowne.

– No cóż, w każdym razie są to jedyne ciuchy, jakie mam ze sobą. Nie spakowałem swojego kufra, kiedy wyruszałem w pośpiechu do domu, żeby być z rodziną w tych trudnych chwilach. Jestem malarzem, a malarze lubią się czuć swobodnie w swoich ubraniach.

– A więc wciąż próbujesz malować?

– Słuchaj, Harold, kiedy mówisz „próbujesz malować"...

Pan Wimborne chrząknął i obrzucił braci karcącym spojrzeniem.

– Ta dyskusja jest bezcelowa – rzekł chłodno. – Mam nadzieję, droga Emmo, że powiesz mi, czy mógłbym być wam jeszcze w jakikolwiek sposób pomocny, zanim udam się z powrotem do Londynu?

Upomnienie poskutkowało. Emma Crackenthorpe powiedziała prędko:

– To było bardzo uprzejme, że zechciał pan do nas przyjechać.

– Ależ nie ma o czym mówić. Uznałem za konieczne bycie na rozprawie, aby w imieniu rodziny uczestniczyć w postępowaniu. Umówiłem się w domu na spotkanie z inspektorem. Jestem pewien, że choć przeżywacie bardzo trudne i przykre chwile, sytuacja niebawem się wyjaśni. Moim zdaniem, nie ma najmniejszych wątpliwości, co się wydarzyło. Chyba wszyscy w okolicy wiedzieli, gdzie się znajduje klucz do Długiej Stodoły. Wydaje się wysoce prawdopodobne, że pomieszczenie to było wykorzystywane w miesiącach zimowych, przez okoliczne parki, jako miejsce schadzek. Niewątpliwie doszło do kłótni i jakiś młodzieniec stracił nad sobą panowanie. Przerażony swoim uczynkiem, zatrzymał spojrzenie na sarkofagu, uświadamiając sobie, że byłby doskonałym schowkiem.

Lucy pomyślała, że brzmi to całkiem sensownie. Taki przebieg zdarzenia wydaje się bardzo prawdopodobny.

Odezwał się Cedryk:

– Mówi pan: „okoliczne parki", a nikt w okolicy nie rozpoznał tej dziewczyny.

– Jest jeszcze za wcześnie. Przypuszczam, że niebawem zostanie zidentyfikowana. Niewykluczone też, że to mężczyzna był stąd, a dziewczyna przybyła skądinąd, może z jakiejś innej części Brackhampton, jest przecież duże, a w ciągu ostatnich dwudziestu lat bardzo się rozrosło.

– Na miejscu dziewczyny nie zgodziłbym się na randkę w lodowato zimnej stodole, tak oddalonej od miasta – powiedział Cedryk.

– Raczej wolałbym się trochę poprzytulać w kinie, a pani, panno Eyelesbarrow?

– Czy naprawdę musimy w to wszystko wnikać? – zapytał Harold cierpiętniczym tonem.

Ledwie skończył, samochód zajechał przed fronton Rutherford Hall, gdzie wszyscy wysiedli.

Rozdział ósmy

I

Wchodząc do biblioteki, pan Wimborne lekko skinął głową i spojrzał przenikliwym wzrokiem na inspektora Bacona, którego poznał wcześniej, a potem na jasnowłosego, przystojnego mężczyznę, stojącego obok.

Inspektor dokonał prezentacji:

– Detektyw-inspektor Craddock ze Scotland Yardu.

– Scotland Yard – hm... – Pan Wimborne w zdumieniu uniósł brwi.

– Włączono nas do tej sprawy – wyjaśnił Dermot Craddock. – A ponieważ reprezentuje pan interesy rodziny Crackenthorpe'ów, uważam, że powinien pan się zapoznać z pewnymi informacjami natury poufnej.

Nikt lepiej od niego nie potrafiłby odegrać przedstawienia bardzo niewielkiej cząstki prawdy jako jej całości.

– Jestem pewien, że inspektor Bacon nie będzie miał nic przeciwko temu – dodał, zerkając na kolegę.

Inspektor Bacon wyraził zgodę z należytą powagą, nie zdradzając niczym, że wszystko było z góry ustalone.

– Wygląda to tak – zaczął Craddock. – Mamy powody przypuszczać na podstawie zebranych informacji, że zmarła nie mieszkała w tych stronach; przyjechała tu z Londynu, a do kraju powróciła niedawno. Prawdopodobnie – choć tego nie jesteśmy pewni – przybyła z Francji.

– Doprawdy? – Pan Wimborne ponownie uniósł brwi.

– W związku z tym komisarz okręgowy stwierdził, że do prowadzenia śledztwa w tej sprawie właściwy będzie Scotland Yard – wyjaśnił inspektor Bacon.

– Mam tylko nadzieję, że zostanie prędko zakończone – powiedział pan Wimborne. – Jak pan zapewne zdaje sobie sprawę, cała ta historia stała się przyczyną wielkich kłopotów dla całej rodziny. Choć ich osobiście nie dotyczy... – Przerwał na sekundę, ale inspektor Craddock szybko wykorzystał pauzę:

– To nic przyjemnego znaleźć zamordowaną kobietę na terenie swojej posiadłości. Ma pan całkowitą słuszność. Teraz chciałbym odbyć krótką rozmowę z każdym z rodziny...

– Zupełnie nie wiem...

– Co mogliby mi powiedzieć? Pewnie nic interesującego, ale nigdy nie wiadomo. Spodziewam się, że większość istotnych dla mnie informacji mogę uzyskać od pana. Informacji o tym domu i o rodzinie.

– A jaki to może mieć związek z nieznaną młodą kobietą, która przybyła z zagranicy i tu dała się zabić?

– W tym właśnie sedno sprawy – odparł Craddock. – Dlaczego tu przyjechała? Czy kiedyś, w jakikolwiek sposób, coś łączyło ją z tym domem? Czy kiedyś, na przykład, była tu służącą? Może pokojówką? Czy przyjechała tu, żeby spotkać się z kimś z poprzednich mieszkańców Rutherford Hall?

Pan Wimborne odparł chłodno, że w Rutherford Hall, od kiedy Josiah Crackenthorpe zbudował go w roku 1884, zawsze mieszkała rodzina Crackenthorpe.

– To samo w sobie jest interesujące – stwierdził Craddock. – Gdyby zechciał pan przedstawić mi w skrócie historię rodziny...

Pan Wimborne wzruszył ramionami.

– Nie ma wiele do opowiadania. Josiah Crackenthorpe był fabrykantem słodyczy, przekąsek, dodatków kuchennych, marynat i tak dalej. Zebrał ogromną fortunę. Wybudował ten dom. Teraz mieszka tutaj Luther Crackenthorpe, jego starszy syn.

– A inni synowie?

– Miał tylko dwóch. Henry zginął w wypadku samochodowym w 1911 roku.

– Czy obecny właściciel nigdy nie myślał o sprzedaży domu?

– Zgodnie z testamentem ojca, nie może tego zrobić – poinformował oschle prawnik.

– Może opowiedziałby mi pan o testamencie?

– Po co?

– Bo jeśli zechcę, to zajrzę do rejestrów sądowych.

Mimo woli pan Wimborne uśmiechnął się niewyraźnie.

– Rzeczywiście, inspektorze. Protestowałem tylko dlatego, że informacja, o którą pan pyta, jest całkowicie nieistotna. Po prostu Josiah Crackenthorpe ustanowił zarząd powierniczy na swoim bardzo pokaźnym majątku, z którego dochód ma być dożywotnio wypłacany jego synowi, Lutherowi, a po jego śmierci całość zostanie równo podzielona między dzieci Luthera: Edmunda, Cedryka, Harolda, Alfreda, Emmę i Edytę. Edmund zginął na wojnie, a Edyta zmarła cztery lata temu, więc Luther ma obecnie pięciu spadkobierców: Cedryka, Harolda, Alfreda, Emmę i syna Edyty, Aleksandra.

– A dom?

– Przejdzie na najstarszego żyjącego syna pana Luthera Crackenthorpe'a lub jego potomstwo.

– Czy Edmund Crackenthorpe był żonaty?

– Nie.

– A więc posiadłość przypadnie...

– Następnemu synowi, Cedrykowi.

– Pan Luther Crackenthorpe nie może inaczej zadysponować?

– Nie.

– I sam nie ma żadnej kontroli nad majątkiem?

– Nie.

– Czy to nie dziwne? Wydaje mi się, że ojciec niezbyt go lubił – napomknął inspektor Craddock.

– Dobrze się panu wydaje – przyznał Wimborne. – Stary Josiah był rozczarowany, że jego starszy syn nie przejawiał zainteresowania rodzinnym interesem, a właściwie interesami w ogóle. Luther spędzał czas na zagranicznych wojażach, zbierając dzieła sztuki. Stary Josiah sprzeciwiał się takiemu stylowi życia, zostawił więc pod zarządem pieniądze dla następnego pokolenia.

– Ale wobec tego następne pokolenie nie posiada żadnych środków do życia, oprócz tego, co sami zarobią, lub co da im ojciec, który, co prawda, czerpie niezły dochód, ale nie ma żadnego prawa do rozporządzania majątkiem.

– Tak właśnie jest. Ale co to ma wspólnego z zabójstwem nieznanej młodej kobiety obcego pochodzenia, tego nie pojmuję!

– Nic nie wskazuje na to, żeby mogło mieć – zgodził się inspektor Craddock. – Chciałem się po prostu upewnić co do wszystkich faktów.

Pan Wimborne popatrzył na niego przenikliwie, i wstał, najwyraźniej zadowolony z rezultatu swoich oględzin.

– Chciałbym dzisiaj wrócić do Londynu, jeśli panowie nie życzą sobie dowiedzenia się jeszcze czegoś.

Spojrzał na nich kolejno.

– Nie, dziękujemy panu uprzejmie.

Za drzwiami, w holu, rozległ się fortissimo dźwięk gongu.

– A niech mnie, jeśli to nie sprawka któregoś z chłopców! – wykrzyknął pan Wimborne.

Inspektor Craddock podniósł głos, żeby być słyszanym w piekielnym hałasie:

– Zostawimy teraz rodzinę, by mogła w spokoju zjeść obiad, ale chcielibyśmy obaj z inspektorem Baconem wrócić tu, powiedzmy piętnaście po drugiej, i przeprowadzić z każdym z domowników krótką rozmowę.

– Uważa pan, że to konieczne?

– Cóż... – Craddock wzruszył ramionami. – Działamy na oślep. Ktoś mógłby zapamiętać jakiś szczegół, który pomógłby ustalić tożsamość tej kobiety.

– Wątpię, inspektorze. Bardzo wątpię. Ale życzę powodzenia. Jak przed chwilą mówiłem, im szybciej ta niesmaczna sprawa się wyjaśni, tym lepiej dla wszystkich. – Kręcąc głową, wolno wyszedł z pokoju.

II

Wróciwszy z rozprawy, Lucy poszła prosto do kuchni. Była zajęta przygotowywaniem obiadu, kiedy zajrzał tam Bryan Eastley.

– Czy mogę w czymś pani pomóc? – zapytał. – Daję sobie radę w pracach domowych.

Lucy spojrzała na niego uważnie. Bryan przyjechał prosto na rozprawę swoim małym MG i nie miała jeszcze okazji, by mu się przypatrzyć.

Na pierwszy rzut oka sprawiał korzystne wrażenie. Był sympatycznym, około trzydziestoletnim szatynem o trochę smutnych oczach. Miał duże, jasne wąsy.

– Chłopcy jeszcze nie wrócili – powiedział i usiadł na skraju kuchennego stołu. – Powrót na rowerach zajmie im jeszcze ze dwadzieścia minut.

Lucy się uśmiechnęła:

– Nie chcieli przepuścić takiej okazji.

– Nie trzeba ich potępiać. To pierwsza rozprawa sądowa w ich młodym życiu, i to, że tak powiem, w rodzinie.

– Czy mógłby pan zejść ze stołu, panie Eastley? Chciałabym tu położyć formę do pieczenia.

Bryan posłuchał.

– Widzę, że tłuszcz jest strasznie gorący. Co pani chce do niego włożyć?

– *Yorkshire pudding*.

– Dobry, stary *Yorkshire*. Pieczeń wołowa po staroangielsku, czy to jest w menu na dziś?

61

– Tak.

– Pachnie ładnie. – Z uznaniem pociągnął nosem. – Nie przeszkadza pani moja gadanina?

– Skoro przyszedł pan, żeby pomóc, to proszę pomagać. – Wyjęła z piekarnika drugą formę. – O, niech pan poodwraca wszystkie ziemniaki, muszą równo się zrumienić.

Bryan ochoczo zabrał się do dzieła.

– Czy to wszystko pichciło się samo, kiedy byliśmy na rozprawie? A gdyby się przypaliło?

– Niemożliwe. W piekarniku jest regulator temperatury.

– Taki mózg elektryczny, co? Zgadza się?

– Właśnie. Proszę teraz włożyć blachę do piekarnika. Niech pan weźmie ściereczkę. Na dół. Góry potrzebuję na *Yorkshire pudding*.

Bryan posłuchał, ale w pewnej chwili wrzasnął.

– Oparzony?

– Tylko trochę. Nieważne. Cóż to za niebezpieczna zabawa, gotowanie!

– Pan chyba nigdy sobie nie gotuje?

– Wprost przeciwnie – dosyć często. Ale nie takie wspaniałości. Umiem ugotować jajko, jeśli nie zapomnę spojrzeć na zegarek. Umiem też robić jaja na bekonie. I wiem, jak włożyć do grilla stek i otworzyć puszkę. Mam w domu jedno takie cudo, z tych małych, elektrycznych.

– Mieszka pan w Londynie?

– Jeśli nazywa to pani mieszkaniem, zgadza się. – Zabrzmiało to jakoś smutno. Patrzył, jak Lucy błyskawicznie wypełniała formę masą na pudding.

– Przyjemnie tutaj – powiedział z westchnieniem.

Wykonawszy najpilniejsze prace, Lucy przyjrzała mu się baczniej.

– Ma pan na myśli kuchnię?

– Tak. Przypomina mi kuchnię w moim rodzinnym domu.

Bryan Eastley wydał się Lucy dziwnie przygnębiony i samotny. Na pewno miał więcej lat, niż początkowo myślała. Chyba się zbliżał do czterdziestki. Trudno sobie wyobrazić, że to ojciec Aleksandra. Przypominał jej wielu młodych pilotów, których znała w czasie wojny, kiedy była w imponującym wieku lat czternastu. Ona dorosła do powojennego świata, ale miała wrażenie, że Bryan gdzieś się zatrzymał, że został jakoś „wyprzedzony" przez upływające lata. Jego następna wypowiedź to odczucie potwierdziła. Znów przysiadł na stole.

– To trudny świat, prawda? – zagadnął. – Można się w nim pogubić, zwłaszcza jeśli człowiek nie został odpowiednio przeszkolony.

Lucy przypomniała sobie, co usłyszała od Emmy:

– Był pan pilotem myśliwca, prawda? Dostał pan D.F.C.*

– To jedna z tych rzeczy, które źle człowieka ustawiają. Ma się to świecidełko i ludzie starają się wszystko ułatwiać. Dawać pracę i tak dalej. Bardzo to ładnie z ich strony. Ale zazwyczaj chodzi o papierkową robotę, a do takiej po prostu nie każdy się nadaje, na pewno nie ja. Do siedzenia za biurkiem i plątania się w liczbach. Miałem własne pomysły, wie pani, próbowałem raz czy dwa. Ale zabrakło finansowego wsparcia. Nie można znaleźć odpowiednich ludzi, którzy chcieliby wyłożyć pieniądze. Gdybym miał trochę kapitału... – Zamyślił się ponuro. Po chwili mówił dalej: – Nie znała pani Edyty, mojej żony, prawda? Nie, oczywiście, że nie. Różniła się bardzo od pozostałych członków rodziny. Raz, że młodsza. Była w W.A.A.F.** Zawsze mówiła, że jej stary jest stuknięty. Bo jest, wie pani. Kutwa jak diabli. A pieniędzy ze sobą do grobu nie zabierze. Kiedy umrze, mają być rozdzielone. Część Edyty przypadnie oczywiście dla Aleksandra. Ale nie może ich tknąć, zanim nie będzie pełnoletni.

– Przepraszam, czy mógłby pan zejść ze stołu? Chciałabym nałożyć na półmiski i polać sosem.

W tym momencie weszli do kuchni Aleksander i Stoddard-West, zaróżowieni i mocno zadyszani.

– Cześć, Bryan. – Aleksander przywitał ojca grzecznie. – Tu się znalazłeś! Jaka wspaniała wołowina! Jest *Yorkshire pudding*?

– I owszem.

– W szkole dostajemy okropny *Yorkshire pudding*, mokry i oklapły.

– Z drogi! – powiedziała Lucy. – Chcę przelać sos.

– Dużo sosu! Będą dwie sosjerki?

– Tak.

– Fajnie! – W okrzyku Stoddarda-Westa brzmiał entuzjazm.

– Żeby nie był blady – zaniepokoił się Aleksander.

– Nie będzie blady.

– Ona fantastycznie gotuje! – zwrócił się chłopak do ojca.

Lucy miała przez chwilę wrażenie, że ich role uległy zamianie. Aleksander często się odnosił do swego ojca, jak dobry ojciec do syna.

– Czy możemy w czymś pomóc, panno Eyelesbarrow? – spytał Stoddard-West uprzejmie.

---

* Distingnished Flying Cross – odznaczenie przyznawane szczególnie zasłużonym oficerom lotnictwa (przyp. tłum.).

** Women's Auxiliary Air Force – Kobieca Służba Pomocnicza Lotnictwa (przyp. tłum.).

- Tak, możecie. Aleksander, idź uderz w gong. James, zaniesiesz tę tacę do jadalni? Weźmie pan pieczeń, panie Eastley? Ja wniosę ziemniaki i pudding.
- Jest tu człowiek ze Scotland Yardu – powiedział Aleksander.
- Czy będzie jadł z nami?
- Zależy, co postanowiła twoja ciotka.
- Nie sądzę, żeby miała coś przeciwko temu. Jest bardzo gościnna. Ale myślę, że nie spodoba się to wujkowi Haroldowi. Stał się nieznośny, wytrąciło go z równowagi morderstwo. – Aleksander poszedł z tacą ku drzwiom, dorzucając przez ramię garść dodatkowych informacji:
- Pan Wimborne jest w bibliotece z człowiekiem ze Scotland Yardu. Ale nie zostaje na obiedzie. Powiedział, że musi wracać do Londynu. Chodź, Stodders... Aha, poszedł do gongu.

W tym momencie rozległ się gong. Stoddard-West był prawdziwym artystą. Dał z siebie wszystko. Wszelkie dalsze próby konwersacji zostały uniemożliwione.

Bryan wniósł pieczyste, za nim weszła Lucy z ziemniakami i wróciła jeszcze do kuchni po sosjerki.

Pan Wimborne stał w holu, wkładając rękawiczki, kiedy Emma zbiegła ze schodów.
- Nie zostanie pan na obiedzie? Wszystko jest gotowe.
- Nie, dziękuję. Mam ważne spotkanie w Londynie. W pociągu jest wagon restauracyjny.
- Bardzo miło z pańskiej strony, że zechciał pan przyjechać – powiedziała z wdzięcznością.

Obaj policjanci wyłonili się z biblioteki.

Pan Wimborne ujął Emmę za rękę i rzekł uspokajająco:
- Nie ma powodu do obaw, moja droga. To detektyw-inspektor Craddock ze Scotland Yardu, który przejmuje sprawę. Wróci tu o drugiej piętnaście, aby porozmawiać z wami wszystkimi, co może się okazać przydatne w śledztwie. Ale, jak mówiłem, nie ma powodu do obaw.

Spojrzał na Craddocka i zapytał:
- Mogę powtórzyć pannie Crackenthorpe to, co pan mi powiedział?
- Oczywiście, sir.
- Inspektor Craddock oznajmił mi właśnie, że niemal pewne jest, iż nie chodzi o sprawę lokalną. Wiele wskazuje, że zamordowana kobieta przyjechała z Londynu i była prawdopodobnie cudzoziemką.

Emma Crackenthorpe zareagowała gwałtownie:

64

– Cudzoziemka! Czy była Francuzką?

Pan Wimborne zapewne się spodziewał, że jego wypowiedź podziała uspokajająco, toteż wydawał się lekko zszokowany. Dermot Craddock przeniósł szybko spojrzenie na twarz Emmy. Zastanawiał się, skąd jej nagły wniosek, że zamordowana mogła być Francuzką i dlaczego ta myśl aż tak ją wzburzyła?

Rozdział dziewiąty

I

Jedynymi, którzy oddali sprawiedliwość znakomitemu obiadowi Lucy, byli chłopcy oraz Cedryk Crackenthorpe. Okoliczności, stanowiące przyczynę jego powrotu do Anglii, zdawały się nie mieć nań żadnego wpływu. Można by nawet sądzić, że uważa całą sprawę za niezły dowcip z gatunku makabrycznych.

Takie podejście, jak zauważyła Lucy, było nie do zaakceptowania dla jego brata Harolda, który zapewne traktował to morderstwo jak plamę na honorze całej rodziny Crackenthorpe'ów. Ze zdenerwowania stracił apetyt. Emma wyglądała na zmartwioną czy nieszczęśliwą; jadła także bardzo mało. Alfred, zatopiony w myślach, mówił niewiele. Był całkiem przystojnym mężczyzną ze smagłą, szczupłą twarzą i oczami osadzonymi trochę za blisko siebie.

Po obiedzie wrócili policjanci i spytali uprzejmie, czy mogliby zamienić kilka słów z panem Cedrykiem Crackenthorpe'em.

Inspektor Craddock był nastawiony bardzo miło i przyjaźnie.

– Proszę usiąść, panie Crackenthorpe. O ile wiem, właśnie powrócił pan z Balearów? Mieszka pan tam?

– Od sześciu lat. Na Ibizie. Bardziej mi odpowiada, niż ten ponury kraj.

– Na pewno ma pan znacznie więcej słońca niż my – zgodził się inspektor Craddock. – Był pan w domu nie tak dawno, jak wiem, na Boże Narodzenie. Co sprawiło, że konieczny stał się pański ponowny przyjazd tutaj, po tak krótkim czasie?

Cedryk, uśmiechnąwszy się szeroko, wyjaśnił:

– Dostałem telegram od Emmy, mojej siostry. Do tej pory nigdy nie mieliśmy morderstwa w posiadłości. Nie chciałem nic stracić z tej historii, więc przybyłem.

– Interesuje się pan kryminalistyką?

– Och, nie ubierajmy tego w takie napuszone słowa! Po prostu lubię kryminały – te Kto To Zrobił i tak dalej. Mając Kto To Zrobił na samym progu rodzinnego domu, wyczułem życiową okazję. Ponadto pomyślałem, że biedna Em może potrzebować odrobiny pomocy, żeby dać sobie radę ze starym, policją i tą całą resztą.

– Rozumiem. Przykre zdarzenie poruszyło w panu żyłkę detektywa oraz uczucia rodzinne. Nie mam najmniejszych wątpliwości, że siostra będzie panu niezmiernie wdzięczna, chociaż obaj pozostali bracia też przyjechali, żeby być przy niej.

– Ale nie żeby ją pocieszać i wspierać – odparł Cedryk. – Harold jest okropnie rozdrażniony. Zupełnie nie pasuje do potentata z City bycie zamieszanym w zabójstwo podejrzanej kobiety.

Brwi Craddocka delikatnie się uniosły.

– A była podejrzana?

– Cóż, w tej sprawie to pan jest autorytetem. Na podstawie faktów wydało mi się to możliwe.

– Pomyślałem sobie, że, być może, mógłby pan spróbować zgadnąć, kim była?

– No, inspektorze, przecież pan już wie, albo pańscy koledzy powiedzą to panu, że nie potrafiłem jej zidentyfikować.

– Powiedziałem: zgadnąć, panie Crackenthorpe. Mógł pan nigdy przedtem nie widzieć tej kobiety, ale przecież mógł pan zgadnąć, kim była, albo kim mogłaby być?

Cedryk pokręcił głową.

– Trafił pan pod niewłaściwy adres. Nie mam najmniejszego pojęcia. Sugeruje pan, jak sądzę, że przyszła do stodoły na schadzkę z którymś z nas? Ale żaden z nas tu nie mieszka. Jedynymi ludźmi w tym domu byli kobieta i starzec. Nie myśli pan chyba na serio, że miała tu umówioną randkę z moim szanownym papciem?

– Chodzi o to, a inspektor Bacon zgadza się ze mną, że niewykluczone, że uduszona była kiedyś w jakiś sposób związana z tym domem. Może przed laty. Proszę się cofnąć pamięcią w przeszłość.

Cedryk pomyślał przez moment i pokręcił głową:

– Miewaliśmy czasem służbę z zagranicy, jak większość, ale nie potrafię wskazać konkretnej osoby. Niech pan lepiej zapyta innych. Będą wiedzieć więcej ode mnie.

– Zrobię to z całą pewnością. – Craddock oparł się wygodnie na krześle. – Jak pan słyszał na rozprawie, badanie lekarskie nie mogło zbyt dokładnie ustalić czasu śmierci. Więcej niż dwa tygodnie, mniej niż cztery – sprowadza się to do okresu gdzieś około świąt. Powiedział mi pan, że przyjechał do domu na święta. Kiedy pan przybył do Anglii i kiedy pan z niej wyjechał?

Cedryk się zastanowił.

– Zaraz... Leciałem. Dotarłem tu w sobotę przed świętami, dwudziestego pierwszego.

– Leciał pan prosto z Majorki?

– Tak. Wyleciałem o piątej rano, a tu byłem w południe.

– A wyjechał pan?...

– Odleciałem w piątek, dwudziestego siódmego.

– Dziękuję panu.

Cedryk się uśmiechnął i skomentował:

– Umieszcza mnie to dokładnie w tym przedziale czasu, niestety. Ale naprawdę, inspektorze, duszenie młodych kobiet nie jest moją ulubioną rozrywką świąteczną.

– Mam nadzieję, panie Crackenthorpe.

Inspektor Bacon tylko spojrzał z dezaprobatą.

– Byłby w takim działaniu zasadniczy brak pokoju i dobrej woli, zgodzi się pan? – Cedryk skierował to pytanie do inspektora Bacona, który w odpowiedzi tylko coś mruknął.

Inspektor Craddock rzekł uprzejmie:

– Cóż, dziękujemy panu, panie Crackenthorpe. To wszystko.

Kiedy Cedryk zamknął za sobą drzwi, Craddock spytał:

– I co pan o nim sądzi?

Bacon znów mruknął:

– Nadęty, wydaje się zdolny do wszystkiego. Nie lubię takich. Nieodpowiedzialna banda, ci artyści, i często zadają się z kobietami o złej reputacji.

Craddock się uśmiechnął.

– I razi mnie jego dziwaczny strój – mówił dalej Bacon. – Jak można pójść tak ubranym na rozprawę! Żadnego szacunku! Nie widziałem od dawna brudniejszych spodni. A ten krawat? Chyba zrobiony z kolorowego sznurka. Moim zdaniem, to on jest z takich, dla których uduszenie kobiety to pestka.

– Cóż, tej nie udusił, jeżeli przed dwudziestym pierwszym nie wyjechał z Majorki. A to możemy łatwo sprawdzić.

Bacon rzucił mu badawcze spojrzenie:

– Widzę, że jeszcze pan nie pokazuje swojej karty z dokładną datą zabójstwa.

– Nie, potrzymamy ją na razie nieodkrytą. Zawsze lubię mieć coś w rękawie we wczesnych fazach śledztwa.

Bacon pokiwał głową z aprobatą:

– Zaskoczyć ich tym, kiedy przyjdzie czas. To świetny pomysł.

– A teraz – powiedział Craddock – zobaczymy, co ma nam do powiedzenia szacowny dżentelmen z City.

Harold Crackenthorpe, zaciskający wąskie wargi, miał o tym wszystkim bardzo niewiele do powiedzenia. To było nader niesmaczne, bardzo niefortunne wydarzenie. Obawia się, że gazety... Reporterzy, z tego co wie, już prosili o wywiady... Wszystkie te sprawy... Doprawdy, pożałowania godne...

Harold oparł się na krześle z miną kogoś, kto zetknął się z czymś cuchnącym.

Sondaż prowadzony przez inspektora nie przyniósł żadnego rezultatu. Nie, nie ma pojęcia, kim była, ani kim mogła być ta kobieta. Tak, spędził święta w Rutherford Hall. Nie mógł przybyć przed Wigilią, ale został przez cały weekend.

– A więc to wszystko – rzekł inspektor Craddock, nie naciskając. Był pewien, że Harold Crackenthorpe nie zamierza być pomocny.

Zajął się teraz Alfredem, który wszedł do pokoju z nieco przesadną nonszalancją. Craddock patrzył na niego z niejasnym wrażeniem, że go skądś zna. Na pewno gdzieś już przedtem widział tego właśnie członka rodziny, a może jego zdjęcie było w gazecie? Z tym wspomnieniem wiązało się coś kompromitującego. Spytał Alfreda o zawód i otrzymał niejasną odpowiedź.

– W tej chwili działam w ubezpieczeniach. Dotychczas interesowałem się wprowadzaniem na rynek nowego typu urządzenia telekomunikacyjnego. Nastąpił przewrót w tej dziedzinie. Właściwie bardzo dobrze na tym wyszedłem.

Inspektor Craddock wydawał się pełen uznania. Nikt nie mógłby zgadnąć, że dostrzegł tandetną elegancję garnituru Alfreda i właściwie oszacował jego niewielką wartość. Strój Cedryka był wytarty niemal do ostatniej nitki, ale został ongiś dobrze skrojony ze znakomitego materiału. W tym zaś była tania szykowność, która mówiła sama za siebie. Craddock przeszedł lekko do stałego zestawu pytań. Alfred wydawał się zainteresowany, a nawet nieco rozbawiony.

– Naprawdę ciekawy pomysł, że owa kobieta mogła kiedyś tu pracować. Nie jako pokojówka; wątpię, by moja siostra kiedykolwiek miała kogoś takiego. Nie przypuszczam, żeby w dzisiejszych czasach ktokolwiek miał pokojówki. Ale, oczywiście, pojawia się sporo zagranicznej służby. Mieliśmy Polki i jedną czy dwie nieobliczalne Niemki. Ale to, że Emma nie rozpoznała tej kobiety, wyklucza, jak sądzę, panie inspektorze, wasz pomysł. Emma ma bardzo dobrą pamięć wzrokową. Nie, jeśli ta kobieta przyjechała z Londynu... A właśnie, skąd wiecie, że przyjechała z Londynu?

Rzucił to pytanie na pozór od niechcenia, ale patrzył bystro i uważnie.

Inspektor Craddock uśmiechnął się i pokręcił głową.

Alfred spojrzał na niego przenikliwie:

– Nie powiecie, co? Może bilet powrotny w kieszeni płaszcza. Zgadłem?

– Być może, panie Crackenthorpe.

– Cóż, zakładając, że przyjechała z Londynu, gość, z którym miała się spotkać, wpadł na pomysł, że Długa Stodoła byłaby miejscem w sam raz na ciche morderstwo... Najwyraźniej zna tutejsze stosunki. Na pańskim miejscu szukałbym go gdzieś w pobliżu, inspektorze.

– Robimy to – odparł inspektor Craddock i nadał tym dwóm słowom brzmienie spokojne i pewne. Podziękował Alfredowi i pozwolił mu odejść.

– Wie pan – zwrócił się do Bacona – gdzieś już tego gościa przedtem widziałem...

Inspektor Bacon wydał swoją opinię:

– Ostry klient – ocenił. – Taki ostry, że czasem się zatnie.

II

– Nie sądzę, żeby panowie chcieli mnie widzieć – powiedział przepraszająco Bryan Eastley, wchodząc do pokoju i zatrzymał się przy drzwiach. – Właściwie nie należę do rodziny...

– Chwileczkę. Nazywa się pan Bryan Eastley, i był pan mężem Edyty Crackenthorpe, zmarłej cztery lata temu?

– Tak jest.

– Cóż, to bardzo uprzejmie z pańskiej strony, szczególnie jeśli wie pan o czymś, co by nam mogło pomóc w jakikolwiek sposób.

– Ale nie wiem. Chciałbym, żeby tak było. Cała sprawa jest tak cholernie dziwna, prawda? Przyjeżdża tutaj kobieta i spotyka się z jakimś facetem w starej, obskurnej stodole, w środku zimy. Mnie by to nie odpowiadało.

– Rzeczywiście, zastanawiające – zgodził się inspektor Craddock.

– Czy naprawdę przybyła z zagranicy? Podobno są takie przypuszczenia.

– Czy ten fakt coś panu sugeruje? – Inspektor spojrzał na niego ostro, ale Bryan, choć pełen dobrej woli, niczego nie wiedział.

– Nie, nic.

– Może była Francuzką? – rzucił, z ukrytą intencją, inspektor Bacon.

Bryana to lekko poruszyło. Oczy mu rozbłysły, zaczął podkręcać wąsy.
– Naprawdę? Wesoła Francuzeczka? – Pokręcił głową. – To chyba czyni okoliczności zabójstwa jeszcze mniej prawdopodobne? Mam na myśli igraszki w stodole. Mieliście jeszcze inne morderstwa w sarkofagach? Facet z obsesją, może zakompleksiony? Myśli, że jest Kaligulą albo kimś podobnym?

Inspektor Craddock nie zadał sobie nawet trudu, żeby odrzucić te spekulacje. Spytał natomiast lekkim tonem:
– Nikt z rodziny nie ma żadnych francuskich powiązań czy... czy... związków, o których byłoby panu wiadomo?

Bryan odparł, że rodzina Crackenthorpe'ów to niezbyt rozrywkowe towarzystwo.

– Harold jest przykładnie żonaty z córką jakiegoś zubożałego lorda, kobietą o rybiej twarzy. Nie sądzę też, żeby Alfred zbytnio interesował się kobietami. Spędza życie, wchodząc w wątpliwe interesy, które się zwykle nie udają. Spodziewam się, że Cedryk ma na Ibizie kilka hiszpańskich seniorit, skaczących dla niego przez obręcze. Kobiety raczej ulegają Cedrykowi. Nie zawsze się goli i wygląda, jakby nigdy nie robił prania. Nie wiem, dlaczego miałoby to być atrakcyjne dla kobiet, ale najwidoczniej tak jest... I co, nie okazałem się zbyt pomocny?

Uśmiechnął się do nich serdecznie.
– Lepiej weźcie do tego Aleksandra – podsunął. – On i James Stoddard-West prowadzą poszukiwania na wielką skalę. Założę się, że na coś wpadną.

Inspektor Craddock wyraził nadzieję, że tak się stanie. Podziękował Bryanowi i powiedział, że chciałby rozmawiać z Emmą Crackenthorpe.

III

Inspektor przyjrzał się Emmie Crackenthorpe baczniej niż poprzednio. Wciąż nie dawał mu spokoju wyraz jej twarzy, jaki zaobserwował przed obiadem.

Opanowana, niegłupia, ale i niezbyt błyskotliwa. Jedna z tych miłych, dających poczucie bezpieczeństwa kobiet, które posiadły sztukę wytwarzania w domu atmosfery spokoju i harmonii. Dla wielu mężczyzn te szczególne zalety są czymś oczywistym. Taka zapewne jest Emma Crackenthorpe. Osoby tego rodzaju są często niedoceniane. Pod pozorną łagodnością kryje się jednak siła charakteru, z którą należy się liczyć. Być może, klucz do zagadki kobiety z sarkofagu spoczywa w głębi duszy Emmy. Takie myśli przychodziły mu do głowy, kiedy zadawał jej rozmaite błahe pytania.

– Sądzę, że dużo już pani powiedziała inspektorowi Baconowi, nie będę więc musiał zbytnio pani męczyć.

– Proszę pytać, o co tylko pan chce.

– Jak powiedział pan Wimborne, doszliśmy do wniosku, że zmarła nie mieszkała w tych stronach. Może to być dla pani pocieszające – pan Wimborne tego chyba się spodziewał – ale dla nas to poważny kłopot. Trudniej ją będzie zidentyfikować.

– I niczego przy sobie nie miała – torebki, dokumentów?

Craddock pokręcił głową.

– Żadnej torebki, pusto w kieszeniach.

– Nie macie pojęcia, jak się nazywała, skąd była, w ogóle nic?

Bardzo chce wiedzieć, wręcz musi wiedzieć, kim jest ta kobieta, pomyślał Craddock. Zastanawiam się, czy tak było od samego początku? Bacon nie odniósł takiego wrażenia, a jest bystry...

– Nic o niej nie wiemy – przyznał. – Dlatego mieliśmy nadzieję, że ktoś z państwa będzie mógł nam pomóc. Czy pani jest pewna, że nie mogłaby? Nawet jeśli pani jej nie rozpoznała, czy nie przypuszcza pani, kim mogła być?

Zauważył, albo mu się tylko wydawało, że nastąpiła króciutka pauza, zanim odparła:

– Nie mam pojęcia.

W sposób niezauważalny zachowanie inspektora Craddocka uległo zmianie. Dało się to odczuć tylko w lekkim stwardnieniu tonu jego głosu.

– Kiedy pan Wimborne powiedział, że kobieta była cudzoziemką, dlaczego założyła pani, że Francuzką?

Emma nie dała się zbić z tropu. Uniosła tylko lekko brwi.

– Tak zasugerowałam? Rzeczywiście, przypominam sobie. Doprawdy nie wiem, dlaczego. Każdemu się wydaje, że wszyscy cudzoziemcy są Francuzami, zanim się nie przekona, jakiej naprawdę są narodowości. Chyba też tak pomyślałam. Większość cudzoziemców w tym kraju to Francuzi, prawda?

– No, z tym bym się raczej nie zgodził, panno Crackenthorpe. Nie teraz. Mamy u siebie ludzi z tylu różnych krajów, z Włoch, Niemiec, Austrii, z całej Skandynawii...

– Istotnie, trudno nie przyznać panu racji.

– Nie ma pani żadnego szczególnego powodu, by przypuszczać, że zamordowana mogła być Francuzką?

Nie spieszyła się z zaprzeczeniem. Pomyślała przez chwilę i niemal z żalem pokręciła głową.

– Nie, naprawdę nie mam.

Nie umknęła spojrzeniem przed jego wzrokiem. Craddock zerknął na inspektora Bacona, który pochylił się i pokazał małą, emaliowaną puderniczkę:

– Czy pani to rozpoznaje, panno Crackenthorpe?

Wzięła ją i obejrzała dokładnie.

– Nie. Z całą pewnością nie jest moja.

– Nie wie pani, do kogo należała?

– Nie.

– A więc myślę, że nie będziemy pani – na razie – dłużej zajmować czasu.

– Dziękuję.

Uśmiechnęła się zdawkowo, wstała i wyszła. Może znowu mu się tylko wydawało, ale inspektor Craddock miał wrażenie, że szła dosyć szybko i jakby odczuła ulgę.

– Wie coś? – zapytał Bacon.

– Na pewnym etapie jest się skłonnym myśleć, że każdy wie nieco więcej, niż chce nam powiedzieć – skonstatował inspektor Craddock z rozżaleniem w głosie.

– I zwykle tak rzeczywiście jest – Bacon miał spore doświadczenie w tym względzie – tyle że zazwyczaj nie ma to żadnego związku ze sprawą. Jakiś mały rodzinny grzeszek czy głupia zadra, ale ludzie nie chcą ich wywlekać.

– Tak, wiem. No cóż, przynajmniej...

Cokolwiek jednak inspektor Craddock zamierzał powiedzieć, nigdy nie zostało wypowiedziane, gdyż przez raptownie otwarte drzwi do pokoju wczłapał stary pan Crackenthorpe w stanie najwyższego wzburzenia.

– A to pięknie! Scotland Yard wchodzi tu sobie, nie będąc nawet na tyle uprzejmy, by wpierw porozmawiać z głową rodziny! Kto jest panem tego domu, chciałbym wiedzieć? Kto, pytam? Kto tu jest gospodarzem?

– Pan, rzecz jasna, panie Crackenthorpe – zapewnił go Craddock, wstając. – Ale wiemy, że powiedział pan już wszystko, co pan wiedział, inspektorowi Baconowi, a ze względu na stan pańskiego zdrowia nie chcieliśmy pana niepokoić. Doktor Quimper przestrzegł...

– Spodziewam się, spodziewam się. Jestem słaby... A co do Quimpera, to stara baba z niego. Znakomity lekarz, zna moje przypadłości, ale najchętniej trzymałby mnie pod kloszem. Ma bzika na punkcie żywności. Uwziął się na mnie w czasie świąt, kiedy miałem lekką niedyspozycję i dręczył: co jadłem, kiedy, kto gotował, kto podawał.

Wszystko brednie! Choć zdrowie mam kiepskie, to jednak czuję się na siłach, żeby pomóc wam, jeśli tylko będzie to w mojej mocy. Morderstwo we własnym domu... W każdym razie, w mojej własnej stodole! To ciekawy budynek. Elżbietański. Tutejszy architekt powiedział, że nie. Facet nie wie, o czym mówi! Ani dnia później niż rok 1580! Ale nie o tym mówiliśmy. Co panowie chcą wiedzieć? Jaką macie obecnie teorię?

– Jest jeszcze trochę za wcześnie na teorie, panie Crackenthorpe. Wciąż staramy się dowiedzieć, kim była ta kobieta.

– Cudzoziemka, mówicie?

– Tak sądzimy.

– Szpieg?

– Powiedziałbym, że to raczej mało prawdopodobne.

– Powiedziałby pan, powiedziałby! Oni są wszędzie, ci ludzie. Infiltrują! Czemuż to Home Office* ich tu wpuszcza? Założę się, że szpiegują tajemnice przemysłowe. Oto, co robiła!

– W Brackhampton?

– Wszędzie tu są fabryki. Jedna tuż za moją boczną bramą.

Craddock posłał pytające spojrzenie Baconowi, który odpowiedział:

– Pudełka metalowe.

– Skąd pan wie, co wytwarzają naprawdę? Nie należy od razu wierzyć w to, co panu mówią. No dobrze, skoro nie była szpiegiem, to kim? Myślicie, że kręciła z którymś z moich szacownych synów? Jeśli z którymś z nich, to z Alfredem. Nie z Haroldem, on jest zbyt ostrożny. Cedryk nie zniża się do tego, żeby mieszkać w tym kraju. No dobrze, a więc była to spódniczka Alfreda. A jakiś brutalny facet przyszedł tu za nią, myśląc, że miała się z nim spotkać, i ją załatwił. No i co wy na to?

Inspektor Craddock powiedział dyplomatycznie, że jest to z całą pewnością jakaś teoria, jednak Alfred nie rozpoznał kobiety.

– Ba, to cały Alfred! Zawsze był tchórzem. Zawsze też był kłamcą! Wyłgiwał się bezczelnie w żywe oczy. Wszyscy moi synowie są do niczego. Stado sępów, czekających na moją śmierć – oto ich główne zajęcie w życiu. I poczekają sobie! – Zachichotał. – Nie umrę szybko, żeby zrobić im uprzejmość. Cóż, jeśli nic więcej nie mogę dla panów zrobić... Jestem zmęczony. Muszę odpocząć. – Poczłapał z powrotem.

– Spódniczka Alfreda? – powtórzył z powątpiewaniem Bacon. – Sądzę, że starego poniosła fantazja. – Zawahał się. – Moim zdaniem

---

* Brytyjskie ministerstwo spraw wewnętrznych (przyp. tłum.).

Alfred jest tu zupełnie w porządku. Może facet czasem coś kręci niezupełnie legalnie, ale teraz to nie nasza sprawa. Bardziej interesuje mnie osoba byłego lotnika.

– Bryan Eastley?

– Tak. Spotkałem już paru takich jak on. Można powiedzieć, że dryfują po świecie – za wcześnie zetknęli się z niebezpieczeństwem, ryzykiem i śmiercią. Teraz życie jest dla nich miałkie, miałkie i niesatysfakcjonujące. W pewnym sensie skrzywdziliśmy ich. Chociaż naprawdę nie wiem, co można było zrobić. Są samą przeszłością, bez przyszłości. I nie są z tych, którzy by nie korzystali z nadarzającej się okazji. Normalni ludzie instynktownie działają w granicach bezpieczeństwa, i to nie tyle z poczucia zasad moralności, ile raczej z ostrożności. Ale ci się nie boją – w ogóle nie ma w ich słowniku czegoś takiego, jak bezpieczna gra. Gdyby Eastley kręcił coś z kobietą i chciał ją zabić... – Przerwał i machnął ręką bezsilnie. – Ale dlaczego miałby chcieć ją zabijać? A jeśli już nawet by zabił, to dlaczego miałby ją wsadzać do sarkofagu swojego teścia? Nie, moim zdaniem nikt z nich nie miał nic wspólnego z morderstwem. Gdyby było inaczej, nie wrabialiby się sami, ukrywając zwłoki, że tak powiem, pod własnym progiem.

Detektyw się zgodził, że to raczej nie miałoby sensu.

– Ma pan tu coś jeszcze do zrobienia?

Craddock zaprzeczył. Bacon zaproponował więc herbatę w Brackhampton, ale inspektor powiedział, że chce tam wpaść do kogoś znajomego z dawnych czasów.

Rozdział dziesiąty

I

Panna Marple, siedząc wyprostowana na tle porcelanowych piesków i pamiątek znad morza, uśmiechnęła się z zadowoleniem do inspektora Dermota Craddocka.

– Jestem rada, że pana przydzielono do tej sprawy – powiedziała.

– Taką właśnie miałam nadzieję.

– Kiedy dostałem pani list, poszedłem z nim prosto do szefa. Przypadkiem tak się złożyło, że właśnie chwilę wcześniej dowiedział się o wezwaniu nas przez ludzi z Brackhampton, którym się wydawało, że to nie było przestępstwo miejscowe. Szef bardzo się zainteresował tym, co miałem mu do opowiedzenia na pani temat. Musiał już wcześniej o pani słyszeć, przypuszczam, że od mojego ojca chrzestnego.

– Drogi sir Henry. – Panna Marple westchnęła czule.

– Zmusił mnie, żebym mu opowiedział wszystko o historii w Little Paddocks. A chce pani wiedzieć, jak skomentował sprawę Rutherford Hall?

– Proszę powtórzyć, jeżeli nie będzie to nadużyciem zaufania.

– Powiedział: „Cóż, ponieważ to zupełnie pokręcona historia, zmyślona przez dwie staruszki, które, co już kompletnie nieprawdopodobne, miały rację i ponieważ znał pan wcześniej jedną z nich, zlecam panu tę sprawę". I oto jestem! A teraz, droga panno Marple, co dalej? To nie jest, jak pani zapewne wie, oficjalna wizyta. Nie mam ze sobą mojego totumfackiego. Pomyślałem sobie, że moglibyśmy najpierw trochę porozmawiać prywatnie.

Panna Marple odparła z uśmiechem:

– Jestem pewna, że nikt, kto zna pana tylko służbowo, nigdy by

76

nie zgadł, że potrafi pan być taki ludzki i... elegancki. – Proszę się nie czerwienić... A teraz, co już panu dokładnie wiadomo?

– Mam chyba wszystko. Zeznanie pani przyjaciółki, Elspeth McGillicuddy, złożone na posterunku policji w St Mary Mead, potwierdzenie jej oświadczenia przez konduktora, kartkę do zawiadowcy stacji w Brackhampton. Mogę stwierdzić, że dochodzenie prowadzone było najzupełniej prawidłowo przez zaangażowanych w tę sprawę ludzi – kolejarzy i policję. Ale nie ma wątpliwości, że przechytrzyła ich pani za pomocą zgoła fantastycznego zgadywania.

– Nie zgadywałam – sprostowała z naciskiem panna Marple. – I miałam jedną wielką przewagę nad nimi. Znam Elspeth. Żaden z nich jej nie znał. Nie było żadnego potwierdzenia jej słów, a ponieważ nie pojawiły się doniesienia o zaginięciu kobiety, potraktowano ją, co zupełnie zrozumiałe, jak staruszkę, wymyślającą różne niestworzone historie; często się to zdarza, niestety, starszym paniom – ale nie Elspeth McGillicuddy.

– Nie Elspeth McGillicuddy – powtórzył inspektor, kiwając głową. – Wie pani, bardzo bym chciał się z nią spotkać. Szkoda, że pojechała na ten Cejlon. Przy okazji – załatwiamy, żeby została tam przesłuchana.

– Mój sposób rozumowania nie był wcale oryginalny – zauważyła skromnie panna Marple. – Wszystko jest u Marka Twaina. Chłopiec, który zgubił konia, wyobraził sobie, dokąd by poszedł, gdyby był koniem, poszedł tam i koń był.

– Zatem wyobraziła pani sobie, co by zrobiła, będąc okrutnym, przebiegłym mordercą? – rzekł Craddock, patrząc w zamyśleniu na delikatną, białoróżową staruszkę. – Doprawdy, umysł pani...

– Jest niczym zlew, jak mawiał mój siostrzeniec Raymond – powiedziała panna Marple. – Ale ja mu zawsze powtarzałam, że zlewy są niezbędnym elementem wyposażenia w każdym domu, a przy tym bardzo higieniczne.

– Czy może pani pójść jeszcze trochę dalej, postawić się na miejscu mordercy i wskazać, gdzie teraz jest?

Panna Marple westchnęła.

– Bardzo bym chciała. Nie mam pojęcia, nie mam zupełnie pojęcia. Ale musi być kimś, kto zamieszkiwał w Rutherford Hall albo wie wszystko o tej posiadłości.

– Zgadzam się. Tylko że to oznacza bardzo szerokie pole poszukiwań. Przewinęła się tam cała procesja kobiet zatrudnianych na przychodne. Jest też Women's Institute, wcześniej była obrona przeciwlotnicza. Oni wszyscy znają Długą Stodołę i sarkofag oraz wiedzą, gdzie jest klucz. Cały układ budynków w Rutherford Hall znają dobrze okoliczni mieszkańcy. Praktycznie każdy mógł wykorzystać stodołę do swoich celów.

– Rzeczywiście. Rozumiem dobrze pańskie problemy.

– Do niczego nie dojdziemy, dopóki nie zidentyfikujemy ciała – stwierdził Craddock.

– A to też nastręcza trudności?

– W końcu nam się uda. Sprawdzamy wszystkie odnotowane zaginięcia kobiet w tym wieku i o takim wyglądzie. Ani jedna nie pasuje do opisu. Lekarz, w raporcie z sekcji, określa jej wiek na mniej więcej trzydzieści pięć lat, podaje też, że była zdrowa, prawdopodobnie mężatka, miała przynajmniej jedno dziecko. Futro, które nosiła, jest tanie, kupione w londyńskim domu towarowym. Setki takich futer sprzedano w ostatnich trzech miesiącach, a ponad połowę z nich blondynkom. Żadna ze sprzedawczyń nie potrafiła na fotografii rozpoznać zmarłej, zresztą byłoby to mało prawdopodobne, jeśli zakupu dokonano przed samymi świętami. Inne części garderoby to głównie rzeczy zagraniczne, w większości kupione w Paryżu. Nie ma angielskich znaków z pralni. Skontaktowaliśmy się z Paryżem i prowadzą tam dla nas poszukiwania. Prędzej czy później, oczywiście, ktoś się zgłosi w sprawie zaginionej krewnej lub lokatorki. To tylko kwestia czasu.

– Puderniczka w niczym nie pomogła?

– Niestety nie. Tego rodzaju, bardzo tanie sprzedaje się setkami na Rue de Rivoli. A właśnie, à propos puderniczki. Powinna pani była od razu oddać ją policji, albo raczej powinna była to zrobić panna Eyelesbarrow.

Starsza pani pokręciła głową.

– Przecież wówczas nie było mowy o żadnym morderstwie – przypomniała. – Jeśli młoda kobieta, trenując golfa, znajduje w wysokiej trawie starą puderniczkę niewielkiej wartości, z całą pewnością nie pędzi z tym od razu na policję, prawda? – Panna Marple przerwała i dodała stanowczo: – Uznałam, że znacznie lepiej będzie najpierw znaleźć ciało.

Rozbawiło to inspektora Craddocka.

– Pani, zdaje się, nie miała ani przez chwilę wątpliwości, że się je znajdzie?

– Byłam tego pewna. Lucy Eyelesbarrow to najbardziej inteligentna i kompetentna osoba, jaką znam.

– Zgadzam się całkowicie! Śmiertelnie mnie przeraża, jest tak straszliwie kompetentna! Żaden mężczyzna nigdy nie ośmieli się z nią ożenić.

– A wie pan, tego bym nie powiedziała... Oczywiście, musiałby to być niezwykły mężczyzna. – Panna Marple przez chwilę intensywnie nad czymś myślała. – Jak ona sobie radzi w Rutherford Hall?

– Już zauważyłem, że są całkowicie od niej uzależnieni. Jedzą jej z ręki, można by rzec – nawet dosłownie. Przy okazji, oni nic nie wiedzą o związkach Lucy z panią. Nie ujawniamy im tego.

– Teraz już nie ma ze mną żadnych związków. Wykonała to, o co ją prosiłam.

– A więc mogłaby złożyć wymówienie i odejść, gdyby tylko chciała?

– Tak.

– Ale dalej tam jest. Dlaczego?

– Nie przedstawiła mi swoich powodów. Podejrzewam, że jest zainteresowana.

– Problemem? Czy rodziną?

– Możliwe, że byłoby raczej trudno rozdzielić te dwie sprawy.

Craddock spojrzał na nią uważnie.

– Och nie, tylko nie to!

– Ma pan na myśli coś konkretnego?

– Myślę, że to pani ma.

Panna Marple pokręciła głową, a Dermot Craddock, westchnąwszy, skonstatował:

– A więc wszystko, co mogę zrobić, to prowadzić śledztwo, formalnie to nazywając. Jakież nudne jest życie policjanta!

– Będzie pan miał rezultaty, jestem pewna.

– Jakieś pomysły dla mnie? Jeszcze trochę natchnionego zgadywania?

– Myślałam o trupach teatralnych – powiedziała dość niejasno panna Marple – które wędrują z miejsca na miejsce i nie mają zbyt mocnych związków rodzinnych. Jednej z tych kobiet prawdopodobnie by im tak bardzo nie brakowało.

– Tak. Być może, warto taki aspekt rozważyć. Spojrzymy na sprawę pod tym kątem. Dlaczego pani się uśmiecha?

– Myślałam sobie właśnie o minie Elspeth McGillicuddy, kiedy usłyszy, że znaleźliśmy ciało!

II

– No, no! – powiedziała pani McGillicuddy.

Zabrakło jej słów. Patrzyła na sympatycznego, elegancko się wysławiającego młodego człowieka, który pojawił się u niej z urzędową misją. Potem spojrzała na fotografię, wręczoną jej na wstępie.

– To na pewno ona – stwierdziła. – Tak, to ona. Biedaczka. Cóż, muszę przyznać, iż cieszę się, że znaleźliście jej ciało. Nie wierzyli w ani jedno moje słowo. Ani policja, ani ci na kolei, ani w ogóle nigdzie. To bardzo denerwujące, kiedy ci nie wierzą. W każdym razie, nikt nie mógłby mi zarzucić, że nie zrobiłam wszystkiego, co było w mojej mocy.

Sympatyczny młody człowiek wyrażał współczucie i uznanie.

– Gdzie, pan mówił, znaleziono ciało?

– W stodole przy domu zwanym Rutherford Hall, zaraz za Brackhampton.

– Nigdy o nim nie słyszałam. Zastanawiam się, jak tam trafiło? Młody człowiek nie odpowiedział.

– Jane Marple je znalazła, na pewno. Wierzę w Jane.

– Ciało odkryła niejaka panna Lucy Eyelesbarrow – powiedział młody człowiek, sprawdziwszy w jakichś notatkach.

– Nic mi o niej nie wiadomo. Ale i tak jestem przekonana, że Jane Marple miała z tym coś wspólnego.

– W każdym razie, pani McGillicuddy, czy pani zdecydowanie rozpoznaje na tym zdjęciu kobietę, którą pani widziała w pociągu?

– ...duszoną przez mężczyznę. Tak. Rozpoznaję.

– A czy może pani opisać tego mężczyznę?

– Był wysoki, na pewno.

– Tak?

– Brunet.

– Tak?

– Nic więcej nie umiem powiedzieć. Stał do mnie tyłem. Nie widziałam twarzy.

– Czy potrafiłaby pani go rozpoznać, gdyby go pani zobaczyła?

– Oczywiście, że nie! Przecież mówię, ani przez moment nie widziałam jego twarzy.

– Czy mogłaby pani w przybliżeniu określić jego wiek?

Pani McGillicuddy się zastanowiła.

– Nie, chyba nie. To znaczy, właściwie nie wiem... Nie był, jestem tego prawie pewna, bardzo młody. Jego ramiona były... cóż, pochyłe, jeśli pan wie, co mam na myśli. – Młody człowiek kiwnął głową. – Trzydziestka lub więcej, nie mogę ocenić dokładniej. Właściwie to ja nie patrzyłam na niego. Raczej na nią, widziałam dłonie zaciśnięte na jej gardle i twarz całkiem siną... Wie pan, czasem mi się to jeszcze śni.

– Musiało to być okropne przeżycie – powiedział młody człowiek współczująco. Zamknął notes i zapytał:

– Kiedy wraca pani do Anglii?

– Nie wcześniej niż za trzy tygodnie. Czy muszę...?

– Ależ nie. W tej chwili w niczym nie mogłaby nam pani pomóc – zapewnił ją prędko. – Oczywiście, kiedy dokonamy aresztowania...

– Na tym urwał.

Pocztą przyszedł list od panny Marple. Pismo było ostre, treść rozwlekła i mnóstwo podkreśleń. Lata praktyki ułatwiły pani McGillicuddy odszyfrowanie go. Panna Marple przedstawiła pełny raport przyjaciółce, która chłonęła każde słowo z ogromną satysfakcją.

Obie z Jane nieźle im pokazały!

Rozdział jedenasty

I

– Po prostu nie mogę pani rozgryźć – powiedział Cedryk Cracken-thorpe.

Oparł się swobodnie o rozlatujący się mur opuszczonego chlewu i gapił na Lucy Eyelesbarrow.

– Czego nie potrafi pan rozgryźć?

– Powodów pani obecności tutaj.

– Zarabiam na życie.

– Jako garkotłuk?

– Jest pan staroświecki. Garkotłuk, no rzeczywiście! Jestem pomocą domową, profesjonalną gospodynią albo odpowiedzią na modły, głównie tym ostatnim.

– Nie może pani lubić prac, które należą do obowiązków służby: gotowania, ścielenia łóżek, buczenia po domu z... jak to się tam nazywa... odkurzaczem, nurzania rąk po łokcie w tłustej, brudnej wodzie.

Lucy się zaśmiała.

– Może nie wszystkie te zajęcia, ale gotowanie zaspokaja moją potrzebę tworzenia i jest też we mnie coś, co naprawdę czerpie rozkosz z porządkowania.

– Ja żyję w permanentnym bałaganie – wyznał szczerze Cedryk. – Bo lubię – dodał prowokująco.

– Widać to po panu.

– Mój domek na Ibizie funkcjonuje na prostych i jasnych zasadach. Mam trzy talerze, dwie filiżanki plus spodki, łóżko, stół i dwa krzesła. Wszędzie jest kurz, smugi farby i odłamki kamienia, bo poza malowaniem także rzeźbię. Nikt nie ma prawa niczego dotykać. Nie zniósłbym kobiety w pobliżu.

82

– W żadnej roli?

– Co pani przez to rozumie?

– Zakładałam, że człowiek o takim artystycznym smaku powinien mieć jakieś życie uczuciowe.

– Moje życie uczuciowe, jak je pani nazywa, to moja sprawa – odparł Cedryk z godnością. – Czego nie zniósłbym, to kobiety w jej sprzątająco-wtrącająco-rządzącej roli.

– Jakże bym chciała zmierzyć się z pańskim domkiem. Cóż to by było za wyzwanie!

– Nie będzie pani miała takiej okazji.

– Jestem przekonana, że nie.

Kilka cegieł odpadło od ściany chlewa. Cedryk odwrócił się i zajrzał do wnętrza pełnego pokrzyw:

– Kochana, stara Madge. Maciora o czarującym charakterze i płodna matka. Siedemnaścioro w ostatnim miocie. Przychodziliśmy tu i drapaliśmy ją patykiem po grzbiecie. Uwielbiała to.

– Dlaczego pozwolono, żeby posiadłość tak podupadła? Chyba nie tylko wojna winna?

– Tu też chciałaby pani posprzątać? Cóż za wścibska kobieta! Już wiem, dlaczego właśnie pani odkryła zwłoki. Nie mogła pani zostawić w spokoju nawet greko-romańskiego sarkofagu! – Przerwał na chwilę. – Nie tylko wojna zawiniła. To mój ojciec. A przy okazji, co pani o nim myśli?

– Nie miałam zbyt wiele czasu na myślenie.

– Proszę nie robić uników. Jest skąpy jak diabli i, moim zdaniem, trochę stuknięty. Oczywiście nienawidzi nas wszystkich – może z wyjątkiem Emmy. To przez testament dziadka.

Lucy spojrzała na niego z zainteresowaniem.

– Mój dziadek zbił dużą forsę na przysmakach do popołudniowej herbaty. A potem, będąc człowiekiem przewidującym, bardzo wcześnie przerzucił się na przekąski, tak że teraz zarabiamy niezłą kasę na tych wszystkich przyjęciach koktajlowych. Cóż, przyszedł taki czas, kiedy ojciec dał do zrozumienia, że jego dusza wyrasta ponad dziadkowe specjały. Podróżował po Włoszech, Bałkanach, Grecji, bowiem interesował się sztuką starożytną. Dziadek poczuł się bardzo urażony. Doszedł do wniosku, że z ojca żaden biznesmen i raczej kiepski znawca sztuki – całkiem słusznie w obu wypadkach – więc pieniądze zostawił pod zarządem dla wnuków. Ojciec do końca życia ma dostawać całe dochody z majątku, ale nie może tknąć kapitału. Czy wie pani, co zrobił? Przestał wydawać pieniądze. Przyjechał tutaj i zaczął oszczędzać. Rzekłbym, że do dziś zdążył zgromadzić fortunę prawie równą zostawionej przez dziadka. A tymczasem my wszyscy: Harold, Emma, Alfred i ja nie mamy grosza z dziadkowych pieniędzy. Jestem rzeźbiarzem – zakamieniałym golcem. Harold wszedł w biznes i jest kimś ważnym w City – to on ma dar robienia pieniędzy, ale słyszałem pogłoski, że pojawiły się kłopoty. Alfred – cóż, Alfred jest u nas znany jako Złoty Alf...

– Dlaczego?

– Ileż to pani chciałaby wiedzieć! Odpowiedź brzmi: Alfred jest czarną owcą w rodzinie. Jeszcze nie siedział w więzieniu, ale był bardzo bliski tego. Pracował w ministerstwie zaopatrzenia w czasie wojny, które opuścił dość nagle w podejrzanych okolicznościach. Potem były jakieś mocno wątpliwe handle puszkowanymi owocami i afera z jajami. Nic na dużą skalę, tylko kilka drobnych szwindli.

– To chyba niezbyt roztropne – mówienie takich rzeczy komuś obcemu?

– Dlaczego? Jest pani agentką policji?

– Mogłabym nią być.

– Nie sądzę. Harowała tu pani jak wół, zanim policja zaczęła się nami interesować. Powiedziałbym raczej... – Przerwał, zobaczywszy Emmę przy furtce.

– Cześć, Em. Wyglądasz na bardzo zmartwioną.

– Bo jestem. Chciałabym z tobą pomówić, Cedryku.

– Muszę wracać do domu. – Lucy zachowała się taktownie.

– Proszę nie odchodzić. – Cedryk zatrzymał ją. – Za sprawą morderstwa stała się pani właściwie członkiem rodziny.

– Mam dużo roboty – odparła Lucy. – Wyszłam tylko, bo potrzebuję trochę pietruszki.

Wycofała się szybko do ogrodu. Towarzyszyło jej spojrzenie Cedryka.

– Niezła dziewczyna. Kim jest naprawdę?

– Och, jest dosyć znana – powiedziała Emma. – Zasłynęła w swojej profesji. Ale nie chodzi tu o Lucy Eyelesbarrow, Cedryku. Okropnie się martwię. Policja sądzi, że zamordowana była cudzoziemką, może Francuzką. Cedryku, nie sądzisz, że to mogła być Martine?

II

Przez moment Cedryk gapił się na nią, jakby nie rozumiejąc.

– Martine? Ale kimże jest ta... Ach, masz na myśli Martine?

– Tak. Myślisz...

– A czemuż miałaby to być akurat ona?

– Już samo wysłanie przez nią telegramu było dziwne. Jeśli się dobrze zastanowić, musiało to być mniej więcej w tym samym czasie... Myślisz, że mogła, mimo wszystko, przyjechać i...

– Bzdura. Dlaczego Martine miałaby tu przyjeżdżać i trafić akurat do Długiej Stodoły? Po co? Takie rozumowanie wydaje mi się zupełnie absurdalne.

– Czy nie sądzisz, że powinnam powiedzieć inspektorowi Baconowi albo temu drugiemu?

– Co powiedzieć?

– No... o Martine. O jej liście.

– Nie zaczynaj im jeszcze bardziej komplikować sprawy, przynosząc kupę nieistotnego śmiecia, które nie ma z tym wszystkim żadnego związku. I jeszcze jedno: nigdy nie byłem całkiem przekonany, że list Martine jest autentyczny.

– Ja byłam.

– Ty zawsze miałaś skłonność do dawania wiary zupełnie nieprawdopodobnym historiom, staruszko. Radzę ci, zamknij buzię i siedź cicho. Niech się policja martwi identyfikacją tego ich bezcennego trupa. I założę się, że Harold powiedziałby ci to samo.

– Och, wiem, że Harold by tak zrobił. I Alfred. Ale martwię się, Cedryku, naprawdę się martwię. Nie wiem, co powinnam zrobić.

– Nic. Trzymaj buzię na kłódkę, Emmo. Nie wywołuj wilka z lasu, to moja dewiza.

Emma westchnęła. Wróciła powoli do domu, pełna niespokojnych myśli. Kiedy przechodziła przez podjazd, z domu wyłonił się doktor Quimper i otworzył drzwiczki swego obitego austina. Ujrzawszy Emmę, zostawił samochód i wyszedł jej naprzeciw.

– No, Emmo, twój ojciec jest w doskonałej formie. Morderstwo mu służy. Dzięki niemu odżył. Muszę polecić ten środek także innym pacjentom.

Uśmiechnęła się machinalnie. Doktor Quimper zawsze był wrażliwy na ludzkie nastroje.

– Stało się coś szczególnego? – spytał.

Emma spojrzała na niego. Od jakiegoś czasu nabrała zaufania do tego uprzejmego i serdecznego człowieka. Stał się przyjacielem, na którym można było polegać, kimś więcej, niż tylko lekarzem domowym. Jego wystudiowana opryskliwość jej nie zwiodła – czuła, że kryje się pod nią delikatność.

– Tak, jestem zmartwiona – przyznała.

– Powiesz mi? Nie mów, jeśli nie chcesz.

– Chciałabym ci wszystko powiedzieć. Część z tego już znasz. Chodzi o to, że nie wiem, co mam robić.

– Muszę przyznać, że byłaś zwykle bardzo rozsądna. Jaki masz kłopot?

– Pamiętasz, choć pewnie raczej nie, co ci kiedyś mówiłam o moim bracie, który zginął na wojnie?

– O tym, że się ożenił czy chciał ożenić z dziewczyną z Francji? Coś w tym rodzaju?

– Tak. Zginął zaraz potem, jak dostałam od niego ten list. Nigdy niczego nie usłyszeliśmy od niej ani o niej. Jedyne, co było nam wiadome, to jej imię. Mieliśmy zawsze nadzieję, że się odezwie albo pojawi, ale tego nie robiła. Aż miesiąc temu, przed samymi świętami...

– Pamiętam. Dostaliście list, prawda?

– Tak. Pisała, że jest w Anglii i chciałaby przyjechać, by się z nami zobaczyć. Wszystko było ustalone, ale w ostatniej chwili przysłała telegram, że musi niespodziewanie wracać do Francji.

– Więc?

– Policja uważa, że ta zamordowana kobieta była Francuzką.

– Tak? Według mnie wyglądała bardziej na Angielkę, ale coś takiego trudno stwierdzić. I martwisz się, że to mogła być dziewczyna twojego brata?

– Tak.

– Bardzo mało prawdopodobne – powiedział doktor Quimper i dodał: – W każdym razie rozumiem, co czujesz.

– Zastanawiam się, czy nie powinnam powiedzieć policji o... o wszystkim. Cedryk i inni mówią, że to zupełnie niepotrzebne. A jak ty sądzisz?

– Hm... – Doktor Quimper zacisnął usta. Przez dłuższą chwilę milczał, pogrążony w myślach. Wreszcie powiedział niechętnie: – Znacznie łatwiej, oczywiście, jest nic nie mówić. Rozumiem twoich braci. Jednakże...

– Jednakże?

Quimper spojrzał na nią z czułością.

– Poszedłbym prosto na policję i powiedział. Będziesz się bez przerwy zamartwiać, jeśli tego nie zrobisz. Znam cię.

Emma lekko się zarumieniła.

– Pewnie jestem głupia.

– Rób, co uważasz za stosowne, moja droga, a reszta rodziny niech się powiesi. W każdym razie poprę twoją decyzję przeciwko nim wszystkim.

Rozdział dwunasty

I

– Hej, ty, dziewczyno! Chodź no tutaj!

Lucy odwróciła się, zaskoczona. Stary pan Crackenthorpe machał ręką, stojąc tuż za progiem zawsze do tej pory zamkniętego pomieszczenia.

– Do mnie pan mówi?

– Nie gadaj tyle, tylko wchodź.

Lucy była posłuszna nakazowi głowy rodziny. Pan Crackenthorpe chwycił ją za ramię, wciągnął za drzwi i zatrzasnął je.

– Chcę ci coś pokazać – oznajmił.

Lucy rozejrzała się wokół. Znajdowali się w małym pokoju, najwyraźniej zaprojektowanym jako pracownia, ale równie wyraźnie od bardzo dawna niewykorzystywanym w tym celu. Biurko zalegały sterty pokrytych kurzem papierzysk, a girlandy pajęczyn zwieszały się z narożników sufitu. Powietrze było wilgotne i stęchłe.

– Chce pan, żebym sprzątnęła w tym pokoju?

Starzec gwałtownie pokręcił głową.

– Nie, nie! Zawsze zamykam ten pokój. Emma chciałaby w nim pobuszować, ale jej nie pozwalam. Pokój jest mój. Widzisz te kamienie? Prawdziwe okazy geologiczne.

Lucy spojrzała na zbiór dwunastu czy czternastu odłamków skalnych. Część z nich była oszlifowana, a część nie.

– Piękne – powiedziała grzecznie. – Niezwykle interesujące.

– Masz zupełną rację. Są interesujące. Jesteś inteligentną dziewczyną. Nie każdy może je oglądać. Pokażę ci jeszcze inne rzeczy.

– To bardzo uprzejme z pańskiej strony, ale doprawdy powinnam wrócić już do swojej pracy. Z sześcioma osobami w domu...

– Jedzącymi tak, że chyba przeżrą mi dom. Zawsze to robią, kiedy się zjadą. Jedzą. I wcale nie proponują zapłaty. Pijawki! Wszyscy tylko wyczekują mojej śmierci. Ja jednak na razie nie umieram. Nie zamierzam umrzeć, żeby zrobić im przyjemność. Jestem o wiele silniejszy, niż sądzi nawet Emma.

– Również tak uważam.

– Nie jestem też wcale taki zgrzybiały. Robią ze mnie starca i tak mnie traktują. Nie myślisz chyba, że jestem stary?

– Ależ oczywiście, że nie.

– Rozsądna dziewczyna. Spójrz na to.

Wskazał na wiszącą na ścianie wielką, wyblakłą planszę. Widniało na niej drzewo genealogiczne, miejscami tak misternie opisane, że aby je odczytać, należałoby użyć szkła powiększającego. Jednak imiona protoplastów wypisane były wielkimi literami, nad którymi górowały korony.

– Królewskie pochodzenie – rzekł dumnie pan Crackenthorpe. – To jest drzewo rodziny mojej matki, a nie mojego ojca. On był parweniuszem, pospolitym, starym człowiekiem! Nie lubił mnie. Zawsze byłem kimś lepszym od niego. Przejąłem to po matce. Miałem naturalne zamiłowanie do piękna i rzeźby klasycznej – on w tym nic nie widział, stary głupiec. Nie pamiętam mojej matki, umarła, kiedy miałem dwa lata. Ostatnia z rodziny. Zlicytowano ich, a ona poślubiła mojego ojca. Ale spójrz tam: Edward Wyznawca, Ethelred Niegotowy – są tam wszyscy. I to przed rokiem 1066, przed Normanami! Imponujące, prawda?

– Rzeczywiście.

– A teraz pokażę ci jeszcze coś. – Poprowadził ją przez pokój do ogromnego mebla z ciemnego dębu. Lucy w nieprzyjemny sposób zdała sobie sprawę z siły palców, wpijających się w jej ramię. Dziś z całą pewnością nie miała do czynienia z wątłym, schorowanym staruszkiem.

– Widzisz? Pochodzi z Lushington – to rodzinne strony mojej matki. Elżbietański. Trzeba czterech ludzi, żeby przemieścić taki mebel. Na pewno nie wiesz, co tutaj trzymam. Chcesz, żebym ci pokazał?

– Proszę – powiedziała grzecznie Lucy.

– Ciekawska, co? Wszystkie kobiety są ciekawskie. – Wyjął z kieszeni klucz i otworzył dolne drzwiczki. Wyciągnął zaskakująco współcześnie wyglądającą kasetkę pancerną. Ją również otworzył.

– Spójrz, moja droga. Czy wiesz, co to?

Podniósł mały cylinder zawinięty w papier, który odwinął z jednego końca. Złote monety spłynęły mu na dłoń.

– Spójrz na nie, młoda damo. Patrz na nie, trzymaj je, dotykaj! Wiesz, co to jest? Założę się, że nie! Jesteś za młoda. To suwereny. Dobre, złote suwereny. Były w użyciu, zanim weszły w modę te wszystkie brudne papierki. Warte są znacznie więcej niż głupie kawałki papieru. Zebrałem je dawno temu. Mam w kasetce i wiele innych rzeczy. Wszystko przygotowane na przyszłość. Emma nie wie. Nikt nie wie. To nasz sekret, rozumiesz? Wiesz, dlaczego to ci mówię i pokazuję?

– Dlaczego?

– Bo nie chcę, żebyś myślała, że jestem już do niczego: starym, chorym człowiekiem. Jest jeszcze coś w tym starym psie. Moja żona od dawna nie żyje. Zawsze się wszystkiemu sprzeciwiała. Nie podobały jej się imiona, które dałem dzieciom – dobre, anglosaskie imiona. Nie interesowało jej to drzewo genealogiczne. Ale nigdy nie zwracałem uwagi na to, co mówiła – uległe i tchórzliwe stworzenie – zawsze się poddawała. A ty jesteś odważną klaczką, naprawdę, bardzo miłą klaczką. Dam ci dobrą radę. Nie marnuj się dla młodych mężczyzn. To głupcy! Chcesz zadbać o swą przyszłość, to czekaj...

Jego palce zacisnęły się na ramieniu Lucy. Pochylił się nad jej uchem:

– Więcej nie powiem. Czekaj. Ci beznadziejni głupcy myślą, że niedługo umrę. Niech sobie myślą. Nie zdziwię się, jeśli ich wszystkich przeżyję! A wtedy zobaczymy! O tak, wtedy zobaczymy. Harold nie ma dzieci. Cedryk i Alfred nie są żonaci. Emma... Emma teraz już za mąż nie wyjdzie. Robi słodkie oczy do Quimpera, ale on nigdy nie pomyśli o poślubieniu jej. Jest oczywiście Aleksander. Tak, jest Aleksander... Tak, to dziwne. Lubię go.

Przerwał na chwilę i zmarszczył brwi.

– No, dziewczyno, co o tym powiesz?

– Panno Eyelesbarrow... – Głos Emmy rozległ się słabo zza zamkniętych drzwi pracowni.

Lucy z wdzięcznością wykorzystała tę szansę.

– Woła mnie panna Crackenthorpe. Muszę iść. Bardzo panu dziękuję, że mi pan to wszystko pokazał...

– Nie zapomnij... Nasz sekret...

– Nie zapomnę – powiedziała Lucy i wybiegła do holu, nie do końca pewna, czy to, co właśnie usłyszała, było wstępną propozycją małżeństwa.

II

Dermot Craddock siedział za biurkiem w swoim pokoju w Scotland Yardzie. Opierając się swobodnie na łokciu, mówił do słuchawki po francusku, który to język opanował całkiem znośnie:

- To tylko taki pomysł, rozumiesz.

- Ale zawsze pomysł - powiedział po drugiej stronie głos z prefektury policji paryskiej. - Już wszcząłem dochodzenie w tych kręgach. Mój agent donosi, że się pojawiły dwa czy trzy obiecujące tropy. Jeśli nie ma żadnej rodziny lub kochanka, wówczas te kobiety bardzo łatwo wypadają z obiegu i nikt o nie się nie kłopocze. Pojechały w trasę, albo pojawił się jakiś nowy mężczyzna - nikomu nic do tego. Szkoda, że na fotografii, którą mi przysłałeś, tak trudno jest kogoś rozpoznać. Uduszenie raczej nie poprawia urody. No, ale na to nie możemy nic poradzić. Idę teraz przejrzeć raporty moich agentów. Może coś w nich będzie. *Au revoir, mon cher.*

Kiedy Craddock żegnał się uprzejmie, policjant położył przed nim na biurku kartkę, na której było napisane: „Panna Emma Crackenthorpe do detektywa-inspektora Craddocka. Sprawa Rutherford Hall".

Odłożył słuchawkę i powiedział do policjanta:

- Proszę wprowadzić pannę Crackenthorpe.

Czekając, odchylił się na krześle i myślał. A więc nie mylił się: Emma Crackenthorpe coś wiedziała. Być może niewiele, ale jednak coś. I zdecydowała się mu powiedzieć.

Kiedy weszła, wstał, podał jej rękę, podsunął krzesło i zaproponował papierosa, ale odmówiła. Milczała dłuższą chwilę. Próbowała, jak przypuszczał, znaleźć właściwe słowa. Nachylił się ku niej.

- Ma mi pani coś do powiedzenia, panno Crackenthorpe? Mogę pani pomóc? Czymś się pani niepokoiła, prawda? Pewnie jakiś drobiazg, który, jak się pani wydaje, nie ma najprawdopodobniej nic wspólnego ze sprawą, ale z drugiej strony, mógłby się okazać istotny. Przyszła mi pani o tym opowiedzieć, tak? To chyba ma coś wspólnego z tożsamością zmarłej. Wydaje się pani, że wie, kto to mógłby być?

- Nie, niedokładnie. Naprawdę myślę, że to zupełnie nieprawdopodobne, ale...

- Ale jest pewna możliwość, która panią niepokoi. Proszę mi o tym opowiedzieć, a może uda się panią uspokoić.

Emma zwlekała chwilę, nim zaczęła:

- Widział pan moich trzech braci. Był jeszcze jeden, Edmund, który poległ na wojnie. Krótko przed śmiercią napisał do mnie z Francji.

Otworzyła torebkę i wyjęła pożółkłą kartkę papieru. Zaczęła czytać:

- „Mam nadzieję, że nie będzie to dla ciebie zbyt wielkim wstrząsem, ale żenię się - z Francuzką. To wszystko jest takie niespodziewane, wiem jednak, że polubisz Martine i, jeśli mi się coś stanie, zaopiekujesz się nią. Napiszę ci o wszystkim następnym razem, kiedy już będę żonaty. Sprzedaj to łagodnie staremu, dobrze? Pewnie podskoczy do sufitu".

Inspektor wyciągnął rękę. Emma zawahała się, ale po chwili podała mu list i mówiła dalej pośpiesznie:

– Dwa dni po otrzymaniu tego listu dostałam telegram, że Edmund „zaginął, prawdopodobnie poległ". Później potwierdzono oficjalnie, że zginął. To było przed samą Dunkierką, podczas wielkiego zamieszania. W dokumentach armii nie znalazł się żaden zapis o jego małżeństwie, co sprawdziłam, ale, jak wspomniałam, to był czas wielkiego zamętu. Nigdy nic nie słyszałam o tej dziewczynie. Po wojnie próbowałam ją znaleźć, prowadziłam pewne poszukiwania, ale znałam tylko jej imię. Założyłam więc, że małżeństwo nigdy nie doszło do skutku, a dziewczyna poślubiła kogoś innego przed końcem wojny, albo – najprawdopodobniej – sama zginęła.

Craddock przytaknął i słuchał pilnie.

– Proszę sobie wyobrazić moje zaskoczenie, kiedy mniej więcej miesiąc temu dostałam list, podpisany „Martine Crackenthorpe".

– Ma go pani?

Emma wyjęła list z torebki i wręczyła inspektorowi. Przeczytał go z zainteresowaniem. Pisany był pochyłym, regularnym pismem osoby wykształconej:

Droga Mademoiselle! Mam nadzieję, że ten list nie będzie dla Pani zbyt wielkim wstrząsem. Nie wiem nawet, czy pani brat Edmund powiadomił Panią, że pobraliśmy się. Zginął zaledwie parę dni później i wtedy też naszą wioskę zajęli Niemcy. Kiedy skończyła się wojna, postanowiłam nie pisać do Pani ani nie nawiązywać kontaktu, choć Edmund polecił mi tak zrobić. Ale wtedy już ułożyłam sobie życie na nowo i nie było to konieczne. Teraz jednak wszystko się zmieniło. Piszę ten list dla dobra mojego syna. Jest dzieckiem Pani brata, rozumie Pani, a ja... ja nie mogę mu już zapewnić odpowiednich warunków. Przyjeżdżam do Anglii na początku przyszłego tygodnia. Będę wdzięczna, gdyby zechciała Pani powiadomić mnie, czy mogę przyjechać do Rutherford Hall, żeby się z Panią zobaczyć. Mój adres do korespondencji to 126 Elvers Crescent, numer 10. Jeszcze raz pragnę wyrazić nadzieję, że ten list nie jest dla Pani zbyt wielkim wstrząsem.

Pozostaję z wyrazami najwyższego szacunku – Martine Crackenthorpe.

Craddock milczał chwilę. Przeczytał ponownie list, zanim go oddał.

– Co pani zrobiła, otrzymawszy ten list?

– Mój szwagier, Bryan Eastley, był akurat wtedy u nas i rozmawiałam z nim na ten temat. Potem zadzwoniłam do Londynu, do mojego brata Harolda, żeby się go poradzić. On był nastawiony raczej sceptycznie do całej sprawy, mówił, że trzeba zachować jak najdalej posuniętą ostrożność. Przede wszystkim powinniśmy dokładnie sprawdzić wiarygodność tej kobiety.

Emma umilkła, ale po chwili podjęła przerwany wątek:

– Oczywiście, miał rację i w pełni się z nim zgadzałam. Jeśli jednak owa dziewczyna – kobieta – była naprawdę tą Martine, o której pisał mi Edmund, uważałam, że powinniśmy dobrze ją przyjąć. Wysłałam list pod adres, który podała, zapraszając ją do Rutherford Hall na spotkanie z rodziną. Parę dni później otrzymałam telegram z Londynu: „Bardzo żałuję, muszę nagle wracać do Francji. Martine". Potem nie było już dalszych listów ani żadnych informacji.

– Jak można by to wszystko umiejscowić w czasie?

Emma zmarszczyła brwi.

– Krótko przed świętami. Wiem, bo zamierzałam poprosić ją, by zechciała spędzić z nami Boże Narodzenie, ale ojciec nie chciał nawet o tym słyszeć, więc zaproponowałam, żeby przyjechała na poświąteczny weekend, kiedy jeszcze będzie cała rodzina. Myślę, że depesza o jej powrocie do Francji przyszła kilka dni przed Wigilią.

– I przypuszcza pani, że kobieta, której ciało znaleziono w sarkofagu, mogła być tą Martine?

– Nie, oczywiście, że nie. Ale kiedy powiedział pan, że była prawdopodobnie cudzoziemką, nie mogłam nie zastanawiać się... Czy, być może... – Jej głos ucichł.

Craddock odezwał się szybko, by ją uspokoić:

– Bardzo dobrze, że mi pani o tym opowiedziała. Zajmiemy się sprawą. Najprawdopodobniej kobieta, która do pani napisała, naprawdę wróciła do Francji i przebywa tam teraz, cała i zdrowa. Jednak jest tu pewna zbieżność dat, jak pani sama zauważyła. Na rozprawie u koronera ustalono, że śmierć ofiary nastąpiła trzy, cztery tygodnie temu. A teraz proszę się nie martwić, panno Crackenthorpe, i pozostawić sprawę nam. Naradzała się pani z panem Haroldem. A co z ojcem i innymi braćmi? – dodał jakby od niechcenia.

– Musiałam, oczywiście, powiedzieć ojcu. Był bardzo wzburzony. – Uśmiechnęła się lekko. – Przekonywał mnie, że chodzi wyłącznie o wyciągnięcie od nas pieniędzy. Mój ojciec bardzo łatwo się unosi, gdy w grę wchodzą sprawy finansowe. Jest przekonany, albo udaje, że jest bardzo biedny i musi oszczędzać każdy grosz. Wiadomo, że starsi ludzie miewają czasami takie obsesje. Nie jest to, oczywiście, prawda, ma bardzo duże dochody i nie wydaje nawet ćwierci z nich, a raczej nie wydawał, aż do czasu wprowadzenia wysokich podatków dochodowych. Z całą pewnością ma ogromne oszczędności. – Zamilkła na chwilę. – Mówiłam też moim pozostałym braciom. Alfred najpierw zdawał się uważać to za rodzaj żartu, ale potem też skłaniał się do poglądu, że chodzi o oszustwo. Cedryk po prostu nie był zainteresowany – ma tendencję do koncentrowania się na sobie. Uznaliśmy, że rodzina spotka się z Martine w obecności naszego prawnika, pana Wimborne'a.

– A co on sądził o liście?

– Nie zdążyliśmy mu go pokazać, kiedy przyszedł telegram Martine.

– Nie podjęła pani żadnych dalszych kroków?

– Podjęłam. Napisałam na londyński adres, ale nie dostałam żadnej odpowiedzi.

– Dość dziwna sprawa... hm... – Spojrzał na nią uważnie. – A co pani o tym myśli?

– Sama nie wiem, co mam myśleć.

– Jak pani wtedy reagowała? Uważała pani, że list jest prawdziwy, czy zgadzała się pani z ojcem i braćmi? A co z pani szwagrem, jakie miał zdanie?

– Bryan uważał, że list jest autentyczny.

– A pani?

– Ja... nie byłam pewna.

– A gdyby się miało okazać, że owa kobieta rzeczywiście była wdową po pani bracie?

Twarz Emmy złagodniała, gdy mówiła:

– Bardzo kochałam Edmunda. Ten list wydawał mi się dokładnie taki, jaki dziewczyna, w której się zakochał, mogła napisać. Przebieg wydarzeń podany w liście był zupełnie naturalny i prawdopodobny. Zakładałam, że przed zakończeniem wojny wyszła ponownie za mąż za kogoś, kto zajął się nią i dzieckiem. Później, ten mężczyzna, być może, umarł albo zostawił ją i wówczas uznała za słuszne zwrócenie się do rodziny Edmunda, tak jak chciał, żeby zrobiła. List wydawał mi się prawdziwy i naturalny, ale, rzecz jasna, Harold zwrócił uwagę, że gdyby był napisany przez oszustkę, to musiałaby ona znać i Martine, i wszystkie fakty, więc także napisałaby zupełnie przekonujący list. Musiałam przyznać mu słuszność, jednak... – Urwała.

– Wolała pani, żeby był prawdziwy? – spytał łagodnym tonem Craddock.

Spojrzała na niego z wdzięcznością.

– Chciałam, żeby był prawdziwy. Tak bym się cieszyła, gdyby Edmund zostawił syna.

Craddock pokiwał głową.

– Ma pani rację, ten list wygląda na prawdziwy. Zaskakujący jest dalszy ciąg – nagły wyjazd Martine do Francji i to, że nie słyszała pani o niej już nigdy więcej. Odpowiedziała pani życzliwie, była przygotowana na jej przyjęcie. Dlaczego, nawet jeśli musiała wracać do Francji, nie napisała ponownie? Oczywiście zakładając, że to była rzeczywiście ona. Jeśli oszustka, łatwiej to wytłumaczyć. Myślałem, że może poradziła się pani pana Wimborne'a, który mógł podjąć jakieś kroki, co mogło ją zaniepokoić. Ale skoro tego nie zrobił, może uczynił to któryś z pani braci? Możliwe, że owa Martine miała przeszłość, która nie wytrzymałaby dochodzenia. Mogła zakładać, że będzie miała do czynienia tylko z oddaną siostrą Edmunda, a nie z twardymi, podejrzliwymi biznesmenami. I mieć nadzieję, że uzyska od pani bez specjalnych pytań pewną kwotę pieniędzy na dziecko – właściwie już nie dziecko, ale piętnasto- albo szesnastoletniego chłopca. Zamiast tego przekonała się, że musi sforsować coś zupełnie innego. W końcu, spodziewam się, że pojawiłyby się istotne kwestie prawne. Skoro Edmund Crackenthorpe pozostawił syna, urodzonego ze związku małżeńskiego, to byłby jednym ze spadkobierców majątku pani dziadka?

Emma przytaknęła.

– Ponadto, z tego, co mi mówiono, w odpowiednim czasie odziedziczyłby Rutherford Hall wraz z otaczającym go terenem, teraz prawdopodobnie bardzo cennym terenem budowlanym.

Emma wyglądała na lekko zszokowaną.

– Tak, o tym nie pomyślałam.

– Cóż, na pani miejscu nie martwiłbym się – powiedział inspektor Craddock. – Zrobiła pani bardzo słusznie, przychodząc do mnie i mówiąc mi o tym. Sprawdzimy oczywiście, ale wydaje mi się wielce prawdopodobne, że nie ma żadnego związku między kobietą, która napisała ten list – i pewnie usiłowała zarobić na oszustwie – a zwłokami znalezionymi w sarkofagu.

Emma wstała z westchnieniem ulgi.

– Tak się cieszę, że pana poinformowałam. Był pan bardzo uprzejmy.

Craddock odprowadził ją do drzwi. Następnie zadzwonił po sierżanta Wetheralla.

– Bob, mam dla was robotę. Idźcie na 126 Elvers Crescent, numer 10. Weźcie ze sobą fotografię ofiary z Rutherford Hall. Sprawdźcie, czego możecie się dowiedzieć na temat kobiety o nazwisku Crackenthorpe, Martine Crackenthorpe, która tam mieszkała albo zjawiała się po listy, powiedzmy, od połowy do końca grudnia.

– Tak jest, sir.

Inspektor zajął się innymi sprawami, a zaległości miał spore. Po południu poszedł do zaprzyjaźnionego agenta teatralnego. Jego dochodzenie nie przyniosło rezultatów.

Po powrocie do Scotland Yardu znalazł na biurku depeszę z Paryża: „Podanemu opisowi może odpowiadać Anna Stravinska z baletu Maritski. Sugeruję przyjazd. Dessin, Prefektura".

Craddock odetchnął z ulgą. Nareszcie! To by wyjaśniało, pomyślał, sprawę Martine Crackenthorpe... Postanowił wsiąść na nocny prom do Paryża.

Rozdział trzynasty

I

– To doprawdy niezwykle uprzejme, że zechciała mnie pani podjąć podwieczorkiem – powiedziała panna Marple do Emmy Crackenthorpe.

Panna Marple wyglądała na szczególnie urocze wcielenie słodkiej staruszki. Promieniała, rozglądając się wkoło. Patrzyła na Harolda Crackenthorpe'a w dobrze skrojonym ciemnym garniturze, na Alfreda, podającego jej kanapki z czarującym uśmiechem, na Cedryka, stojącego obok kominka w zeszmaconej tweedowej marynarce i spoglądającego na resztę rodziny z wściekłością.

– Jest nam bardzo miło, że mogła nas pani odwiedzić – zrewanżowała się Emma.

Nie pozostało najmniejszego śladu po scenie, która rozegrała się tego dnia po obiedzie, kiedy Emma wykrzyknęła:

– Och, zupełnie zapomniałam! Powiedziałam pannie Eyelesbarrow, że może zaprosić swoją ciotkę na dzisiejszy podwieczorek.

– Spław ją – rzucił szorstko Harold. – Mamy jeszcze sporo do omówienia. Nie trzeba nam tu obcych.

– Dajmy jej i dziewczynie podwieczorek w kuchni albo gdziekolwiek – poradził Alfred.

– Nie, nie zgadzam się. – Emma zaprotestowała stanowczo. – To byłoby bardzo nieuprzejme.

– Niechże więc przyjdzie. – Cedryk nie oponował. – Trzeba ją trochę pociągnąć za język i może usłyszymy coś o cudownej Lucy. Muszę przyznać, że chciałbym więcej się dowiedzieć o tej dziewczynie. Nie ufam jej. Za sprytna.

– Ma znakomite referencje i jest autentyczną służącą – oświadczył Harold. – Zadałem sobie trud sprawdzenia tego. Chciałem się upewnić. A jednak szukała i znalazła ciało...

– Gdybyśmy tylko wiedzieli, kim była ta cholerna baba – powiedział Alfred.

Harold dodał gniewnie:

– Chyba postradałaś zmysły, Emmo. Co za pomysł, żeby pójść na policję i sugerować, że ta kobieta mogła być francuską dziewczyną Edmunda. To ich przekona, że przyjechała tutaj i ktoś z nas ją zabił.

– Ależ Haroldzie, nie przesadzaj.

– Harold ma rację – wtrącił się Alfred. – Co cię napadło, nie pojmuję. Mam wrażenie, że teraz wszędzie chodzą za mną tajniacy.

– Mówiłem, żeby tego nie robiła – odezwał się Cedryk. – Ale potem Quimper ją poparł.

– To nie jego sprawa – warknął z rozdrażnieniem Harold. – Niech pilnuje pigułek, proszków i pacjentów.

– Och, przestańcie się kłócić. – Emma była znużona i poirytowana. – Naprawdę jestem zadowolona, że ta panna Jakjejtam przychodzi na herbatę. Wszystkim tylko dobrze zrobi, gdy będziemy mieli tu kogoś obcego, kto nie pozwoli nam wałkować w kółko ciągle tych samych spraw. Muszę trochę się zająć sobą. – Wyszła z pokoju.

– Ta Lucy Eyelesbarrow... – Harold przerwał na chwilę. – Jak mówi Cedryk, rzeczywiście dziwne, że szperała w stodole i zabrała się do otwierania sarkofagu. – To zadanie dla atlety. Być może powinniśmy podjąć jakieś kroki. Wydawało mi się, że podczas obiadu zachowywała się dość arogancko.

– Zostaw ją mnie – rzekł Alfred. – Wkrótce będę wiedział, czy coś knuje.

– Ale po co otwierała sarkofag?

– Może naprawdę wcale nie jest tą Lucy Eyelesbarrow z referencjami – zasugerował Cedryk.

– Ale w jakim celu... – Harold wyglądał na zupełnie wytrąconego z równowagi. – O cholera!

Spojrzeli po sobie zaniepokojeni.

– I jeszcze ta uprzykrzona starucha przychodzi na herbatę. Właśnie kiedy chcemy pomyśleć.

– Omówimy te sprawy wieczorem – zdecydował Alfred. – Tymczasem pociągniemy ciotkę za język na temat Lucy.

Tak więc, we właściwym czasie, panna Marple została przywieziona przez Lucy i usadowiona przy kominku, gdzie uśmiechała się właśnie do Alfreda, podającego jej kanapki, z aprobatą, jaką okazywała zawsze przystojnym mężczyznom.

– Bardzo panu dziękuję... czy mogę prosić... Och, jajka i sardynki, to będzie znakomite. Zawsze jestem łakoma w porze podwieczorku. Rozumieją państwo, z wiekiem... A na noc, oczywiście, tylko bardzo lekki posiłek... Muszę uważać – zwróciła się ponownie do Emmy. – Mają państwo wspaniały dom. I tyle w nim pięknych rzeczy. Tamte brązy przypominają mi kupione przez ojca na Wystawie Paryskiej. Naprawdę, pani dziadek też? Klasycystyczne, prawda? Bardzo piękne. Jak to miło, że ma pani przy sobie braci. Tak często rodziny są rozproszone. Indie, choć wydaje mi się, że z tym już koniec, Afryka, zachodnie wybrzeże – taki niezdrowy klimat!

– Dwóch moich braci mieszka w Londynie.

– To bardzo miłe dla pani.

– Ale trzeci, Cedryk, jest malarzem i mieszka na Ibizie, jednej z wysp archipelagu Balearów.

– Malarze uwielbiają wyspy, prawda? – dywagowała panna Marple. – Chopin – to Majorka, czyż nie? Ale on był muzykiem. Myślałam o Gauguinie. Smutne życie, zmarnowane. Osobiście nigdy nie przepadałam za portretami tubylczych kobiet i choć wiem, że jest bardzo podziwiany, niezbyt mi się podobał ten jaskrawo musztardowy kolor. Człowiek czuje niestrawność, patrząc na jego obrazy.

Spojrzała na Cedryka z lekką dezaprobatą.

– Proszę nam opowiedzieć o Lucy, kiedy była dzieckiem, panno Marple – zagadnął Cedryk.

Uśmiechnęła się do niego promiennie.

– Lucy była zawsze sprytna – powiedziała. – Tak, byłaś, kochanie, nie przerywaj. Niesłychanie bystra w rachunkach. Pamiętam, jak kiedyś rzeźnik policzył mi za dużo za wołowinę...

Panna Marple ruszyła całą naprzód we wspomnienia o dzieciństwie Lucy, a stamtąd we własne przypadki z życia wiejskiego. Potok wspomnień przerwało wejście Bryana i chłopców, przemoczonych i brudnych wskutek pełnych zapału poszukiwań śladów. Przyniesiono herbatę, przybył także doktor Quimper, który lekko uniósł brwi, rozglądając się wkoło, gdy został już przedstawiony staruszce.

– Mam nadzieję, że ojciec nie czuje się źle, Emmo?

– Och nie, był tylko trochę zmęczony dziś po południu...

– Unika gości, podejrzewam – wtrąciła panna Marple z filuternym uśmieszkiem. – Dobrze pamiętam mojego drogiego ojca: „Ma przyjść kupa starych kwok? – mawiał do mojej mamy. – Przyślij mi herbatę do gabinetu". Pod tym względem był zupełnie niepoprawny.

– Proszę nie myśleć... – zaczęła Emma, ale przerwał jej Cedryk.

– Zawsze jest herbata w gabinecie, kiedy przyjeżdżają jego ukochani synowie. Psychologicznie uzasadnione, prawda doktorze?

Doktor Quimper pożerał właśnie kanapki i ciasto kawowe z nieskrywanym apetytem człowieka, który zwykle ma zbyt mało czasu na posiłki.

– Psychologia jest w porządku, jeśli zostawi się ją psychologom. Problem w tym, że w dzisiejszych czasach każdy jest psychologiem-amatorem. Moi pacjenci mówią mi dokładnie, jakie mają kompleksy i neurozy, nie dając mi szansy, żebym ja im to powiedział. Dziękuję Emmo, poproszę jeszcze filiżankę herbaty. Nie miałem dzisiaj czasu na obiad.

– Życie lekarza, zawsze byłam o tym przekonana, jest tak godne i pełne poświęceń – powiedziała panna Marple.

– Z pewnością nie zna pani zbyt wielu lekarzy – odparł Quimper.

– Nazywano ich pijawkami, a często nimi są! W każdym razie, płaci nam się teraz, państwo dba o to. Żadnego wysyłania rachunków, o których się dobrze wie, że nigdy nie zostaną zapłacone. Problem w tym, że wszyscy pacjenci są zdecydowani wyciągnąć co się da „od rządu" i w efekcie, jeśli mała Jenny zakaszle dwa razy w ciągu nocy, albo mały Tommy zje parę zielonych jabłek, biedny doktor w te pędy musi lecieć do nich w środku nocy. No dobra! Wspaniałe ciasto, Emmo. Ależ z ciebie kucharka!

– To nie moje. Panny Eyelesbarrow.

– Robisz równie dobre – przyznał z galanterią Quimper.

– Pójdziesz zobaczyć ojca?

Wstała i lekarz podążył za nią. Panna Marple obserwowała ich, kiedy wychodzili z pokoju.

– Panna Crackenthorpe jest bardzo oddaną córką – zauważyła.

– Nie wyobrażam sobie, jak może znosić starego – palnął jak zwykle prosto z mostu Cedryk.

– Ma tu wygodny dom, a ojciec jest do niej bardzo przywiązany – rzekł szorstkim tonem Harold.

– Em jest w porządku – podsumował krótko Cedryk. – Stworzona na starą pannę.

– Tak pan myśli? – Kiedy panna Marple zadawała to pytanie, w jej oczach pojawiły się wesołe błyski.

– Mój brat, mówiąc „stara panna", nie miał na myśli nic obraźliwego – powiedział szybko Harold.

– Ależ wcale mnie to nie uraziło – zapewniła panna Marple. – Po prostu zastanawiałam się, czy ma rację. Nie przypuszczam, że panna Crackenthorpe może zostać starą panną. Należy do tych, które zazwyczaj zawierają małżeństwo późno i sprawiają, że jest udane.

– Niezbyt prawdopodobne, póki mieszka tutaj – stwierdził Cedryk. – Nie spotyka się z nikim, za kogo mogłaby wyjść.

Wesołe błyski w oczach panny Marple znów się pojawiły.

– Zawsze są pastorzy... i lekarze.

Obrzuciła zgromadzonych łagodnym spojrzeniem, w którym jednak nie zabrakło kpiny. Niewątpliwie zasugerowała im coś, o czym nigdy nie pomyśleli i co nie było im zbyt miłe.

Panna Marple wstała, upuszczając przy okazji kilka wełnianych chust i torebkę. Wszyscy trzej bracia niezwykle gorliwie podnosili jej rzeczy.

– To bardzo uprzejme – szczebiotała. – Och tak, i moja błękitna mufeczka. Tak, jak mówiłam, to bardzo miłe, że mnie państwo zaprosili. Próbowałam wyobrażać sobie, jak wygląda państwa dom, a teraz mam plastyczny obraz miejsca pracy kochanej Lucy.

– Doskonałe warunki domowe... i morderstwo gratis – wypalił Cedryk.

– Cedryku! – Harold był wściekły.

Panna Marple uśmiechnęła się do Cedryka.

– Wie pan, kogo mi pan przypomina? Młodego Thomasa Eade'a, syna dyrektora naszego banku. Zawsze starał się szokować ludzi. Oczywiście, nie pasowało to do sfer bankowych, więc wyjechał do Indii Zachodnich... Wrócił, kiedy umarł jego ojciec i odziedziczył całkiem sporo pieniędzy. Bardzo szczęśliwie dla niego. Zawsze był lepszy w wydawaniu pieniędzy, niż w ich zarabianiu.

II

Lucy odwiozła pannę Marple do domu. Kiedy wracała, jakaś postać wyłoniła się z ciemności i stanęła w świetle reflektorów, właśnie kiedy miała skręcać w boczną drogę. Uniosła rękę i Lucy poznała Alfreda Crackenthorpe'a.

– No, od razu lepiej się poczułem – powiedział, wsiadłszy. – Brr, jak zimno! Pomyślałem sobie, że dobrze mi zrobi przyjemny, wzmacniający spacer. Nie zrobił. Dowiozła pani staruszkę cało do domu?

– Tak. Świetnie się bawiła.

– Dało się zauważyć. To typowe, jak bardzo podoba się starszym paniom jakiekolwiek towarzystwo, choćby nie wiem jak nudne. A nic nie może być nudniejszego od Rutherford Hall. Dwa dni, nie więcej, tyle mogę tu wytrzymać. A jak ty to znosisz, Lucy? Czy pozwolisz, żebym się tak do ciebie zwracał?

– Proszę bardzo. Mnie nie wydaje się nudne. Oczywiście to dla mnie nic stałego.

– Obserwowałem cię, Lucy. Jesteś rozgarniętą dziewczyną. Zbyt rozgarniętą, żeby się zajmować gotowaniem i sprzątaniem. Marnujesz się.

– Dziękuję, ale wolę gotowanie i sprzątanie od pracy przy biurku.

– Też bym wolał. Ale są inne sposoby na życie. Mogłabyś być wolnym strzelcem.

– Jestem.

– Nie w ten sposób. Mam na myśli pracę na własny rachunek, używanie swojego umysłu przeciw...

– Przeciw czemu?

– Wszystkiemu! Wszystkim głupim zasadom i przepisom gryzipiórków, utrudniających teraz nasze życie. Ale zawsze znajdzie się sposób, by je obejść, jeśli jest się dostatecznie sprytnym, by go znaleźć. Ty jesteś sprytna. No i co, podoba ci się to?

– Może.

Lucy wmanewrowała samochód na podwórzec stajenny.

– Decydujesz się?

– Musiałabym wiedzieć więcej.

– Naprawdę, dziewczyno, mógłbym cię wykorzystać. Masz bezcenny dar – wzbudzasz zaufanie.

– Chcesz, żebym pomagała ci sprzedawać złote sztaby?

– Nic tak ryzykownego. Tylko małe obejście prawa, wyłącznie. – Jego ręka popełzła po ramieniu Lucy. – Jesteś cholernie atrakcyjną dziewczyną. Chciałbym mieć w tobie partnerkę.

– Pochlebia mi to.

– Mam rozumieć: nic z tego? Zastanów się nad moją propozycją. Pomyśl o zabawie, o przyjemności z przechytrzenia tych wszystkich porządnisiów. Problem w tym, że potrzeba kapitału.

– Obawiam się, że nie mam żadnego.

– Och, nie chodziło o naciąganie. Ja już niedługo na pewnym kapitale położę ręce. Mój czcigodny papa nie może żyć wiecznie, skąpy, stary drań! Kiedy się przekręci, mam furę prawdziwych pieniędzy. I co ty na to, Lucy?

– Jakie stawiasz warunki?

– Małżeństwo, jeśli ci się podoba. Kobiety, zdaje się, to lubią, nieważne, jak bardzo są nowoczesne czy samodzielne. I, co bardzo istotne, żony nie można zmusić do składania zeznań przeciwko mężowi.

– To już mniej mi pochlebia!

– Przestań udawać, Lucy! Nie widzisz, że się w tobie zakochałem?

Ku swemu zaskoczeniu, Lucy zdała sobie sprawę, że była dziwnie zafascynowana osobą Alfreda, być może z powodu czaru, który roztaczał, albo wewnętrznego magnetyzmu, którym przyciągał. Roześmiała się i wyśliznęła spod obejmującego ją ramienia.

– Nie czas teraz na amory. Trzeba pomyśleć o kolacji.

– Trzeba, Lucy, a ty jesteś cudowną kucharką. Co zaplanowałaś na kolację?

– Zobaczysz! Jesteś taki sam jak chłopcy!

Weszli do domu i Lucy popędziła do kuchni. Była zaskoczona, kiedy wkroczył tam Harold Crackenthorpe.

– Panno Eyelesbarrow, czy mógłbym z panią pomówić?

– A nie dałoby się później, panie Crackenthorpe? Mam zaległości w pracy.

– Oczywiście, oczywiście. Po kolacji?

– Dobrze.

Kolacja została podana o właściwej porze i należycie doceniona. Lucy skończyła zmywanie i wyszła do holu, gdzie natknęła się na czekającego na nią Harolda.

– Wyjeżdżam wcześnie rano – wyjaśnił. – Chciałbym jednak powiedzieć pani, jak wielkie wrażenie wywarły na mnie pani zdolności.

– Dziękuję – odpowiedziała Lucy, nie kryjąc zdumienia.

– Jestem przekonany, że pani talenty marnują się tutaj, zdecydowanie marnują.

– Tak pan sądzi? Ja nie.

W każdym razie, on mnie nie może poprosić o rękę, pomyślała Lucy. Już ma żonę.

– Proponuję, żeby zobaczyła się pani ze mną w Londynie, kiedy się skończy ten nasz pożałowania godny kryzys. Jeśli zadzwoni pani, zostawię instrukcje sekretarce. Rzecz w tym, że moglibyśmy wykorzystać w firmie osobę o tak niezwykłych zdolnościach. Musielibyśmy szerzej przedyskutować, w jakiej konkretnej dziedzinie pani talenty byłyby najlepiej wykorzystane. Mogę pani zaoferować, panno Eyelesbarrow, naprawdę bardzo dobre wynagrodzenie ze znakomitymi perspektywami. Sądzę, że byłaby pani mile zaskoczona. – Jego uśmiech zapowiadał wielką szczodrość.

– Dziękuję, panie Crackenthorpe. Pomyślę o tym – odparła Lucy skromnie.

– Proszę nie zwlekać zbyt długo. Młoda kobieta, pragnąca znaleźć swoje miejsce na świecie, nie powinna marnować takich możliwości. – Znów błysnął zębami. – Dobrej nocy, panno Eyelesbarrow. Miłych snów.

102

– No, no... – mruknęła pod nosem Lucy. – To wszystko jest bardzo interesujące.

Wchodząc do siebie na górę, spotkała na schodach Cedryka.

– Słuchaj, Lucy, chcę cię o coś zapytać.

– O to, czy wyjdę za ciebie, czy pojadę z tobą na Ibizę i czy zajmę się tobą?

Cedryk był zszokowany i przerażony.

– Ani mi to przez myśl nie przeszło.

– Przepraszam. Mój błąd.

– Chciałem po prostu wiedzieć, czy masz w domu rozkład jazdy?

– To wszystko? Jest na stole w holu.

– I wiesz, nie powinnaś ciągle myśleć, że każdy facet chce się z tobą ożenić – upomniał Cedryk. – Możesz się podobać wielu, ale bez przesady. To się jakoś nazywa, nasila się i jest z człowiekiem coraz gorzej. Naprawdę, jesteś ostatnią dziewczyną na świecie, z którą chciałbym się ożenić. Ostatnią.

– Naprawdę? – zakpiła Lucy. – Nie musisz mnie o tym tak gorąco zapewniać. A może wolałbyś mnie w roli macochy?

– Co takiego?! – Osłupiały Cedryk wytrzeszczył na nią oczy.

– To, co słyszałeś – powiedziała Lucy. Weszła do pokoju, trzasnąwszy drzwiami.

Rozdział czternasty

I

Dermot Craddock przyjaźnił się z Armandem Dessinem z prefektury paryskiej. Spotkali się już kilka razy i polubili. Ponieważ Craddock nieźle władał francuskim, większą część rozmowy prowadzili w tym języku.

– Rysuje się tylko pewna koncepcja – zastrzegł Dessin. – Mam zdjęcie zespołu baletowego – to ona, czwarta od lewej. Mówi ci to coś, tak?

Inspektor odpowiedział, że właściwie nie. Niełatwo zidentyfikować uduszoną kobietę, a wszystkie tancerki na zdjęciu miały mocny makijaż i nosiły ekstrawaganckie nakrycia głowy z piór.

– To mogłaby być ona. Nic więcej nie potrafię powiedzieć. Co o niej wiecie?

– Niemal mniej niż nic – odpowiedział Dessin. – Nie była ważna, rozumiesz. Ballet Maritski – też nie jest ważny. Występuje w salach na przedmieściach i w prowincjonalnych miasteczkach – nie ma żadnych wielkich nazwisk, żadnych gwiazd, znanych balerin. Ale zaprowadzę cię do madame Joilet, która go prowadzi.

Madame Joilet była żwawą Francuzką w typie kobiety interesu, o przenikliwym spojrzeniu, z małym wąsikiem i sporą ilością tkanki tłuszczowej.

– Ja nie lubię policji! – Wykrzywiła się, nie ukrywając braku entuzjazmu dla ich wizyty. – Zawsze, kiedy tylko mogą, robią mi kłopoty.

– Nie, nie, madame, nie wolno pani tak mówić – zaprotestował Dessin, wysoki, szczupły mężczyzna o melancholijnym spojrzeniu. – Czy kiedykolwiek naraziłem panią na kłopoty?

– Owszem, w sprawie tej głupiej małej, która napiła się fenolu

104

– odparła natychmiast madame Joilet. – I to tylko dlatego, że się zakochała w kapelmistrzu, który nie zajmuje się kobietami i ma inne gusta. Z tego powodu narobił pan rabanu i zaszargał opinię mojego wspaniałego baletu!

– Wręcz przeciwnie. To podniosło obroty w kasie – sprzeciwił się Dessin. – I było trzy lata temu. Nie powinna pani chować urazy. A teraz Anna Stravinska, porozmawiamy o niej.

– Dobrze, co chcecie wiedzieć? – spytała madame ostrożnie.

– Czy jest Rosjanką? – zaczął inspektor Craddock.

– Nie. Pyta pan ze względu na jej nazwisko? Ależ one wszystkie przybierają takie nazwiska, te dziewczyny. Ona nie była ważna, nie tańczyła dobrze, nie była szczególnie ładna. *Elle était assez bien, c'est tout*. Tańczyła wystarczająco dobrze w zespole – ale żadnych solówek.

– Była Francuzką?

– Możliwe. Posiadała francuski paszport. Ale kiedyś mi powiedziała, że miała męża Anglika.

– Powiedziała pani, że miała męża Anglika? Żyjącego czy zmarłego?

Madame Joilet wzruszyła ramionami.

– Zmarł albo ją zostawił. Skąd mam wiedzieć? Te dziewczyny... Zawsze mają jakieś kłopoty z mężczyznami...

– Kiedy ją pani widziała ostatnio?

– Było tak: jedziemy z zespołem do Londynu na dwa tygodnie. Gramy w Torquay, Bournemouth, Eastbourne, gdzieś jeszcze występowaliśmy, ale teraz wyleciało mi z głowy, i w Hammersmith. Później wracamy do Francji, ale bez Anny. Ona tylko przysyła wiadomość, że odchodzi z zespołu, jedzie do rodziny męża i tam będzie mieszkać; tego typu nonsensy. Nie wierzyłam w to, nie. Myślałam, że poznała jakiegoś mężczyznę, rozumiecie.

Inspektor Craddock przytaknął. Czuł, że madame Joilet zawsze by tak właśnie pomyślała.

– A dla mnie to żadna strata. Nie obchodzi mnie. Mogę mieć dziewczyny równie dobre albo lepsze, które przyjdą i będą tańczyć, więc wzruszam ramionami i więcej o tym nie myślę. One są wszystkie takie same, te dziewczęta. Zwariowane na punkcie mężczyzn.

– Którego to było?

– Kiedy wracałyśmy do Francji? To była.. tak... niedziela przed świętami. Anna odchodzi dwa... może trzy dni wcześniej. Nie pamiętam dokładnie... Ale pod koniec tygodnia w Hammersmith musimy tańczyć bez niej, a to oznacza zmianę układu. To było z jej strony bardzo nieładne, ale te dziewczęta, jak tylko spotkają jakiegoś mężczyznę – wszystkie się zachowują tak samo, nieodpowiedzialnie. Ja tylko powtarzam: tej cholery nie przyjmę z powrotem.

– To musiało być dla pani bardzo denerwujące.

– Ach! Już... mnie to nie obchodzi, jak mówiłam. Na pewno spędziła święta z mężczyzną, którego poderwała. To nie moja sprawa. Mogę znaleźć inne dziewczęta, które chwycą się szansy tańczenia w Ballet Maritski i które potrafią tańczyć równie dobrze jak Anna, albo lepiej. – Przerwała i spytała w nagłym przypływie zainteresowania:

– Dlaczego chcecie ją znaleźć? Może dostała pieniądze w spadku?

– Wręcz przeciwnie – odpowiedział uprzejmie inspektor Craddock. – Sądzimy, że mogła zostać zamordowana.

Madame Joilet znów zobojętniała:

– *Ça se peut!* Zdarza się. No cóż, była dobrą katoliczką. Chodziła na niedzielne msze i z całą pewnością do spowiedzi.

– Czy kiedykolwiek mówiła z panią o synu?

– O synu? Ma pan na myśli, że miała dziecko? Uważam to za bardzo mało prawdopodobne. Te dziewczęta, wszystkie – wszystkie! – znają pożyteczne adresy, pod które można się udać. Monsieur Dessin wie o tym równie dobrze, jak ja.

– Mogła mieć dziecko, zanim została tancerką – zasugerował Craddock. – W czasie wojny, na przykład.

– *Ah! dans la guerre.* To zawsze możliwe. Ale jeżeli nawet tak było, nic mi o tym nie wiadomo.

– Czy miała jakieś przyjaciółki w zespole?

– Mogę wam podać dwa albo trzy nazwiska, ale nie była z nikim zbyt blisko.

Nic więcej nie zdołali się dowiedzieć od madame Joilet. Kiedy pokazano jej puderniczkę, stwierdziła, że Anna miała podobną, ale takich samych używała większość dziewcząt. Możliwe też, że Anna kupiła futro w Londynie – czy tak było, nie wiedziała.

– Ja zajmuję się próbami, oświetleniem, wszystkimi problemami mojego zawodu. Nie mam czasu patrzeć, co noszą moje tancerki.

Przesłuchali więc dziewczęta, których nazwiska im podała. Kilka znało Annę bliżej, ale wszystkie zgadzały się, że nie należała do osób, które wiele o sobie mówią, a jeśli nawet mówiła, to przeważnie kłamstwa.

– Lubiła zmyślać różne historie, na przykład, że była kochanką wielkiego księcia czy znanego finansisty angielskiego, albo że pracowała dla Résistance w czasie wojny. Nawet, że była gwiazdą filmową w Hollywood.

Inna dodała:

– Myślę, że w rzeczywistości wiodła bardzo ustabilizowane, drobnomieszczańskie życie. Podobało jej się w balecie, bo widziała w tym coś romantycznego, ale nie była dobrą tancerką. Rozumiecie? Gdyby miała powiedzieć, że ojciec handlował tekstyliami w Amiens, to by nie było romantyczne! Więc zamiast tego zmyślała historyjki.

– Nawet w Londynie napomykała o jakimś bardzo bogatym człowieku; miał zabrać ją na wycieczkę dookoła świata, bo była podobna do jego zmarłej córki, która zginęła w wypadku samochodowym – przypomniała sobie pierwsza z dziewcząt. *Quelle blague!*

– A mnie mówiła, że zostaje u bogatego lorda w Szkocji i że będzie polowała na jelenie – powiedziała druga.

Rozmowa z madame Joilet i jej *corps de ballet* niczego nie dała. Dowiedzieli się tylko, że Anna Stravinska była zawołaną kłamczuchą. Z całą pewnością nie strzelała do jeleni z parem w Szkocji ani nie przechadzała się wzdłuż pokładu spacerowego transatlantyku w podróży dookoła świata. Nie mieli również żadnego powodu, by przypuszczać, że to jej ciało zostało znalezione w sarkofagu w Rutherford Hall. Próba identyfikacji na podstawie zdjęcia, dokonana przez dziewczęta i madame Joilet, nie dała jednoznacznej odpowiedzi. Kobieta na fotografii była „jakby podobna do Anny", wszystkie tak uważały. Ale doprawdy! Ta opuchnięta twarz, to mógł być każdy!

Został ustalony jedynie fakt, że dziewiętnastego grudnia Anna Stravinska postanowiła nie wracać wraz z baletem do Francji i że podobna do niej kobieta jechała dwudziestego grudnia do Brackhampton pociągiem o 4.33 i została w nim uduszona.

Jeżeli kobieta z sarkofagu nie była Anną, gdzie znajduje się teraz Anna? Odpowiedź na to pytanie, zdaniem madame Joilet, mogła być tylko taka: Z jakimś mężczyzną!

I niewykluczone, że to odpowiedź prawidłowa, pomyślał z przykrością Craddock.

Jeszcze jedna sprawa wymagała rozpatrzenia: luźno rzucona uwaga, że Anna wspomniała kiedyś o swym mężu Angliku. Czy mężem tym był Edmund Crackenthorpe? Wydawało się to wręcz niemożliwe, zważywszy na obraz Anny, wyłaniający się z opisu podanego przez znające ją osoby. Było znacznie bardziej prawdopodobne, że Anna znała kiedyś Martine dostatecznie blisko, żeby zapoznać się z niezbędnymi szczegółami z jej życia. Mogło być i tak, że to Anna napisała list do Emmy Crackenthorpe i najpewniej spłoszyła ją jakaś wzmianka o dochodzeniu prowadzonym przez rodzinę. Możliwe, że uznała nawet za celowe zerwanie związków z Ballet Maritski. Znów jednak wracało pytanie, gdzie jest teraz? I niezmiennie, najbardziej prawdopodobna wydawała się odpowiedź madame Joilet:

Z jakimś mężczyzną...

II

Przed wyjazdem z Paryża Craddock omówił z Dessinem kwestię kobiety imieniem Martine. Dessin był skłonny zgodzić się ze swym angielskim kolegą, że nie miała ona żadnego związku ze zwłokami kobiety znalezionymi w sarkofagu, jednakże wymagało to zbadania.

Zapewnił Craddocka, iż Sûreté uczyni wszystko, co możliwe, żeby sprawdzić, czy rzeczywiście istniał jakiś zapis o zawarciu związku małżeńskiego przez porucznika Edmunda Crackenthorpe'a z 4th Southshire Regiment z Francuzką o imieniu Martine niedługo przed upadkiem Dunkierki. Ostrzegł jednak Craddocka, że otrzymanie jednoznacznej odpowiedzi jest wątpliwe. Ten rejon Francji był okupowany przez Niemców niemal dokładnie od tamtego czasu, a i potem, podczas inwazji aliantów, poniósł ogromne straty. Wiele budynków i dokumentów zostało zniszczonych.

– Ale bądź pewny, drogi kolego, że zrobimy wszystko, co możliwe.

III

Na powrót Craddocka czekał sierżant Wetherall, żeby zawiadomić go z ponurą satysfakcją:

– Elvers Crescent 126 to jest pensjonat, sir. Bardzo szacowny i tak dalej.

– Ktoś ją rozpoznał?

– Nie, nikt nie skojarzył zdjęcia z kobietą, która przychodziła po korespondencję, ale nie sądzę, żeby to było w ogóle możliwe. Upłynął już prawie miesiąc od daty listu, a całkiem sporo ludzi tam się przewija. Właściwie jest to bursa dla studentów.

– Mogła mieszkać pod zmienionym nazwiskiem.

– Jeśli nawet tak było, to nie rozpoznali jej na zdjęciu. Obeszliśmy hotele. Nikt się nigdzie nie zameldował jako Martine Crackenthorpe. Kiedy dostaliśmy pański telefon z Paryża, sprawdziliśmy nazwisko Anna Stravinska. Była zameldowana wraz z innymi członkami zespołu w tanim hotelu przy bocznej Brook Green. Większość gości to ludzie z teatru. Wyniosła się w nocy, w czwartek dziewiętnastego, po przedstawieniu. Żadnych innych śladów.

Craddock skinął głową. Zaproponował kierunek dalszych poszukiwań, choć miał niewiele nadziei na ich powodzenie.

Pomyślawszy chwilę, zadzwonił do firmy Wimborne, Henderson i Castairs, prosząc o umówienie go z panem Wimborne'em. W oznaczonym czasie został wprowadzony do dusznego pokoju, gdzie adwokat siedział przy dużym, staroświeckim biurku pokrytym stosami zakurzonych papierów. Ściany zapełnione były rozmaitymi segregatorami, opatrzonymi napisami: zm. Sir John Fouldes, Lady Derrin, George Rowbottom, Esq. – reliktami minionej epoki, czy też częścią spraw bieżących – inspektor nie wiedział.

Pan Wimborne przyjął gościa uprzejmie, ale też z lekkim zniecierpliwieniem, typowym dla rodzinnych doradców prawnych w stosunkach z policją.

– Co mogę dla pana zrobić, inspektorze?

– Ten list... – Craddock przesunął list Martine po blacie. Pan Wimborne z niesmakiem dotknął go palcem, ale nie podniósł. Leciutko się zaczerwienił i zacisnął wargi. – No właśnie – powiedział. – No właśnie. Otrzymałem wczoraj rano list od panny Emmy Crackenthorpe, w którym informuje mnie o swej wizycie w Scotland Yardzie i o wszystkich... okolicznościach. Muszę stwierdzić, że zupełnie, zupełnie nie pojmuję, dlaczego nie poradzono się mnie w sprawie tego listu w momencie jego otrzymania. Niesłychane doprawdy. Należało mnie natychmiast powiadomić...

Inspektor Craddock wygłosił kilka uspokajających frazesów, z zamiarem wprawienia pana Wimborne'a w lepszy nastrój.

– Nie miałem pojęcia, że kiedykolwiek była w ogóle mowa o ślubie Edmunda – powiedział adwokat z wyrzutem.

Inspektor Craddock bąknął, że wydaje mu się... w czasie wojny... i pozostawił zdanie zawieszone w próżni.

– W czasie wojny! – rzucił pan Wimborne ze zjadliwą goryczą. – Tak, rzeczywiście, byliśmy w Lincoln's Inn Fields na początku wojny i dom obok został bezpośrednio trafiony. Nasze dokumenty w znacznej części uległy zniszczeniu. Rzecz jasna, te najważniejsze zostały zabezpieczone, przewieziono je na wieś. Ale spowodowało to mnóstwo zamieszania. Oczywiście, sprawy rodziny Crackenthorpe'ów były w owym czasie w rękach mojego ojca. Zmarł sześć lat temu. Przypuszczam, że jemu ktoś mógł powiedzieć o domniemanym małżeństwie Edmunda, jednak nic nie wskazuje, żeby małżeństwo to, nawet jeśli planowane, w ogóle doszło do skutku, a jeśli tak, to nic dziwnego, iż mój ojciec nie przypisywał tej historii żadnego znaczenia. Muszę powiedzieć, że to wszystko mi się nie podoba. Pojawienie się po tylu latach oraz roszczenia, wynikające z faktu zawarcia małżeństwa i posiadania syna, pochodzącego z tegoż związku. Naprawdę, bardzo brzydko to pachnie. Jakie miała dowody, chciałbym wiedzieć?

– Właśnie, jaka byłaby jej sytuacja albo sytuacja jej syna?

– Zaplanowała sobie, jak sądzę, że rodzina Crackenthrope'ów będzie łożyć na nią i chłopca.

– Tak, ale miałem na myśli to, do czego ona i jej syn byliby uprawnieni, gdyby, mówiąc fachowo, potrafiła udowodnić prawomocność swojego roszczenia?

– Ach tak, rozumiem. – Pan Wimborne podniósł okulary, które w zdenerwowaniu odłożył na bok, włożył je i spojrzał na inspektora przenikliwie. – Cóż, gdyby zdołała udowodnić, że dziecko jest synem Edmunda Crackenthorpe'a, pochodzącym z małżeństwa, wtedy chłopiec byłby uprawniony do otrzymania swojej części spadku po Josiahu Crackenthorpie w chwili śmierci Luthera Crackenthorpe'a. Co więcej, odziedziczyłby Rutherford Hall, jako potomek pieworodnego syna.

– Czy ktoś chciałby odziedziczyć ten dom?

– Żeby w nim mieszkać? Moim zdaniem – na pewno nie. Ale posiadłość, drogi inspektorze, jest warta znaczną sumę. Bardzo znaczną. Teren pod przemysł i budownictwo. Teren, który znajduje się teraz niemal w sercu Brackhampton. O tak, to bardzo duży spadek.

– Kiedy umrze Luther Crackenthorpe, odziedziczy ją Cedryk?

– Dziedziczy nieruchomość – tak, jako najstarszy żyjący syn.

– On, jak mi dano do zrozumienia, nie jest zainteresowany pieniędzmi?

Pan Wimborne spojrzał zimno na inspektora.

– Doprawdy? Ja zazwyczaj przyjmuję takie twierdzenia z, jak to się mówi, przymróżeniem oka. Nie ulega wątpliwości, że są ludzie, którzy do pieniędzy mają stosunek obojętny. Ale ja nigdy kogoś takiego nie spotkałem. – Pan Wimborne najwyraźniej poczuł satysfakcję po wypowiedzeniu swojej uwagi. Inspektor Craddock pośpiesznie wykorzystał ten promyk słońca.

– Harold i Alfred Crackenthorpe'owie byli, zdaje się, bardzo zaniepokojeni po otrzymaniu tego listu? – zaryzykował.

– To bardzo możliwe, bardzo możliwe.

– Mogli się obawiać zmniejszenia wielkości przypadającego na nich spadku?

– Z całą pewnością. Syn Edmunda Crackenthorpe'a – cały czas

zakładamy, że taki istnieje – miałby prawo do otrzymania jednej piątej majątku.

– To nie byłaby chyba poważna strata dla pozostałych dziedziczących?

Adwokat spojrzał bystro na inspektora.

– Całkowicie niewystarczająca jako motyw morderstwa, jeśli o to panu chodzi.

– Wydaje mi się jednak, że obaj dość cienko przędą – mruknął Craddock.

Wytrzymał ostre spojrzenie pana Wimborne'a z doskonałą obojętnością.

– A więc policja zasięga informacji? Tak, Alfred jest niemal bez przerwy pod kreską. Bywa, że szasta pieniędzmi, ale to szybko mija. Harold, jak pan, zdaje się, odkrył, ma pozycję niezbyt pewną.

– Mimo pozorów finansowego powodzenia?

– To fasada, wszystko to tylko fasada. Połowa firm z City sama nie wie, czy jest wypłacalna. Sprawozdania finansowe mogą być spreparowane tak, że wydają się zupełnie w porządku dla niewprawnego oka. A jeśli wyliczone aktywa nie są naprawdę aktywami, jeśli te aktywa drżą na krawędzi załamania, to...

– To jest się, jak Harold Crackenthorpe, w gwałtownej potrzebie posiadania pieniędzy.

– Cóż, nie dostałby ich, dusząc wdowę po swoim świętej pamięci bracie – powiedział pan Wimborne. – I nikt nie udusił Luthera Crackenthorpe'a, co byłoby jedynym morderstwem, jakie mogłoby się przydać rodzinie. Więc, doprawdy, inspektorze, nie wiem, dokąd prowadzą pańskie koncepcje?

Najgorsze jest to, pomyślał inspektor Craddock, że sam tego nie jestem pewien.

Rozdział piętnasty

I

Inspektor Craddock umówił się na spotkanie z Haroldem Crackenthorpe'em u niego w biurze. Wraz z sierżantem przybyli punktualnie. Biuro mieściło się na czwartym piętrze wieżowca w City. Całe jego wnętrze manifestowało bogactwo i najwyższe szczyty współczesnej mody w świecie biznesu.

Schludna młoda kobieta poprosiła ich o podanie nazwisk, dyskretnie zamruczała przez telefon i podniósłszy się, wprowadziła obu do prywatnego gabinetu pana Harolda Crackenthorpe'a.

Harold, nieskazitelnie ubrany, siedział przy dużym biurku z blatem wyłożonym skórą i wyglądał, jak zawsze, na pewnego siebie biznesmena. Jeżeli poufne wiadomości inspektora Craddocka były prawdziwe i Haroldowi groziła plajta, trzeba przyznać, że znalazłszy się w sytuacji bez wyjścia, potrafił trzymać fason. Spojrzał na policjantów ze szczerym zainteresowaniem:

– Dzień dobry, panie inspektorze. Domyślam się, iż pańska wizyta oznacza, że ma pan dla nas wreszcie jakieś konkretne wiadomości?

– Nie to jest powodem mojej wizyty, panie Crackenthorpe. Chciałbym panu zadać jeszcze kilka pytań.

– Pytań? Z całą pewnością odpowiedzieliśmy już na wszystkie, jakie można sobie tylko wyobrazić.

– Rozumiem pańskie obiekcje, ale to po prostu kwestia naszych rutynowych działań.

– O co więc chodzi tym razem? – spytał niecierpliwie Harold.

– Byłbym zobowiązany, gdyby mógł mi pan powiedzieć dokładnie, co pan robił po południu i wieczorem dwudziestego grudnia, powiedzmy, między trzecią po południu a północą.

112

Twarz Harolda Crackenthorpe'a przybrała odcień śliwkowego fioletu.

– Doprawdy oryginalny pomysł, żeby mi zadać takie pytanie. Co to ma znaczyć?

Craddock uśmiechnął się łagodnie.

– Znaczy to tylko tyle, że chciałbym wiedzieć, gdzie pan był między trzecią po południu a północą w piątek, dwudziestego grudnia.

– Po co?

– Pomogłoby to uściślić sprawy.

– Uściślić? Macie więc jakieś dodatkowe informacje?

– Wiele wskazuje, że się przybliżamy do celu.

– Nie jestem przekonany, czy powinienem panom odpowiedzieć na pytanie bez obecności mojego adwokata.

– Ma pan, rzecz jasna, zawsze taką możliwość – oświadczył Craddock. – Nie jest pan zobowiązany odpowiadać na żadne pytania i ma pan pełne prawo do wezwania adwokata, zanim pan odpowie.

– Mówiąc zupełnie otwarcie – czy wy mnie... podejrzewacie?

– Ależ nie, panie Crackenthorpe. – Inspektor Craddock przybrał odpowiednią minę, mającą wyrażać oburzenie. – Nic z tych rzeczy. Pytania, które panu zadaję, stawiam też wielu innym osobom. Nie występuję bezpośrednio przeciwko panu. To tylko kwestia niezbędnych eliminacji.

– Oczywiście, służę swoją osobą. Zaraz, niech pomyślę. Niełatwo odpowiedzieć tak od razu, ale jesteśmy tu bardzo systematyczni. Panna Ellis, mam nadzieję, nam pomoże.

Powiedział coś krótko do jednego z telefonów na biurku i niemal natychmiast weszła młoda kobieta o opływowych kształtach, w dobrze skrojonym czarnym kostiumie. Miała ze sobą notes.

– Moja sekretarka, panna Ellis, inspektor Craddock. Panno Ellis, pan inspektor chciałby wiedzieć, co robiłem po południu i wieczorem... którego to było?

– Dwudziestego grudnia, w piątek.

– W piątek, dwudziestego grudnia. Spodziewam się, że będzie pani miała jakieś notatki.

– Na pewno – odparła panna Ellis, wychodząc z pokoju. Wróciła, wertując terminarz biurowy.

– Był pan w biurze rankiem dwudziestego grudnia. Miał pan rozmowy z panem Goldie o fuzji Cromartie, jadł pan lunch z lordem Forthville'em przy Berkeley...

– Ach, to było tego dnia, tak, piątek.

– Wrócił pan do biura koło trzeciej i podyktował pół tuzina listów. Potem wyszedł pan, by wziąć udział w aukcji u Sotheby'ego, gdzie interesowały pana jakieś rzadkie manuskrypty, które miały być tego dnia wystawione na sprzedaż. Nie wrócił pan już do biura, ale mam notatkę, żeby przypomnieć, iż wieczorem jest pan umówiony na obiad w pańskim klubie. – Spojrzała pytająco.

– Dziękuję, panno Ellis.

Sprawna sekretarka wypłynęła z gabinetu.

– Teraz mam zupełną jasność – zaczął Harold. – Poszedłem do Sotheby'ego tamtego popołudnia, ale obiekty, którymi byłem zainteresowany, osiągnęły zbyt wysoką cenę. Wypiłem herbatę w pewnym lokaliku przy Jermyn Street – chyba się nazywał Russels. Wpadłem do News Theatre na około pół godziny i poszedłem do domu. Mieszkam przy Cardigan Gardens 43. Obiad w klubie był o siódmej trzydzieści. Następnie wróciłem do domu i położyłem się do łóżka. Sądzę, że wyczerpująco odpowiedziałem na pańskie pytania.

– To bardzo przejrzyste, panie Crackenthorpe. O której był pan w domu, żeby się przebrać?

– Nie pamiętam dokładnie. Zdaje się, że kilka minut po szóstej.

– A wieczorem?

– Kiedy przyszedłem do domu, było wpół do dwunastej.

– Czy wpuścił pana służący? A może lady Alicja?

– Moja żona, lady Alicja, jest za granicą, na południu Francji, a przebywa tam od początku grudnia. Sam wszedłem, mam klucz.

– A więc nikt nie może potwierdzić pańskiego oświadczenia o godzinie powrotu do domu?

Harold spojrzał na niego chłodno.

– Myślę, że służba słyszała, kiedy wchodziłem. Zatrudniam służącego i jego żonę. Ale, doprawdy, inspektorze...

– Proszę, panie Crackenthorpe, wiem, że tego rodzaju pytania są denerwujące, ale już kończę. Czy ma pan samochód?

– Tak, humbera.

– Sam go pan prowadzi?

– Tak. Używam go niewiele poza weekendami. Jazda po Londynie jest w dzisiejszych czasach niemożliwa.

– Czy używa go pan, jadąc w odwiedziny do ojca i siostry do Brackhampton?

– Nie, jeżeli nie zamierzam zostać dłuższy czas. Jeśli jadę tylko na noc – jak na przykład ostatnio na rozprawę – zawsze wybieram pociąg. Jest znakomite połączenie; koleją dojeżdżam szybciej niż samochodem. Na stacji czeka na mnie wynajęty przez siostrę samochód.

– Gdzie pan trzyma swój samochód?

– Mam garaż w dawnych stajniach za Cardigan Gardens. Jeszcze jakieś pytania?

– Myślę, że na razie to wszystko – powiedział z uśmiechem inspektor i wstał. – Bardzo mi przykro, że sprawiłem panu kłopot.

Kiedy wyszli, sierżant Wetherall, człowiek, żyjący w stanie permanentnej podejrzliwości wobec wszystkiego i wszystkich, zauważył znacząco:

– Nie podobały mu się te wszystkie pytania, bardzo mu się nie podobały. Był rozwścieczony.

– Jeżeli nie popełniło się morderstwa, to naturalne, że drażni, kiedy ktoś inny podejrzewa, że się je popełniło – odparł z wyrozumiałością inspektor. – A szczególnie drażniło by to kogoś tak niezwykle szacownego, jak Harold Crackenthorpe. Nie ma w tym nic szczególnego. Musimy teraz sprawdzić, czy ktoś rzeczywiście widział go na aukcji owego popołudnia, to samo się tyczy herbaciarni. Mógł łatwo pojechać o czwartej trzydzieści trzy, wypchnąć kobietę z pociągu i złapać pociąg do Londynu, żeby na czas pojawić się na kolacji. Potem mógł pojechać samochodem, przenieść ciało do sarkofagu i wrócić do domu. Sprawdźcie w starych stajniach.

– Tak jest, sir. Czy myśli pan, że tak właśnie zrobił?

– Skąd mam wiedzieć? – odpowiedział pytaniem inspektor Craddock. – Jest wysokim brunetem. Mógł jechać tym pociągiem i ma związek z Rutherford Hall. Jeden z prawdopodobnych podejrzanych w tej sprawie. A teraz do braciszka Alfreda.

II

Alfred Crackenthorpe miał mieszkanie w dzielnicy West Hampstead, w dużym, nowoczesnym budynku, nieco tandetnie zbudowanym, z obszernym podwórzem, na którym mieszkańcy parkowali samochody. Mieszkanie było najwyraźniej wynajęte wraz z umeblowaniem, które obejmowało długi stół ze sklejki przystawiony do ściany, tapczan i rozmaite krzesła o nieprawdopodobnych proporcjach.

Gospodarz powitał ich z ujmującą serdecznością, ale inspektor zauważył, że był zdenerwowany.

– Jestem zaintrygowany – powiedział Alfred. – Inspektorze, czy mogę panom zaproponować drinka? – Wskazał zachęcająco na różne butelki.

– Nie, dziękujemy, panie Crackenthorpe.

– Aż tak źle? – Zaśmiał się z własnego żartu, a potem zapytał, o co chodzi.

Inspektor Craddock postawił to samo pytanie.

– Co robiłem po południu i wieczorem dwudziestego grudnia?

Skąd miałbym wiedzieć? Przecież to... zaraz... Ponad trzy tygodnie temu.

– Pański brat Harold zrelacjonował bardzo dokładnie.

– Mój brat Harold, to możliwe. Ale nie brat Alfred.

Z nutką złośliwości, może wynikającej z zazdrości, dodał:

– Harold jest tym członkiem rodziny, któremu się powiodło: ruchliwy, przydatny, ma stałe zajęcie, ma czas na wszystko i wszystko na czas. Nawet gdyby miał popełnić, powiedzmy, morderstwo, byłoby precyzyjnie rozplanowane i wykonane.

– Ma pan jakieś szczególne powody, żeby użyć tego właśnie przykładu?

– Och, nie. Po prostu przyszedł mi do głowy, jako coś zupełnie absurdalnego.

– A teraz o panu.

Alfred rozłożył ręce.

– Jest tak, jak już mówiłem. Nie mam pamięci do miejsc i nazwisk. Gdybyście teraz zapytali o Boże Narodzenie, mógłbym wam odpowiedzieć – jest się czego uchwycić. Wiem, gdzie byłem w Boże Narodzenie. Spędziliśmy je u ojca w Brackhampton. Naprawdę, nie wiem dlaczego. Narzeka na koszty podejmowania nas, a gdybyśmy nie przyjechali, narzekałby, że nigdy go nie odwiedzamy. Właściwie zbieramy się tam, żeby zrobić przyjemność siostrze.

– I tak było w tym roku?

– Zgadza się.

– Ale, niestety, wasz ojciec nagle zachorował, prawda?

Craddock z rozmysłem zboczył z zasadniczego tematu, wiedziony intuicją, często towarzyszącą mu w pracy.

– Zachorował. Jada na co dzień jak wróbel, oddając się wzniosłej sprawie oszczędzania, więc nagłe jedzenie i picie w normalnych ilościach wywołało taki właśnie skutek.

– I to było wszystko, tak?

– Oczywiście. Cóż jeszcze?

– Zrozumiałem, że jego doktor był... zaniepokojony.

– Ach, ten stary głupiec Quimper – odparł Alfred z pogardą. – Nie ma sensu go słuchać, inspektorze. Okropny panikarz.

– Doprawdy? Wydał mi się raczej rozsądnym człowiekiem.

– To zupełny głupiec. Ojciec nie jest inwalidą, serce ma w porządku, ale świetnie nabiera Quimpera. Naturalnie, kiedy naprawdę poczuł się źle, narobił okropnego zamieszania, ganiał Quimpera we wszystkie strony, żeby zadawał pytania i sprawdzał wszystko, co jadł i pił. To było niedorzeczne! – Alfred mówił głośno, z niezwykłym dla niego zaangażowaniem.

Craddock milczał przez chwilę dla efektu.

Alfred począł kręcić się nerwowo, spojrzał na niego szybko i w końcu spytał z dziecinnym rozdrażnieniem:

– Czy to wszystko? Dlaczego chcecie wiedzieć, gdzie byłem pewnego piątku, trzy czy cztery tygodnie temu?

– A więc pamięta pan, że to był piątek?

– Chyba tak pan powiedział.

– Być może – zgodził się Craddock. – W każdym razie, piątek dwudziestego jest dniem, o który pana pytam.

– Dlaczego?

– Rutynowe dochodzenie.

– To nonsens. Dowiedzieliście się czegoś więcej o tej kobiecie? Skąd przyjechała?

– Nasze informacje nie są jeszcze kompletne.

Alfred spojrzał na niego nieprzyjaźnie:

– Mam nadzieję, że nie daliście się zmylić tą obłędną teorią Emmy, że mogła być wdową po moim bracie Edmundzie. Zupełny nonsens.

– Ta... Martine, czy nigdy nie zwracała się do pana?

– Do mnie? Dobry Boże, nie! To byłoby dopiero zabawne.

– Sądzi pan, że wybrałaby raczej pańskiego brata Harolda?

– Taki wariant jest znacznie bardziej prawdopodobny. Wzmianki o nim pojawiają się często w gazetach. Biznesmen, zamożny. Nie zaskoczyłaby mnie próba w tamtym kierunku. Ale nic by nie dostała. Harold ma takiego samego węża w kieszeni, jak stary. Emma, oczywiście, jest w rodzinie tą o miękkim sercu, no i była ulubienicą Edmunda. Jednak siostra nie jest łatwowierna. Zdawała sobie w pełni sprawę, że ta kobieta mogła być oszustką. Pozostawiła to do rozstrzygnięcia w obecności całej rodziny oraz skostniałego prawnika.

– Bardzo mądrze – pochwalił Craddock. – Czy konkretny termin spotkania został ustalony?

– Miało to być krótko po Bożym Narodzeniu, w weekend dwudziestego siódmego... – Urwał.

– Rozumiem, że niektóre daty mają dla pana jakieś znaczenie.

– Mówiłem wam: nie został ustalony żaden konkretny termin.

– Ale przed chwilą mówił pan o tym, kiedy.

– Doprawdy nie pamiętam.

– I nie może mi pan powiedzieć, co pan robił w piątek, dwudziestego grudnia?

– Przykro mi – mam zupełną pustkę w głowie.

– Nie prowadzi pan zapisków w notesie?

– Nie znoszę takich rzeczy.

– Ale piątek przed świętami, to nie powinno być zbyt trudne do odtworzenia.

– Grałem w golfa któregoś dnia z potencjalnym klientem. – Alfred pokręcił głową. – Nie, to było tydzień wcześniej. Pewnie się gdzieś włóczyłem. Sporo czasu tak spędzam. Uważam, że więcej interesów robi się w knajpach, niż gdziekolwiek indziej.

– Może sąsiedzi albo ktoś z pańskich przyjaciół będzie w stanie pomóc?

– Może. Spytam ich. Zrobię, co w mojej mocy.

Alfred wyglądał teraz na bardziej pewnego siebie.

– Nie potrafię wam powiedzieć, co robiłem tego dnia, ale mogę wam powiedzieć, czego nie robiłem. Nikogo nie mordowałem w Długiej Stodole.

– Dlaczego pan to mówi, panie Crackenthorpe?

– Ależ drogi inspektorze, prowadzicie śledztwo w sprawie morderstwa, prawda? I kiedy zaczyna pan pytać: „Gdzie pan był tego i tego dnia o tej i o tej godzinie?" uściśla pan sprawę. Bardzo bym chciał wiedzieć, jak wpadliście na piątek dwudziestego między... jak to było? Porą obiadową a północą? Nie może to być wynikiem autopsji, nie po takim czasie. Czy ktoś widział zmarłą, jak wkradała się do stodoły tamtego popołudnia? Weszła i już nie wyszła, i tak dalej? O to chodzi?

Przenikliwe, ciemne oczy przyglądały mu się bacznie, ale inspektor Craddock był za starym praktykiem, żeby reagować na takie sztuczki.

– Obawiam się, że będziemy musieli pozostawić pana z pańskimi przypuszczeniami – odparł spokojnie.

– Policja jest taka tajemnicza.

– Nie tylko policja, panie Crackenthorpe; pan mógłby sobie przypomnieć, co pan robił w tamten piątek, gdyby pan tylko spróbował. Oczywiście może pan mieć powody, żeby nie chcieć pamiętać...

– Tak mnie pan nie złapie, inspektorze. To bardzo podejrzane, oczywiście, bardzo podejrzane, że nie pamiętam – ale tak jest! Chwileczkę... pojechałem do Leeds w owym tygodniu... zatrzymałem się w hotelu niedaleko ratusza... nie pamiętam, jak się nazywa, ale dla was ustalenie tego będzie łatwe. To mogło być w tamten piątek.

– Sprawdzimy – odpowiedział beznamiętnym tonem inspektor i wstał, mówiąc: – Przykro mi, że nie mógł pan być bardziej pomocny, panie Crackenthorpe.

– To bardzo dla mnie niefortunne. Jest Cedryk z jego pewnym alibi na Ibizie, Harold z potwierdzonymi spotkaniami w interesach i przyjęciami co godzina i jestem ja, bez żadnego alibi. Bardzo smutne. I takie głupie. Już wam mówiłem, że nie morduję ludzi. A w ogóle dlaczego miałbym zamordować obcą kobietę? Po co? Jeśli nawet jest to trup wdowy po Edmundzie, dlaczego którekolwiek z nas miałoby chcieć się jej pozbyć? Gdyby na przykład wyszła w czasie wojny za Harolda i znienacka pojawiła się tutaj, to mogłoby być przykre dla naszego czcigodnego H.: bigamia i tak dalej. Ale Edmund! Wszyscy mielibyśmy z tego tylko radość, gdyby ojca trochę zatkało, bo musiałby przyznać jej pensję i wysłać chłopca do porządnej szkoły. Ojciec wpadłby w furię, ale nie mógłby, zachowując przyzwoitość, wykręcić się z tego obowiązku. Nie napiją się panowie drinka przed odejściem, inspektorze? Na pewno? To fatalnie, że nie mogłem wam pomóc.

III

– Proszę posłuchać, sir, wie pan co?

Inspektor Craddock spojrzał na podnieconego sierżanta.

– O co chodzi, Wetherall?

– Umiejscowiłem go, sir. Tego gościa. Cały czas myślałem i w końcu przypomniałem sobie. Był zamieszany w interes Dicka Rogersa z puszkowaną żywnością. Nic na niego nie mieliśmy – za duży z niego milczek. I był z jednym czy dwoma z tych z Soho. Sprawa zegarków i włoskich suwerenów.

Oczywiście! Craddock zdał sobie teraz sprawę, dlaczego twarz Alfreda wydawała mu się znajoma. Wszystko to były drobne sprawki i nigdy żadnych dowodów. Alfred pozostawał zawsze na peryferiach lewych interesów, z wiarygodnie brzmiącą, niewinną przyczyną, dla której był w to wszystko zamieszany. Jednak policja miała pewność, że niewielki stały zysk szedł dla niego.

– Grzeszki Alfreda rzucają na sprawę pewne światło – powiedział Craddock.

– Uważa pan, sir, że to jego robota?

– Raczej nie jest typem mordercy. Ale teraz wiadomo, dlaczego nie mógł przedstawić alibi.

– Kombinował, myślał, że się uda, a jeszcze bardziej się pogrążył.

– Nie sądzę – odparł Craddock. – Użył całkiem sprytnego sposobu: mnóstwo ludzi nie pamięta, co robili ani gdzie byli nawet tydzień temu. Jest to szczególnie przydatne, jeśli nie chce się zbytnio zwracać uwagi na to, jak się spędza czas: interesujące spotkania z chłopcami od Dicka Rogersa w bazach ciężarówek, na przykład.

– Sądzi pan, że jest czysty?

– Nie jestem jeszcze gotów do tego, żeby mówić, czy ktoś jest czysty, czy nie. Musicie nad tym popracować, Wetherall.

Usiadłszy z powrotem za biurkiem, Craddock zmarszczył brwi. Zaczął pisać w notatniku:

Morderca... Wysoki brunet!!!

Ofiara...? Mogła nią być Martine, dziewczyna Edmunda Crackenthorpe'a lub wdowa po nim albo Anna Stravinska. Znikła we właściwym czasie, była w odpowiednim wieku, podobny wygląd, ubranie itp. Na razie nie są znane żadne związki z Rutherford Hall.

Mogła nią być, jak sugeruje Alfred, pierwsza żona Harolda! Bigamia! Albo jego kochanka. Szantaż!

Jeżeli był związek z Alfredem, to możliwy szantaż.

Wiedziała o czymś, co mogło posłać go do więzienia?

Jeśli Cedryk – mogła mieć z nim kontakt za granicą – Paryż, Baleary?

albo

Ofiarą mogła być Anna S. udająca Martine

albo

Ofiarą jest nieznana kobieta, zabita przez nieznanego mordercę!

– I najprawdopodobniej to ostatnie – powiedział głośno Craddock. Rozmyślał posępnie nad sytuacją. Nie posuniemy się ze sprawą, jeżeli nie znajdziemy motywu. Wszystkie rozważane dotychczas były albo niedostateczne, albo zbyt naciągane.

Gdyby to było zabójstwo starego pana Crackenthorpe'a... Tam byłoby mnóstwo motywów...

Coś sobie przypomniał... Dopisał w notesie:

Zapytać dr. Q. o chorobę w święta.

Cedryk – alibi.

Skonsultować się z panną M. co do najświeższych plotek.

Rozdział szesnasty

Kiedy Craddock dotarł na Madison Road nr 4, zastał u panny Marple Lucy Eyelesbarrow, na której widok chwilę się zawahał, a potem zdecydował, że może się okazać cennym sprzymierzeńcem. Przywitawszy się, z poważną miną wyciągnął portfel i wyjął z niego trzy banknoty jednofuntowe, dołożył trzy szylingi i posunął je przez stół do panny Marple.

– Co to jest, inspektorze?

– Wynagrodzenie konsultanta. Jest pani konsultantem w sprawie o morderstwo! Tętno, temperatura, lokalne reakcje, prawdopodobne przyczyny i podłoże wspomnianego morderstwa. Ja jestem tylko biednym, prześladowanym, prowincjonalnym internistą.

Panna Marple spojrzała na niego z rozbawieniem. Inspektor uśmiechnął się do niej szeroko. Lucy Eyelesbarrow wydała cichy okrzyk, a potem się zaśmiała:

– No przecież, inspektorze, jednak jest pan istotą ludzką!

– Dzisiaj po południu nie jestem, ściśle mówiąc, na służbie.

– Mówiłam ci, że poznaliśmy się już dawno – przypomniała Lucy panna Marple. – Sir Henry Clithering, mój bardzo stary przyjaciel, jest ojcem chrzestnym inspektora.

– Czy chciałaby pani posłuchać, panno Eyelesbarrow, co mój ojciec chrzestny powiedział o niej, kiedy pierwszy raz się spotkaliśmy? Opisał ją jako najdoskonalszego detektywa, jakiego kiedykolwiek Bóg stworzył, jako wrodzony geniusz rozwinięty na odpowiedniej glebie. Powiedział mi, żebym nigdy nie lekceważył – Dermot Craddock zatrzymał się na moment, by znaleźć stosowny odpowiednik „starych kwok" – ...starszych pań. Wyraził się, że zwykle potrafią powiedzieć, co mogło się wydarzyć, co powinno było się wydarzyć, a nawet co się rzeczywiście zdarzyło! I umieją wyjaśnić, dlaczego to się zdarzyło. Stwierdził, że ta oto... starsza pani jest najlepsza w tej klasie.

– Wygłosił pan prawdziwy hymn pochwalny! – wykrzyknęła Lucy.

Panna Marple zarumieniła się, zmieszana. Wyglądała teraz wyjątkowo nieporadnie.

– Drogi sir Henry – rzekła cicho. – Zawsze taki uprzejmy. Naprawdę wcale nie jestem taka sprytna – to tylko, być może, pewna niewielka znajomość ludzkiej natury. Mieszkając, rozumiecie, na wsi... – i dodała, już z większą pewnością siebie: – Oczywiście, tu jest mi nieco trudniej, gdyż nie znajduję się na swoim miejscu. Wystarczy jednak pamiętać, że typy ludzkie są wszędzie podobne, a to się staje cenną wskazówką w dochodzeniu do prawdy.

Lucy niezupełnie pojmowała, o co chodzi, lecz Craddock przytaknął ze zrozumieniem.

– O ile wiem, zaproszono panią tam na herbatę, prawda? – spytał.

– Tak, rzeczywiście. Było bardzo przyjemnie. Trochę mnie rozczarowało, że nie poznałam starego pana Crackenthorpe'a, ale może jeszcze będzie okazja.

– Ma pani wrażenie, że widząc osobę, która popełniła morderstwo, wiedziałaby pani, że to właśnie ta? – zagadnęła Lucy.

– Och, tego bym nie powiedziała, moja droga. Każdy ma skłonność do zgadywania, a zgadywanie byłoby czymś bardzo niewłaściwym w sprawie tak poważnej, jak morderstwo. Jedyne, co można zrobić, to obserwować właściwych ludzi – lub tych, którzy mogliby być właściwi – i patrzeć, kogo przypominają.

– Jak Cedryk i dyrektor banku?

Panna Marple poprawiła ją:

– Syn dyrektora banku, moja droga. Sam pan Eade był o wiele bardziej podobny do pana Harolda: bardzo konserwatywny człowiek, choć, być może, trochę za bardzo lubił pieniądze. W dodatku to typ człowieka, który posunąłby się daleko, żeby uniknąć skandalu.

Craddock uśmiechnął się i spytał:

– A Alfred?

– Jenkins z warsztatu – odparła natychmiast panna Marple. – Właściwie nie przywłaszczał sobie narzędzi, ale potrafił zamienić dobry podnośnik na zepsuty czy gorszy. I nie był zdaje się zbyt uczciwy, jeśli chodzi o akumulatory – chociaż na tych sprawach nie znam się zbyt dobrze. Wiem, że mój siostrzeniec Raymond przestał korzystać z jego usług i przeniósł się do warsztatu na drodze do Milchester. Co do Emmy – ciągnęła panna Marple z namysłem – bardzo mi przypomina Geraldine Webb, zawsze bardzo cichą, niepozorną szarą myszkę i nieźle tresowaną przez matkę. Jakim było zaskoczeniem dla wszystkich, kiedy matka nagle zmarła i Geraldine odziedziczyła niezłą sumkę pieniędzy, obcięła i zaondulowała włosy, pojechała w podróż statkiem i wróciła jako żona bardzo miłego prawnika. Mieli dwójkę dzieci.

Analogia była dostatecznie jasna, toteż Lucy zapytała nieśmiało:

– Czy naprawdę powinna pani była mówić o zamążpójściu Emmy? Chyba zdenerwowało to jej braci.

– Tak, to takie męskie. Nigdy nie zauważają, co się dzieje pod ich nosem. Najpewniej ty też nie zauważyłaś.

– Nie – przyznała Lucy. – Nigdy o tym nie pomyślałam. Oboje wydawali mi się...

– Tacy starzy? – dopowiedziała panna Marple z lekkim uśmiechem. – Przypuszczam, że doktor Quimper ma niewiele ponad czterdziestkę, choć siwieje na skroniach, najwyraźniej też tęskni za życiem rodzinnym, a Emma jest przed czterdziestką, wcale nie za stara, żeby wyjść za mąż i mieć rodzinę. Żona doktora, jak słyszałam, zmarła w połogu dosyć młodo.

– Tak, Emma mówiła coś o tym któregoś dnia.

– Zapewne doskwiera mu samotność – stwierdziła panna Marple. – Bardzo zapracowany lekarz potrzebuje żony wyrozumiałej, niezbyt młodej.

– Zaraz, zaraz. Zajmujemy się sprawą morderstwa czy swatami? – zaprotestowała Lucy.

Rozbawiło to pannę Marple:

– Proszę wybaczyć, ale jestem sentymentalna, jak niemal wszystkie stare panny. Droga Lucy, uważam, że wykonałaś zadanie. Jeżeli naprawdę chcesz pojechać na wakacje za granicę przed następnym zleceniem, będziesz miała jeszcze czas na krótką wycieczkę.

– Wyjechać z Rutherford Hall? Nigdy! Teraz jest już ze mnie prawdziwy detektyw. Zaangażowałam się w sprawę prawie tak jak chłopcy. Po całych dniach nic nie robią, tylko szukają śladów. Wczoraj przetrząsnęli wszystkie kubły na śmieci – to okropne – i nie mają najmniejszego pojęcia, czego szukają. Kiedy przyjdą do pana, inspektorze, niosąc triumfalnie podarty skrawek papieru z napisem „Martine", niech pan, jeśli panu życie miłe, trzyma się z daleka od Długiej Stodoły! Będzie pan wtedy wiedział, że zlitowałam się nad nimi i ukryłam to w chlewie!

– Dlaczego w chlewie, kochanie? – dociekała panna Marple. – Czy oni hodują świnie?

– Och, nie, nie teraz. Po prostu... czasami tam zachodzę.

Z jakiejś przyczyny Lucy się zarumieniła. Panna Marple popatrzyła na nią z rosnącym zainteresowaniem.

– Kto jest teraz w domu? – zapytał Craddock.

– Jest Cedryk, a Bryan wpadł na weekend. Harold i Alfred przyjeżdżają jutro. Dzisiaj dzwonili. Odniosłam wrażenie, jakby pan wpuścił lisa do kurnika, inspektorze.

Craddock się uśmiechnął:

– Trochę nimi potrząsnąłem. Poprosiłem, aby zdali sprawozdanie ze swoich poczynań w piątek dwudziestego grudnia.

– I zrobili to?

– Harold tak, Alfred nie potrafił albo nie chciał.

– Myślę, że alibi jest bardzo kłopotliwą sprawą. Godziny, miejsca i daty. Trudno je sprawdzić.

– Zajmuje to sporo czasu i wymaga cierpliwości, ale dajemy sobie radę. – Rzucił okiem na zegarek. – Jadę teraz do Rutherford Hall zamienić słówko z Cedrykiem, ale najpierw chcę złapać Quimpera.

– Będzie pan mniej więcej we właściwej porze. Od szóstej przyjmuje pacjentów i kończy za pół godziny. Muszę wracać i zająć się kolacją.

– Chciałbym się jeszcze dowiedzieć, jakie jest pani zdanie w pewnej kwestii, panno Eyelesbarrow. Jak rodzina ustosunkowuje się do sprawy Martine, kiedy są sami?

Lucy odpowiedziała natychmiast:

– Wszyscy są wściekli na Emmę, że zwróciła się do pana, i na Quimpera, który podobno zachęcił ją do tego. Harold i Alfred uważają, że to było oszustwo i naciąganie. Cedryk myśli podobnie, ale nie bierze całej historii tak poważnie, jak tamci dwaj. Bryan natomiast wydaje się przekonany, że list był prawdziwy.

– A to dlaczego?

– Bo taki już jest. Akceptuje powierzchowną stronę rzeczywistości. Myśli, że to była żona Edmunda – albo raczej wdowa po nim – i że musiała nagle wrócić do Francji, ale kiedyś znowu się odezwie. Jest dla niego czymś zupełnie naturalnym, że dotychczas nie napisała, bo sam nigdy nie pisze listów. Bryan jest uroczy. Zupełnie jak pies, który dopomina się o spacer.

– I zabierasz go na spacery, kochanie? – spytała panna Marple.

– Może do chlewów?

Lucy rzuciła jej przenikliwe spojrzenie.

– Przez dom przewija się tylu mężczyzn. – Sędziwa dama zamyśliła się głęboko.

Wymawiając słowo „mężczyźni", panna Marple zawsze nadawała mu w pełni wiktoriańskie brzmienie – dalekie echo epoki, która właściwie skończyła się przed jej własnymi czasami. Natychmiast przywodziło ono na myśl kipiących energią, pełnokrwistych samców, prawdopodobnie noszących bokobrody, czasem łotrów, ale zawsze szarmanckich.

– Jesteś taka ładna – ciągnęła panna Marple. – Myślę, że muszą ci poświęcać bardzo wiele uwagi. Czy się mylę?

Lucy zaczerwieniła się lekko. Przypomniała sobie niektóre sytuacje. Cedryk, opierający się o ścianę chlewu. Niepocieszony Bryan, siedzący na kuchennym stole. Palce Alfreda, dotykające jej dłoni, kiedy pomagał uprzątać filiżanki po kawie.

– Mężczyźni są wszyscy w pewien sposób bardzo do siebie podobni – powiedziała panna Marple takim tonem, jakby mówiła o jakimś nieznanym i niebezpiecznym gatunku. – Nawet kiedy są zupełnie starzy...

– Kochanie! – wykrzyknęła Lucy. – Kilka wieków temu z całą pewnością spłonęłaby pani jako czarownica! – I opowiedziała o mglistej propozycji małżeństwa starego pana Crackenthorpe'a.

– Właściwie wszyscy – kontynuowała temat – w jakiś sposób robili mi, jak by to pani nazwała, awanse. Harold był bardzo poprawny – korzystna finansowo posada w City. Nie sądzę, żeby sprawiła to moja atrakcyjna powierzchowność. Myślą, że coś wiem. – Roześmiała się.

Ale inspektor Craddock spoważniał.

– Proszę być ostrożna – ostrzegł. – Mogą panią zamordować, zamiast robić pani awanse.

– Przypuszczam, że to byłoby prostsze. – Lucy zadrżała lekko.

– Łatwo się zapomina o niebezpieczeństwie. Chłopcy mają tyle radości z tego „śledztwa", że wydało się to niemal zabawą. A to nie zabawa.

– Morderstwo to nie zabawa – powiedziała starsza pani.

Na chwilę zapadło milczenie, po czym panna Marple zapytała:

– Chłopcy idą wkrótce do szkoły?

– Tak, w przyszłym tygodniu. Jutro jadą do domu Jamesa Stoddarda-Westa na kilka ostatnich dni ferii.

– Cieszę się z tego – stwierdziła poważnie panna Marple. – Nie chciałabym, żeby coś się stało, kiedy są w Rutherford Hall.

– Ma pani na myśli, że grozi niebezpieczeństwo staremu panu Crackenthorpe'owi. Sądzi pani, że ma być następną ofiarą?

– Och, nie. Jemu nic nie będzie. Miałam na myśli chłopców.

– Więc Aleksandra? – Myszkują wszędzie, szukają śladów. Chłopcy uwielbiają takie rzeczy, ale może to być rzeczywiście dla nich groźne.

Craddock zastanawiał się nad czymś chwilę, po czym rzekł:

– Nie jest pani skłonna wierzyć, prawda, panno Marple, że chodzi o sprawę nieznanej kobiety zamordowanej przez nieznanego mężczyznę? Wiąże to pani zdecydowanie z Rutherford Hall?

– Tak.

– O mordercy wiemy tylko, że jest wysokim brunetem. Tak mówi pani przyjaciółka i tyle tylko potrafi powiedzieć. W Rutherford jest trzech wysokich brunetów. Po zakończeniu rozprawy wyszedłem, i zobaczyłem trzech braci, czekających przed gmachem sądu na samochód. Wszyscy trzej mieli na sobie grube płaszcze. Stali odwróceni do mnie plecami i, aż trudno uwierzyć, byli do siebie bardzo podobni. Trzech wysokich brunetów. A jednak są naprawdę zupełnie inni. – Westchnął.

– Zastanawiam się – mruknęła panna Marple – czy przypadkiem sprawa nie jest znacznie mniej skomplikowana, niż sądzimy. Morderstwa często mają bardzo przyziemne motywy...

– Wierzy pani w tajemniczą Martine?

– Jestem raczej skłonna uwierzyć, że Edmund Crackenthorpe ożenił się albo miał zamiar ożenić z dziewczyną o imieniu Martine. Emma Crackenthorpe, jak rozumiem, pokazała panu list od niego, a z tego, co widziałam i co wynika ze słów Lucy, jest osobą zupełnie niezdolną, żeby coś takiego wymyślić. I właściwie po co miałaby to robić?

– Skoro uznajemy istnienie Martine, to mamy rodzaj motywu – stwierdził z namysłem Craddock. – Pojawienie się Martine z synem zmniejszyłoby spadek rodzeństwa Crackenthorpe'ów, chociaż, jak się zdaje, raczej nie do punktu, który mógłby ich pchnąć aż do zbrodni. Wszyscy oni bardzo cienko przędą...

– Nawet Harold? – spytała Lucy z niedowierzaniem.

– Tak. Nawet, wydawałoby się zamożny, Harold Crackenthorpe ma poważne kłopoty. Grozi mu bankructwo. Pogrążył się, inwestując w niewłaściwe przedsięwzięcia. Duża suma, w krótkim czasie, mogłaby mu pozwolić na uniknięcie katastrofy.

– Ale jeśli tak... – zaczęła Lucy i przerwała.

– Co chciała pani powiedzieć?

– Wiem, moja droga. Nie to morderstwo. To masz na myśli, prawda? – spytała panna Marple.

– Tak. Śmierć Martine na nic by się nie przydała Haroldowi ani żadnemu z nich. Dopóki...

– Dopóki żyje Luther Crackenthorpe. Dokładnie to przyszło mi do głowy. A pan Crackenthorpe senior, jak wnoszę z tego, co mówi jego lekarz, miewa się znacznie lepiej, niż ktokolwiek mógłby sobie wyobrazić.

– Będzie trwał całe lata – podsumowała Lucy i zmarszczyła brwi.

– Więc? – zachęcająco odezwał się Craddock.

– Chorował w czasie świąt. Skarżył się, że doktor zrobił wokół tego mnóstwo zamieszania. „Każdy by pomyślał, że zostałem otruty, przez ten hałas, jaki zrobił" – tak właśnie powiedział. – Spojrzała na Craddocka pytająco.

– Tak. O to chcę spytać doktora Quimpera – oznajmił.

– Wielkie nieba, jak późno! Muszę iść! – wykrzyknęła Lucy.

Starsza pani odłożyła robótkę i wzięła „Timesa" z rozwiązaną do połowy krzyżówką.

– Szkoda, że nie mam tutaj słownika – wymruczała. – Tontina i tokaj – zawsze mylę te dwa słowa. Jedno, to jak mi się zdaje, węgierskie wino.

– Tokaj – podpowiedziała Lucy, odwracając się w drzwiach. – Ale pierwsze jest siedmio- a drugie pięcioliterowe. Jakie hasło?

– Och, to nie z krzyżówki – odpowiedziała niejasno panna Marple. – Miałam je w głowie.

Inspektor Craddock spojrzał na nią bardzo uważnie, pożegnał się i wyszedł.

Rozdział siedemnasty

I

Craddock musiał parę minut poczekać; Quimper skończył przyjmowanie pacjentów i wyszedł do niego. Wyglądał na zmęczonego i przygnębionego. Zaproponował inspektorowi drinka i przygotował również dla siebie.

– Biedni durnie – powiedział, zagłębiając się w wytartym fotelu. – Tacy przerażeni i tacy głupi, wszystko bez sensu. Miałem ciężki przypadek tego wieczora. Kobieta, która powinna była przyjść do mnie rok temu. Wtedy mogła być skutecznie zoperowana. Teraz jest za późno. Wścieka mnie to. Ludzie są nadzwyczajną mieszanką bohaterstwa i tchórzostwa. Cierpi katusze, znosząc je bez słowa tylko dlatego, iż bała się przyjść i dowiedzieć, że to, czego się obawiała, mogłoby okazać się prawdą. Na drugim końcu skali są ludzie, którzy przychodzą, zajmują mi czas niebezpiecznym zgrubieniem, powodującym straszliwy ból w małym palcu; podejrzewają, że mają raka, a tymczasem to zwykły odcisk, często od pracy w ogrodzie! Cóż, proszę na mnie nie zwracać uwagi. Jestem wypompowany. Dlaczego chciał się pan ze mną widzieć?

– Po pierwsze, pragnę podziękować za to, że doradził pan pannie Crackenthorpe, aby poinformowała mnie o liście, napisanym rzekomo przez wdowę po jej bracie.

– Ach, to? Wyjaśnił coś? Prawdę mówiąc, nie doradziłem, sama chciała pójść z tym do pana. Niepokoiła się. Wszyscy kochani, mili braciszkowie usiłowali ją powstrzymać, rzecz jasna.

– Dlaczego?

Doktor wzruszył ramionami.

– Obawiali się, że ta dama rzeczywiście mogłaby się okazać żoną Edmunda.

– Sądzi pan, że list był prawdziwy?

– Nie mam pojęcia. Właściwie nigdy go nie widziałem. Przypuszczam, że wysłał go ktoś, kto znał fakty, i po prostu próbował coś na tym skorzystać, grając na uczuciach panny Crackenthorpe. Tu jednak bardzo się pomylił. Emma nie jest głupia. Nie przygarnęłaby do łona nieznanej szwagierki, nie zadając wpierw kilku rzeczowych pytań.

Z pewnym zainteresowaniem dodał:

– Ale dlaczego pyta pan mnie o zdanie? Ja nie mam z tym nic wspólnego.

– Naprawdę przyszedłem spytać o coś zupełnie innego, ale nie bardzo wiem, jak mam to ująć. – Doktor Quimper spojrzał na niego z zaciekawieniem. – O ile mi wiadomo, niezbyt dawno temu, w czasie świąt, pan Crackenthorpe miał dość poważny atak.

Inspektor od razu zauważył, że twarz doktora nabrała twardego wyrazu.

– Tak.

– Rodzaj zaburzeń gastrycznych?

– Tak.

– Jak by to ująć... Pan Crackenthorpe przechwalał się swoim zdrowiem, mówiąc, że zamierza przeżyć większość rodziny. Określił pana... wybaczy mi pan, doktorze...

– Och, mną proszę się nie przejmować. Nie wzrusza mnie, co moi pacjenci o mnie mówią!

– Uważał, że pan robił wokół tego zbyt wiele szumu.

Quimper się uśmiechnął.

– Podobno zadawał mu pan najróżniejsze pytania – dodał inspektor. – Nie tylko, co zjadł, ale kto to przyrządzał i podawał.

Teraz doktor już się nie uśmiechał. Twarz znów mu stężała.

– Proszę dalej – burknął.

– Powiedział o panu, że: „Mówił tak, jak gdyby ktoś próbował mnie otruć”.

Na chwilę zapadła cisza.

– Czy miał pan jakieś podejrzenia... tego rodzaju?

Quimper nie odpowiedział od razu. Wstał i przechadzał się tam i z powrotem. W końcu obrócił się na pięcie i zwrócił twarzą do Craddocka.

– Co pan, do cholery, spodziewa się, że powiem? Czy sądzi pan, że lekarz może rzucać podejrzenia o otrucie, ot tak sobie, bez jakichkolwiek dowodów?!

– Chciałbym po prostu znać prawdę, tylko dla mojej wiadomości, czy w ogóle zaświtała panu taka myśl?

Doktor odpowiedział wymijająco:

– Stary Crackenthorpe prowadzi zdecydowanie skromne życie. Kiedy zjeżdża się rodzina, Emma zastawia stół jedzeniem. Efekt: przykry atak, spowodowany nieżytem żołądka. Symptomy odpowiadały tej diagnozie.

– Rozumiem. Nie miał pan już żadnych wątpliwości? Nie był pan w ogóle, powiedzmy, zaintrygowany? – naciskał Craddock.

– No dobrze, dobrze. Tak, byłem rzeczywiście, jak pan to ujął, zaintrygowany. Zadowolony pan?

– Interesuje mnie, co pan właściwie podejrzewał, albo czego się obawiał? – rzekł Craddock.

– Przypadki żołądkowe są, oczywiście, różne. Tu wystąpiły jednak pewne objawy, które byłyby, powiedzmy, bardziej właściwe dla zatrucia arszenikiem niż dla zwykłego nieżytu żołądka. Proszę jednak pamiętać, że symptomy obu przypadków są do siebie bardzo podobne. Lepszym ode mnie zdarzało się nie rozpoznać zatrucia arszenikiem i wydać orzeczenie w dobrej wierze.

– I jaki był rezultat pańskiego dochodzenia?

– Wydawało się, że to, co podejrzewałem, nie mogło chyba być prawdą. Pan Crackenthorpe zapewniał mnie, że miewał już podobne ataki, zanim zacząłem go odwiedzać i, jak powiedział, z tej samej przyczyny. Następowały zawsze wtedy, gdy było zbyt dużo obfitych posiłków.

– A tak się działo, kiedy do domu zjeżdżała rodzina albo przychodzili goście?

– Tak. To się wydawało dosyć sensowne. Ale tak szczerze, inspektorze Craddock, miałem wątpliwości. Napisałem nawet do starego doktora Morrisa. Był moim wspólnikiem i przeszedł na emeryturę wkrótce po tym, jak do niego dołączyłem. Zapytałem o wcześniejsze ataki starego.

– I jaką odpowiedź pan otrzymał?

Quimper się uśmiechnął.

– Odesłał mnie z kwitkiem. Powiedział mi coś w rodzaju: nie bądź cholernym głupcem. Cóż – wzruszył ramionami. – Najpewniej rzeczywiście nim byłem.

– Nie wiem – odrzekł w zamyśleniu Craddock.

Wreszcie zdecydował się mówić otwarcie:

– Odkładając na bok dyskrecję, doktorze, są tacy, którzy bardzo skorzystaliby na śmierci Luthera Crackenthorpe'a. – Tu doktor skinął głową. – Jest stary, ale rześki i krzepki. Mógłby pożyć gdzieś do dziewięćdziesiątki?

– Z pewnością. Spędza całe życie na dbaniu o siebie i jest ogólnie zdrowy.

– A jego synowie i córka posuwają się w latach i brak gotówki mocno im doskwiera?

– Emmę wyłącz pan z tego. Nie jest trucicielką. Ataki zdarzają się tylko wtedy, kiedy zbiera się tu cała rodzina, a nie wówczas, gdy są tylko we dwoje.

Elementarna ostrożność – jeśli to właśnie jej sprawka – pomyślał inspektor, ale był zbyt rozsądny, żeby powiedzieć to głośno. Zaczął starannie dobierać słowa:

– Jestem laikiem w tych sprawach, ale zakładając, iż rzeczywiście podano arszenik, czyż Crackenthorpe nie miał ogromnego szczęścia, że nie padł jego ofiarą?

– Tutaj, widzi pan, mamy coś dziwnego – odparł doktor. – I właśnie ta okoliczność skłoniła mnie do przyznania racji staremu Morrisowi – rzeczywiście nie rozumowałem logicznie. Widzi pan, nie jest to z całą pewnością przypadek regularnego podawania małych dawek arszeniku – co można byłoby nazwać klasyczną metodą trucia arszenikiem. Crackenthorpe nigdy nie miał chronicznych kłopotów z żołądkiem. To właśnie w pewnym sensie sprawia, że te nagłe, gwałtowne ataki nie znajdują usprawiedliwienia. Zakładając więc, że nie zostały spowodowane przez przyczyny naturalne, wygląda, jakby truciciel za każdym razem knocił sprawę, co zupełnie nie ma sensu.

– Podając nieodpowiednią dawkę, to ma pan na myśli?

– Tak. Z drugiej strony, Crackenthorpe ma silne zdrowie i to, co załatwiłoby słabszego, jego by nie wykończyło. Zawsze trzeba się liczyć z czynnikami indywidualnymi. Ale mogłoby się zdawać, że do tej pory truciciel – jeżeli nie jest nadzwyczaj bojaźliwy – zwiększyłby dawkę. Dlaczego tego nie zrobił? Jeśli w ogóle jest jakiś truciciel – dodał. – Wiele jednak przemawia za tym, że najprawdopodobniej go nie ma. Pewnie wszystko od początku do końca to moja przeklęta wyobraźnia.

– Istotnie, dziwna sprawa – zgodził się inspektor. – Zdaje się nie mieć sensu.

II

– Inspektorze Craddock!

Niespodziewany, gorączkowy szept sprawił, że inspektor aż podskoczył. Miał właśnie zadzwonić do drzwi frontowych, kiedy Aleksander i jego przyjaciel Stoddard-West wyłonili się ostrożnie z cienia.

– Usłyszeliśmy pański samochód i chcieliśmy pana zatrzymać.
– Dobrze, wejdźmy do środka. – Dłoń Craddocka znów powędrowała do dzwonka, lecz Aleksander pociągnął go za płaszcz z psią gorliwością.
– Odkryliśmy ślad – wydyszał.
– Tak, odkryliśmy ślad – powtórzył jak echo Stoddard-West.
Niech diabli wezmą tę dziewczynę, pomyślał o Lucy nieprzyjaźnie.
– Znakomicie – rzekł machinalnie. – Wejdźmy do środka i spójrzmy na to.
– Nie. – Aleksander był natarczywy. – Ktoś na pewno nam przeszkodzi. Chodźmy do siodlarni. Zaprowadzimy pana.
Inspektor dość niechętnie pozwolił się poprowadzić za róg domu i dalej na podwórzec stajenny. Stoddard-West pchnął ciężkie drzwi i włączył słabiutkie światło. Siodlarnia, niegdyś szczyt wiktoriańskiego przepychu, była teraz żałosną rupieciarnią. Połamane krzesła ogrodowe, zardzewiałe narzędzia, wielki sfatygowany magiel, stare materace sprężynowe, hamaki i siatki do tenisa w stanie rozkładu.
– Często tu przebywamy – powiedział Aleksander. – Jedyne miejsce, gdzie można się czuć naprawdę swobodnie.
Wokół rzeczywiście widoczne były pewne oznaki zamieszkania. Zniszczone materace zostały ułożone jeden na drugim, tak że utworzyły rodzaj kanapy, na starym, zmatowiałym stole leżało duże pudełko ciastek w czekoladzie, znalazły się też jabłka, puszka toffi i puzzle.
– To naprawdę jest ślad, sir – zapewniał gorączkowo Stoddard-West z oczami błyszczącymi za szkłami okularów. – Znaleźliśmy dziś po południu.
– Szukaliśmy od wielu dni. W krzakach...
– I w spróchniałych drzewach...
– I sprawdziliśmy kubły na śmieci...
– Trafiliśmy tam na bardzo zabawne i ciekawe rzeczy...
– A potem poszliśmy do kotłowni...
– Stary Hillman trzyma tam cynkowaną wannę, pełną starych papierów...
– Bo kiedy w piecu wygasa, a on chce na nowo zapalić...
– Każdy papier, jaki tylko się zaplącze, podnosi i tam wpycha...
– I tam właśnie to znaleźliśmy...
– Co znaleźliście? – Craddock przerwał występ duetu.
– Ślad. Ostrożnie, Stodders, włóż rękawiczki.
Stoddard-West, w poczuciu własnej ważności, według najlepszych wzorów powieści kryminalnych, naciągnął na dłonie parę ra-

132

czej brudnych rękawiczek i wyjął z kieszeni kodakowski album fotograficzny. Bardzo ostrożnie wyjął z niego przybrudzoną i wymiętą kopertę, którą z namaszczeniem wręczył inspektorowi.

Obaj chłopcy wstrzymali oddech w napięciu.

Craddock przejął kopertę z należytą powagą. Lubił chłopców i był gotów się przyłączyć do ich zabawy.

List przeszedł przez pocztę, wewnątrz nie było nic, tylko sama rozdarta koperta, zaadresowana do pani Martine Crackenthorpe, 126 Elvers Crescent nr 10.

– Widzi pan? – Aleksander mówił jednym tchem – to dowodzi, że ona tu była, to znaczy francuska żona wujka Edmunda, z której powodu powstało całe zamieszanie. Musiała być tu naprawdę i gdzieś się dać wykończyć. Taka jest prawda...

– Myślimy – wtrącił się Stoddard-West – że to właśnie ona została zamordowana, i czy nie sądzi pan, sir, że to ona musiała być w tym sarkofagu?

Czekali niecierpliwie.

Craddock grał dalej:

– To prawdopodobne, bardzo prawdopodobne.

– Ważne odkrycie, prawda?

– Sprawdzi pan odciski palców na tym, sir?

– Oczywiście.

Stoddard-West westchnął głęboko:

– Mamy niesamowite szczęście, no nie? I to w ostatnim dniu!

– Ostatnim?

– Tak – potwierdził Aleksander. – Jadę jutro do Stoddersa na kilka ostatnich dni ferii. Jego starzy mają niesamowity dom z czasów królowej Anny, tak?

– Wilhelma i Mary – poprawił przyjaciel.

– Twoja mama mówiła...

– Mama jest Francuzką. Nie zna się naprawdę na angielskiej architekturze.

– Ale twój ojciec powiedział, że został wybudowany...

Craddock uważnie przyglądał się kopercie. Sprytna ta Lucy Eyelesbarrow. Jak się jej udało podrobić stempel pocztowy? Oglądał uważnie, ale światło było zbyt słabe. Fajna zabawa dla chłopców, lecz dla niego nowy kłopot. Lucy nie wzięła pod uwagę tej strony sprawy. Gdyby to było prawdziwe, spowodowałoby liczne następstwa.

Obok niego trwała ożywiona dyskusja na tematy architektoniczne. Był na nią głuchy.

– Chodźcie! – zawołał. – Wracamy do domu. Bardzo mi pomogliście.

Rozdział osiemnasty

I

Chłopcy wprowadzili Craddocka kuchennymi drzwiami. Zapewne nie po raz pierwszy korzystali z takiej możliwości wchodzenia do domu. Kuchnia była jasna i wesoła. Lucy, w dużym białym fartuchu, zagniatała ciasto. Bryan Eastley, opierając się łokciami o kredens, wodził za nią psim wzrokiem. Jedną ręką podkręcał duże, jasne wąsy.

– Cześć, tato – powitał go Aleksander poufale. – Ty znów tutaj?

– Lubię to miejsce – odparł Bryan i dodał: – Panna Eyelesbarrow nie ma nic przeciwko temu.

– Oczywiście, że nie – potwierdziła Lucy. – Dobry wieczór, inspektorze.

– Przyszedł pan na inspekcję do kuchni? – spytał z zainteresowaniem Bryan.

– Niedokładnie. Pan Cedryk Crackenthorpe nie wyjechał, prawda?

– Jest jeszcze. Chce się pan z nim zobaczyć?

– Tak, jeśli to możliwe.

– Sprawdzę, czy jest w domu – zaofiarował się Bryan. – Mógł wyskoczyć do pubu.

– Bardzo panu dziękuję. Poszłabym sama, ale mam ręce całe w mące – powiedziała z wdzięcznością Lucy.

– Co pani robi? – spytał Stoddard-West dociekliwie.

– Flan brzoskwiniowy.

– Doobre – zaaprobował Stoddard-West, przeciągając z australijska.

– Zaraz będzie kolacja? – dopytywał się Aleksander z nadzieją na „tak".

– Nie.

134

– O rany! Jestem okropnie głodny!

– W spiżarni jest resztka ciasta imbirowego.

Chłopcy popędzili tam równocześnie i zderzyli się w drzwiach.

– Są jak szarańcza – skomentowała Lucy.

– Gratuluję pani – powiedział Craddock.

– Czego?

– Pomysłowości!

– W czym?!

Pokazując album z kopertą, rzekł:

– Bardzo ładnie zrobione.

– O czym pan mówi?

– O tym, droga pani, o tym. – Wyjął kopertę do połowy.

Patrzyła na niego zdumiona.

Inspektor poczuł się nagle bardzo dziwnie.

– Nie spreparowała pani tego „śladu" i nie podłożyła w kotłowni, tak żeby go chłopcy znaleźli? Prędko, proszę mi powiedzieć!

– Nie mam najmniejszego pojęcia, o co panu chodzi – oświadczyła Lucy.

Craddock szybko wsunął album z powrotem do kieszeni, gdyż wrócił Bryan.

– Cedryk jest w bibliotece – oznajmił. – Proszę tam pójść.

Powrócił na swoje miejsce na kredensie. Inspektor Craddock udał się do biblioteki.

II

Cedryk Crackenthorpe wydawał się zachwycony, widząc inspektora.

– Jeszcze na przeszpiegi tu u nas? – spytał. – Jakieś postępy?

– Mogę stwierdzić, że zrobiliśmy pewne postępy, panie Crackenthorpe.

– Odkryliście, kim był trup?

– Nie dokonaliśmy ostatecznej identyfikacji, ale mamy dość prawdopodobną hipotezę.

– To świetnie.

– W związku z naszymi najświeższymi informacjami, chcielibyśmy uzyskać kilka zeznań. Zaczynam od pana, gdyż jest pan na miejscu.

– Już niedługo. Wracam na Ibizę za dzień lub dwa.

– Czyli przybyłem w ostatniej chwili.

– Proszę pytać.

– Interesuje mnie szczegółowe sprawozdanie z pańskich czynności w piątek, dwudziestego grudnia.

Cedryk spojrzał nań badawczo. Potem rozparł się w fotelu, ziewnął, przyjmując nonszalancką pozę i sprawiał wrażenie, jakby usilnie przypominał sobie, co robił w piątek.

– Jak już pan wie, byłem na Ibizie. Kłopot w tym, że jeden dzień jest tak podobny do drugiego. Malowanie rano, sjesta od trzeciej do piątej. Może troszkę szkiców, jeśli jest odpowiednie światło. Potem aperitif, raz z burmistrzem, kiedy indziej z doktorem, w kafejce na piazzy. Później coś w rodzaju improwizowanego posiłku. Większość wieczorów w barze u Scotty'ego z którymś z moich przyjaciół z niższych klas społecznych. Czy to panu wystarcza?

– Wolałbym raczej usłyszeć prawdę, panie Crackenthorpe.

Cedryk zmienił pozycję w fotelu, usiadł prosto.

– To bardzo obraźliwa uwaga, inspektorze.

– Tak pan myśli? Powiedział mi pan, że wyjechał z Ibizy dwudziestego pierwszego grudnia i przybył do Anglii tego samego dnia?

– Tak powiedziałem. Em! Hej, Em!

Emma Crackenthorpe weszła przez drzwi, łączące bibliotekę z małą bawialnią. Popatrzyła na nich pytająco.

– Słuchaj, Em, przyjechałem tu na święta w poprzedzającą je sobotę, prawda? Prosto z lotniska?

– Tak – odpowiedziała Emma ze zdziwieniem. – Byłeś tu w porze obiadu.

– No i ma pan – zwrócił się do inspektora Cedryk.

– Musi pan uważać nas za zupełnych głupców, panie Crackenthorpe – rzekł uprzejmie Craddock. – Ale my potrafimy takie rzeczy sprawdzać. Myślę, że gdyby pokazał mi pan paszport...

Zawiesił głos wyczekująco.

– Nie mogę znaleźć tego cholerstwa – odparł Cedryk. – Szukałem dzisiaj rano.

– Jestem pewien, że ma go pan pod ręką, panie Crackenthorpe. Ale nie jest naprawdę konieczne, żebym go oglądał. Wiemy, że przybył pan do kraju wieczorem dziewiętnastego grudnia. Może zechce pan teraz zapoznać mnie z pańskimi poczynaniami od tego czasu do pory obiadu dwudziestego pierwszego grudnia, kiedy pan dojechał do Rutherford Hall.

Cedryk był naprawdę wściekły.

– Życie w dzisiejszych czasach jest piekłem – powiedział ze złością. – Urzędolenie i wypełnianie druków. Wytwór państwa biurokratycznego. Już w ogóle nie można się ruszyć, gdzie się chce. Zawsze ktoś zadaje pytania. Dlaczego ten dwudziesty tak zamieszał? Coś szczególnego stało się wtedy?

– Tak się składa, że jest to dzień, w którym, jak sądzimy, popełniono morderstwo. Oczywiście, może pan odmówić zeznań, ale...

– Kto twierdzi, że odmawiam zeznań? Dajcież człowiekowi chwilkę. A na rozprawie u koronera bardzo niejasno mówiliście o dacie morderstwa. Co nowego pojawiło się od tego czasu?

Craddock zbył go milczeniem, a wówczas Cedryk, patrząc kątem oka na Emmę, zaproponował:

– Może przejdziemy do innego pokoju?

Emma zareagowała pośpiesznie:

– Zostawię was.

Zatrzymała się w drzwiach.

– To jest poważne, Cedryku – napomniała brata. – Jeśli dwudziestego popełniono morderstwo, musisz dokładnie powiedzieć inspektorowi, co wtedy robiłeś.

Przeszła do pokoju obok, zamykając za sobą drzwi.

– Kochana Em – powiedział Cedryk. – No dobra, to było tak. Rzeczywiście wyjechałem z Ibizy dziewiętnastego. Zaplanowałem sobie w Paryżu parodniową przerwę w podróży, żeby zrobić rundkę po przyjaciołach na lewym brzegu Sekwany. Ale tak się złożyło, że w samolocie poznałem bardzo atrakcyjną osóbkę... Smakowity kąsek... Mówiąc wprost, wysiedliśmy razem. Była w drodze do Stanów, musiała spędzić parę dni w Londynie, żeby dopilnować jakichś spraw. Dotarliśmy do Londynu dziewiętnastego. Zatrzymaliśmy się w hotelu Kingsway Palace, jeżeli pańscy szpiedzy jeszcze tego nie wykryli! Zameldowałem się jako John Brown. W takich sytuacjach nigdy nie należy używać własnego nazwiska.

– A dwudziestego?

Cedryk się skrzywił:

– Poranek z okropnym kacem.

– A popołudnie? Od trzeciej?

– Chwileczkę. Cóż, można by rzec, że zbijałem bąki. Poszedłem do National Gallery – to przynajmniej szacowne miejsce. Byłem na filmie „Rowenna z gór". Zawsze uwielbiałem westerny. Ten był rewelacyjny... Potem ze dwa drinki w barze i odrobina snu w pokoju, a koło dziesiątej ruszyliśmy z dziewczyną w kurs po najrozmaitszych spelunkach – nawet nie pamiętam, jak się nazywały – jedna z nich to była chyba „Skacząca żaba". Moja towarzyszka znała wszystkie. Nieźle się urżnąłem i, prawdę mówiąc, niewiele więcej pamiętam do chwili, w której się obudziłem następnego ranka w jeszcze gorszym stanie. Dziewczyna wyniosła się szybko, bo chciała złapać samolot, a ja polewałem głowę zimną wodą, poszedłem do apteki, żeby dali mi jakąś diabelską miksturę na kaca i w końcu ruszyłem tutaj, udając, że jadę prosto z Heathrow. Pomyślałem sobie, że nie powinienem robić przykrości Emmie. Wie pan, jakie są kobiety. Zawsze boli je, kiedy się nie przychodzi prosto do domu. Musiałem od niej pożyczyć pieniądze, żeby zapłacić za taksówkę. Byłem kompletnie spłukany. Starego nie było sensu prosić. Nigdy nie daje z siebie nic wydusić. Skąpe, stare bydlę. No i cóż, inspektorze, zadowolony pan?

– Czy ktoś mógłby coś z tego potwierdzić, panie Crackenthorpe? Powiedzmy, między godziną trzecią a siódmą?

– To chyba niemożliwe – odparł beztrosko Cedryk. – National Gallery, gdzie strażnicy patrzą na człowieka bezmyślnymi oczami i zatłoczona wystawa obrazów. Nie, to niemożliwe.

Wróciła Emma. W ręku miała kalendarzyk.

– Chce pan wiedzieć, co każdy z nas robił dwudziestego grudnia, czy tak, inspektorze?

– Cóż... tak, panno Crackenthorpe.

– Właśnie przeglądałam mój terminarz. Dwudziestego udałam się do Brackhampton, żeby wziąć udział w posiedzeniu komitetu fundacji kościelnej. Skończyło się przed drugą. Zjadłam lunch w Cadena Café z lady Adington i panną Bartlett, również członkiniami komitetu. Po lunchu robiłam zakupy: zapasy i prezenty świąteczne. Byłam u Greenforda, Lyalla i Swifta, Bootsa i prawdopodobnie jeszcze w kilku sklepach. Wypiłam herbatę w herbaciarni Shamrocka za kwadrans piąta, a później wyszłam na dworzec kolejowy po Bryana. Wróciłam do domu koło szóstej. Ojciec był w bardzo złym humorze. Zostawiłam dla niego lunch, ale pani Hart, która miała przyjść po południu i podać mu herbatę, się nie zjawiła. Był tak zirytowany, że zamknął się w swoim pokoju i nie chciał ani mnie wpuścić, ani ze mną rozmawiać. Nie lubi, kiedy wychodzę po południu, ale czasami upieram się przy swoim.

– To chyba rozsądne. Dziękuję, panno Crackenthorpe.

Nie mógł jej powiedzieć, że ponieważ jest kobietą mającą pięć stóp i siedem cali wzrostu, jej poczynania owego popołudnia są bez znaczenia. Zamiast tego spytał:

– Pozostali dwaj bracia przyjechali później, prawda?

– Alfred przyjechał późno wieczorem w sobotę. Mówił, że próbował dodzwonić się do mnie po południu, ale mnie nie było, zaś ojciec, kiedy jest w złym nastroju, nigdy nie podniesie słuchawki. Harold przybył dopiero w Wigilię.

– Jeszcze raz dziękuję, panno Crackenthorpe.

– Może nie powinnam pytać, ale czy pojawiło się coś nowego, co posunęło dochodzenie do przodu?

Craddock wyjął album z kieszeni. Czubkami palców wydobył kopertę:

– Proszę nie dotykać, dobrze? Czy pani to rozpoznaje?

– Ależ... – Emma patrzyła na niego szeroko otwartymi oczami, zupełnie zdezorientowana. – Przecież to moje pismo! List, który napisałam do Martine!

– Tak właśnie przypuszczałem.

– Ale jak pan go zdobył? Czy ona...? Znaleźliście ją?

– Prawdopodobnie ją... znaleźliśmy. Ta pusta koperta została odkryta tutaj.

– W domu?

– Na terenie posiadłości.

– Więc... była tu jednak! Ona... To znaczy... że... Martine... tam w sarkofagu?

– Bardzo prawdopodobne – powiedział łagodnie Craddock.

Stało się to jeszcze bardziej prawdopodobne, kiedy wrócił do miasta. Czekała tam na niego wiadomość od Armanda Dessina: Jedna z dziewcząt z baletu dostała kartkę od Anny Stravinskiej. Historia o rejsie była prawdziwa! Dotarła do Jamajki i znakomicie się tam bawi!

Craddock zmiął kartkę i wrzucił do kosza na śmieci.

III

– Uważam, że był to najfantastyczniejszy dzień w moim życiu – oznajmił Aleksander. Siedział na łóżku i z powagą zajadał batonik czekoladowy. – Żeby znaleźć prawdziwy dowód! – W jego głosie brzmiał nabożny zachwyt. – Właściwie całe ferie były fantastyczne – dodał pogodnie. – Nie sądzę, żeby jeszcze kiedyś zdarzyło się coś takiego.

– Mam nadzieję, że mnie się nie zdarzy – powiedziała Lucy, która klęcząc pakowała do walizki ciuchy Aleksandra. – Czy chcesz zabrać ze sobą całą tę fantastykę naukową?

– Bez tych dwu na wierzchu. Już je przeczytałem. Piłka, korkotrampki i gumowce mogą być osobno.

– Z jakimi dziwnymi rzeczami podróżujecie, wy chłopcy!

– To nie ma znaczenia. Wysyłają po nas rolls-royce'a. Mają fantastycznego rollsa. Mają też nowego mercedesa.

– Muszą być bogaci.

- Nieprawdopodobnie. I bardzo fajni. Jednak wolałbym stąd nie wyjeżdżać. Mogą pojawić się nowe zwłoki.
- Mam szczerą nadzieję, że nie.
- Ale tak jest często w książkach. Ktoś, kto coś widział albo słyszał, też zostaje wykończony. To by mogła być pani – uściślił, odwijając drugi baton.
- Dziękuję ci.
- Nie chcę, żeby to była pani – zapewnił ją Aleksander. – Bardzo panią lubię, Stodders także. Uważamy, że jest pani kucharką nie z tej ziemi. Umie pani robić cudowne żarcie! Jest też pani bardzo rozsądna.

Ostatnie stwierdzenie było wyraźnie zamierzone jako wyraz najwyższego uznania, więc Lucy tak to przyjęła.

- Dziękuję – powiedziała. – Ale nie zamierzam dać się zabić, tylko żeby zrobić wam przyjemność.
- Więc niech pani lepiej uważa – poradził jej. – A jeśli tatko pojawi się tu od czasu do czasu, to zajmie się nim pani, dobrze?
- Oczywiście – przyrzekła lekko zaskoczona Lucy.
- Problem z tatkiem polega na tym, że życie w Londynie mu nie służy. Zadaje się z zupełnie nieodpowiednimi kobietami. – Pokręcił głową z dezaprobatą. – Bardzo go lubię, ale on potrzebuje kogoś, kto by się nim zajął – dodał. – Kręci się tu i tam i przebywa w nie najlepszym towarzystwie. Wielka szkoda, że mama umarła. Bryan potrzebuje prawdziwego domu. – Popatrzył poważnie na Lucy i sięgnął po następny baton.
- To już czwarty, Aleksandrze. Nie jedz go, bo będzie ci niedobrze – ostrzegła.
- Bez obawy. Kiedyś zjadłem sześć naraz i nic mi nie było. Mam strusi żołądek.

Zamilkł na moment i po chwili rzekł:
- Bryan panią lubi, wie pani?
- To bardzo miłe z jego strony.
- Trochę jest nieporadny w niektórych sprawach – ocenił pobłażliwie. – Ale był świetnym pilotem myśliwskim. Jest okropnie odważny. I strasznie dobroduszny. – Urwał. Potem, zwróciwszy oczy ku sufitowi, powiedział z dość dużą pewnością siebie: – Myślę, że naprawdę dobrze by było, gdyby się ożenił... Ja sam nie miałbym nic przeciwko temu, żeby mieć macochę... Gdyby, oczywiście, była odpowiednią osobą...

Lucy zdała sobie sprawę, ku czemu zmierza Aleksander.
- Te wszystkie bzdury o macochach są zupełnie przestarzałe – ciągnął, wciąż wpatrzony w sufit. – Mnóstwo typów, których znamy,

Stodders i ja, ma macochy, rozwiedzionych rodziców i tak dalej, i całkiem nieźle z nimi żyją. Oczywiście, dużo zależy od tego, jaka jest ta macocha. No i oczywiście powoduje to trochę zamieszania w dniach różnych szkolnych świąt. Mam na myśli dwa komplety rodziców. Ale za to jest wtedy nieźle z forsą! – Przerwał, rozważając problemy współczesnego życia. – Najprzyjemniej mieć swój własny dom i własnych rodziców, ale jeśli matka nie żyje, powinien ją ktoś zastąpić. Jeśli jest kimś odpowiednim – powtórzył po raz trzeci.

Lucy poczuła wzruszenie.

– Myślę, że ty jesteś bardzo rozsądny, Aleksandrze. Musimy spróbować znaleźć jakąś miłą żonę dla twojego ojca.

– Tak – odparł Aleksander i dodał jakby mimochodem: – Właśnie o tym mówiłem. Bryan bardzo panią lubi. Powiedział mi to...

Doprawdy, za dużo tu swatów! Najpierw panna Marple, a teraz Aleksander! – pomyślała Lucy. Z jakiegoś powodu przyszły jej do głowy chlewy. Wstała.

– Dobranoc, Aleksandrze. Do spakowania rano zostały tylko rzeczy po praniu i piżama. Dobranoc.

– Dobranoc – odpowiedział Aleksander. Wśliznął się pod kołdrę, położył głowę na poduszce, zamknął oczy i natychmiast zasnął. Wyglądał dokładnie jak śpiący aniołek z obrazka.

Rozdział dziewiętnasty

I

– Nie da się tego nazwać dowodem rozstrzygającym – skomentował sierżant Wetherall ze zwykłym dla niego pesymizmem.

Inspektor Craddock wczytywał się w raport, dotyczący alibi Harolda Crackenthorpe'a z dwudziestego grudnia. Był widziany u Sotheby'ego około wpół do czwartej, ale podobno zaraz wyszedł. Nie rozpoznano go na zdjęciu okazanym w herbaciarni Russella, bowiem w tym czasie – pora herbaty – mieli duży ruch, a Harold nie zaliczał się do stałych klientów, więc nie było to zbyt zaskakujące. Służący potwierdził, że kwadrans przed siódmą wrócił na Cardigan Gardens, żeby przebrać się do uroczystego obiadu, dość późno, zważywszy, że obiad miał być o wpół do ósmej, i pan Crackenthorpe trochę się denerwował. Nie słyszał go wracającego wieczorem ale, ponieważ było to jakiś czas temu, może nie pamiętać dokładnie. W każdym razie często nie słyszy, kiedy pan Crackenthorpe wchodzi. Oboje z żoną lubią kłaść się tak wcześnie, jak tylko mogą. Wynajęty garaż w dawnych stajniach, gdzie Harold Crackenthorpe trzyma swój samochód, jest oddzielny i osobno zamykany, toteż nikt nie zauważył, kto się tam pojawiał i nie było żadnego powodu, żeby zapamiętać ten właśnie wieczór.

– Wszystko negatywne. – Craddock westchnął.

– Był na obiedzie w swoim klubie, ale wyszedł dosyć wcześnie, jeszcze przed końcem przemówień.

– Co na dworcach?

Nie było żadnych informacji, ani z Brackhampton, ani z Paddington. Minęły już prawie cztery tygodnie i należało pogodzić się z faktem, iż jest bardzo mało prawdopodobne, by ktoś jeszcze coś pamiętał.

Craddock znów westchnął i sięgnął po dane dotyczące Cedryka. Tu również brakowało pewnego alibi, chociaż taksówkarz niejasno pamiętał, że miał kurs na Paddington, gdzieś po południu, z kimś, kto „wyglądał cokolwiek jak ten facet. Brudne spodnie i strzecha włosów. Klął trochę, bo opłaty za przejazd poszły w górę, od kiedy ostatnio był w Anglii". Potrafił podać dzień, gdyż koń imieniem Pełzak wygrał przy stawce dwa do trzydziestu, a on nieźle na tym wyszedł. Kiedy gość wysiadł, taksówkarz włączył radio i usłyszał informację o wynikach gonitw. Pojechał prosto do domu, świętować.

– Dzięki Bogu za wyścigi konne! – mruknął Craddock, odkładając raport.

– A tu jest Alfred – powiedział sierżant Bob.

Ton głosu sprawił, że Craddock spojrzał na niego uważnie. Wetherall wyglądał jak ktoś zadowolony z siebie, że zachował smakowity kąsek na sam koniec.

Właściwie sprawdzenie wypadło też niezadowalająco. Alfred mieszkał sam, w mieszkaniu pojawiał się i znikał o nieokreślonych porach. Jego sąsiedzi nie należeli do wścibskich, poza tym jako urzędnicy biurowi cały dzień byli poza domem. Ale Wetherall wskazał swym dużym palcem ostatni akapit raportu.

Sierżant Leakie, oddelegowany do sprawy kradzieży z ciężarówek, był w zajeździe „Ładunek Cegieł", na drodze między Waddington a Brackhampton, obserwując niektórych kierowców. Zauważył przy sąsiednim stoliku Chicka Evansa, jednego z ludzi gangu Dicka Rogersa. Był z nim Alfred Crackenthorpe, znany mu z sali sądowej, gdzie widział go zeznającego w sprawie Dicka Rogersa. Zastanowiło sierżanta, co razem knuli ci dwaj. Czas: 11.30 wieczorem, piątek, dwudziesty grudnia. Parę minut później Alfred Crackenthorpe wsiadł do autobusu, jadącego w kierunku Brackhampton. William Baker, konduktor na stacji Brackhampton, skasował bilet pewnemu dżentelmenowi, którego znał z widzenia jako jednego z braci panny Crackenthorpe, parę minut przed odjazdem pociągu o 11.55 do Paddington. Pamięta datę, bo akurat wtedy była ta historia ze stuknietą staruszką, która zarzekała się, iż widziała owego popołudnia, jak mordowano kogoś w pociągu.

– Alfred? – mruknął Craddock. – Alfred? Ciekawe...

– Sprytnie to wszystko zaplanował – orzekł Wetherall.

Craddock przytaknął. Tak, Alfred mógł jechać do Brackhampton pociągiem o 4.33 po południu i po drodze popełnić morderstwo. Pojechałby potem autobusem do „Ładunku Cegieł". Posiedziałby tam aż do dziewiątej trzydzieści i miałby mnóstwo czasu, żeby pojechać do Rutherford Hall, przenieść ciało z nasypu do sarkofagu i wrócić

143

do Brackhampton na czas, by złapać pociąg o 11.55 do Londynu. Jeden z ludzi gangu Dicka Rogersa mógł mu nawet pomóc w przenoszeniu zwłok, choć Craddock tak nie uważał. To nieprzyjemni faceci, ale nie zabójcy.

– Alfred? – powtórzył z namysłem.

II

W Rutherford Hall odbywało się zgromadzenie rodziny Crackenthorpe'ów. Harold i Alfred przyjechali z Londynu i bardzo prędko tony głosów podniosły się, podobnie jak emocje.

Z własnej inicjatywy Lucy zmieszała koktajl z lodem w dzbanku i udała się do biblioteki. Głosy rozlegały się wyraźnie aż w holu; pod adresem Emmy padało wiele gorzkich słów.

– To wyłącznie twoja wina, Emmo. – Bas Harolda grzmiał złością.

– Oburza mnie, że mogłaś być aż tak krótkowzroczna i lekkomyślna. Gdybyś nie zaniosła listu do Scotland Yardu i nie zaczęła tego wszystkiego...

– Musiałaś chyba postradać zmysły! – wrzasnął piskliwym głosem Alfred.

– Przestańcie ją maltretować. – Cedryk próbował przywrócić spokój. – Co się stało, to się nie odstanie. Byłoby znacznie gorzej, gdyby zidentyfikowali tę kobietę jako zaginioną Martine, a my siedzielibyśmy cicho i nie wspomnieli o tym, że się z nami skontaktowała.

– Bardzo to dla ciebie pomyślne, Cedryku – rzekł całkiem wytrącony z równowagi Harold. – Nie było cię w kraju dwudziestego, dnia, o który pytają. Ale dla Alfreda i dla mnie wielce kłopotliwe. Na szczęście ja potrafię sobie przypomnieć, gdzie byłem owego popołudnia i co wtedy robiłem.

– Założę się, że tak jest – zareplikował Alfred. – Gdybyś zaplanował morderstwo, na pewno alibi przygotowałbyś sobie bardzo dokładnie.

– Jak rozumiem, ty nie masz tego szczęścia – odpowiedział zimno Harold.

– To zależy – odparł Alfred. – Wszystko jest lepsze od przedstawiania policji stuprocentowego alibi, jeśli naprawdę wcale nie jest dokładnie stuprocentowe. Oni są sprytni w obalaniu takich rzeczy.

– Jeżeli insynuujesz, że to ja zabiłem tę kobietę...

– Uspokójcie się wreszcie – wykrzyknęła Emma. – Oczywiście, że żaden z was jej nie zabił!

– A tak dla waszej wiadomości, to dwudziestego nie byłem poza Anglią – oznajmił Cedryk. – I policja doskonale zdaje sobie z tego sprawę! Więc podejrzani jesteśmy wszyscy.

– Gdyby nie Emma...

– Nie zaczynaj znowu, Haroldzie! – powiedziała zdenerwowana Emma.

Doktor Quimper wyszedł do holu z gabinetu pana Crackenthorpe'a. Jego wzrok zatrzymał się na dzbanku, który trzymała Lucy.

– A to co, jakaś uroczystość?

– Oliwa na wzburzone fale. Walczą tam na noże.

– Wzajemne wyrzuty?

– To też, ale raczej atakowanie Emmy.

Quimper uniósł brwi.

– Doprawdy? – Wziął dzbanek z rąk Lucy.

– Dobry wieczór.

– Ach, doktor Quimper. Chciałbym zamienić z panem słówko – rozległ się zirytowany głos Harolda. – Domagam się wyjaśnienia, co miał pan na celu, mieszając się do prywatnej, rodzinnej sprawy i każąc mojej siostrze iść do Scotland Yardu.

Doktor odpowiedział spokojnie:

– Panna Crackenthorpe spytała mnie o radę. Udzieliłem jej. Moim zdaniem, miała zupełną rację.

– Śmie pan twierdzić...

– Dziewczyno!

Był to stały sposób zwracania się do Lucy przez pana Crackenthorpe'a. Stał w drzwiach gabinetu.

Lucy odwróciła się dość niechętnie:

– Słucham, panie Crackenthorpe?

– Co podajesz nam dzisiaj na kolację? Chcę curry. Robisz dobre curry. Od wieków nie było curry.

– Wie pan, że chłopcy nie przepadają za tym.

– Chłopcy, chłopcy. Czy oni są ważni? Ja jestem ważny. Ale i tak chłopców już nie ma – nareszcie! Chcę dobre, ostre curry, słyszysz?

– W porządku, panie Crackenthorpe, dostanie je pan.

– Znakomicie. Jesteś dobrą dziewczyną, Lucy. Dbasz o mnie, a ja się zatroszczę o ciebie.

Wróciła do kuchni. Zamiast potrawki z kurczęcia, którą zaplanowała na kolację, zaczęła przygotowywać curry. Drzwi frontowe zamknęły się z hukiem i przez okno zobaczyła, jak doktor Quimper wychodzi, zdenerwowany, z domu i wsiada do samochodu.

Lucy westchnęła. Tęskniła za chłopcami. W pewien sposób tęskniła też za Bryanem. No dobrze. Usiadła i zabrała się do czyszczenia grzybów. Niezależnie od wszystkiego poda rodzinie znakomity posiłek. Nakarmić bestie!

III

Była trzecia rano, kiedy doktor Quimper wprowadził samochód do garażu, zamknął drzwi i wszedł do domu, czując wielkie znużenie. Cóż, pan Simpkins dodał ładną, zdrową parę bliźniąt do swojej ósemki. Pan Simpkins nie przejawiał zadowolenia z ich nadejścia. – Bliźniaki – powiedział ponuro. – Co z nich za pożytek? Czworaczki, te są dobre. Ludzie ofiarowują najróżniejsze rzeczy, zjeżdża się prasa, i w gazecie są zdjęcia, i mówi się o tym, i Jej Królewska Mość przysyła telegram. A czym są bliźniaki, poza dwiema gębami do wykarmienia zamiast jednej? Nigdy w mojej rodzinie ani u mojej ślubnej nie bywało bliźniaków. To jakoś nie w porządku.

Doktor Quimper poszedł na górę do sypialni i zaczął zrzucać ubranie. Spojrzał na zegarek. Pięć po trzeciej. Przyjęcie na świat tych bliźniąt okazało się nieoczekiwanie skomplikowane, ale wszystko poszło dobrze. Ziewnął. Był zmęczony, bardzo zmęczony. Spojrzał tęsknie na łóżko. Wtedy zadzwonił telefon. Doktor Quimper zaklął i podniósł słuchawkę.

– Doktor Quimper?

– Przy telefonie.

– Tu Lucy Eyelesbarrow z Rutherford Hall. Myślę, że byłoby dobrze, gdyby pan przyjechał. Zdaje się, że wszyscy zachorowali.

– Zachorowali? Jakie są objawy?

Lucy podała je ze szczegółami.

– Zaraz tam będę. Tymczasem... – wydał jej krótkie polecenia. Ubrał się szybko, wrzucił jeszcze kilka rzeczy do torby lekarskiej i popędził do samochodu.

IV

Jakieś trzy godziny później doktor i Lucy, wyczerpani, usiedli przy kuchennym stole, by wypić po dużej filiżance czarnej kawy.

– Ha! – Quimper opróżnił swoją i odstawił zamaszyście, stuknąwszy nią o spodek. – Tego mi było trzeba. A teraz, panno Eyelesbarrow, przejdźmy do rzeczy.

Lucy spojrzała na niego. Zmęczenie pozostawiło na twarzy doktora wyraźne ślady, które sprawiały, że wyglądał na więcej niż swoje czterdzieści cztery lata. Jego ciemne włosy były na skroniach poprzetykane siwizną, a pod oczami rysowały się cienie.

– Wydaje mi się, że nic im już nie grozi. Ale jak to się stało? To chcę wiedzieć. Kto gotował obiad?

– Ja – odpowiedziała Lucy.

– I co to było? Dokładnie!

– Zupa grzybowa. Kurczę w curry z ryżem. Sos winno-śmietanowy z białkami jajek. Na przystawkę wątróbka drobiowa z boczkiem.

– *Canapés Diane* – powiedział nieoczekiwanie doktor Quimper.

Lucy uśmiechnęła się słabo.

– Tak, *Canapés Diane*.

– W porządku. Idźmy po kolei. Zupa grzybowa – z puszki, jak sądzę?

– Oczywiście, że nie. Sama ją zrobiłam.

– Zrobiła ją pani. Z czego?

– Z pół funta grzybów, wywaru z kurczęcia, mleka, zasmażki i soku z cytryny.

– Ach. I każdy teraz powie: „to musiały być grzyby".

– To nie były grzyby. Zjadłam trochę zupy i czuję się zupełnie dobrze.

– Tak, pani nie zachorowała. Nie zapomniałem o tym.

Lucy poczerwieniała.

– Jeśli rozumie pan przez to...

– Nic nie rozumiem przez to. Jest pani bardzo inteligentna. Pani też by jęczała tam na górze, gdybym rozumiał przez to, co pani myślała, że rozumiem. Poza tym, wiem o pani wszystko. Zadałem sobie trud dowiedzenia się.

– A po cóż pan to robił?

Doktor odpowiedział, cedząc słowa:

– Ponieważ zawsze staram się interesować ludźmi, którzy przyjeżdżają tu i się osiedlają. Jest pani uczciwą, młodą kobietą, która wykonuje ten szczególny rodzaj pracy, żeby się utrzymać i nie miała pani, jak się zdaje, żadnej styczności z rodziną Crackenthorpe'ów wcześniej. Nie jest więc pani dziewczyną żadnego z nich: Cedryka, Harolda ani Alfreda, która pomagałaby im przy odrobinie brudnej roboty.

– Naprawdę myśli pan?...

– Myślę o wielu rzeczach – odpowiedział Quimper. – Ale muszę być ostrożny. To jest właśnie najgorsze w zawodzie lekarza. A teraz idźmy dalej. Kurczę w curry. Jadła to pani?

– Nie. Zauważyłam, że jeśli gotuje się curry, to człowiek najada

147

się samym zapachem. Oczywiście, spróbowałam, doprawiając. Zjadłam zupę i tylko trochę sosu.
– Jak podała pani sos?
– W osobnych sosjerkach.
– A teraz, co zostało oczyszczone?
– Jeśli chodzi panu o zmywanie, to wszystko zostało umyte i odłożone na miejsce.
Doktor Quimper jęknął:
– Jest coś takiego, co nazywa się nadgorliwością.
– Tak, rozumiem, ale to się już nie odstanie.
– Może coś jeszcze z tego pani ma?
– Zostało trochę curry w misce w spiżarni. Planowałam, że wykorzystam dziś wieczorem. Jest też trochę zupy grzybowej. Nie zostało nic sosu i z przystawki.
– Wezmę curry i zupę. A co z *ćatni*? Było też *ćatni*?
– Tak, reszta jest w jednym z tych kamionkowych pojemników.
– Wezmę je również.
Wstał.
– Idę teraz rzucić na nich jeszcze raz okiem. Ale czy może pani utrzymać fortecę do rana? Doglądać wszystkich? Mogę tu przysłać pielęgniarkę, dokładnie poinformowaną, przed ósmą rano.
– Chcę, żeby powiedział mi pan wprost. Czy przypuszcza pan, że to zatrucie pokarmowe czy... czy... cóż, trucizna?
– Już pani mówiłem. Lekarze nie mogą przypuszczać – muszą być pewni. Jeżeli będzie pozytywny rezultat badań tych próbek żywności, będę mógł pójść dalej. W innym wypadku...
– W innym wypadku? – powtórzyła Lucy.
Doktor Quimper położył rękę na jej ramieniu:
– Niech się pani opiekuje szczególnie dwojgiem osób. Nie chciałbym, żeby coś się stało Emmie... – W jego głosie zabrzmiała nutka czułości, której nie dało się ukryć. – Nawet nie zaczęła jeszcze żyć – dodał. – Tacy jak Emma Crackenthorpe są solą tej ziemi... Emma, cóż, Emma wiele dla mnie znaczy. Nigdy jej tego nie powiedziałem, ale zrobię to. Proszę się nią opiekować.
– Może pan być pewien.
– I niech się pani troszczy o starego. Nie mogę powiedzieć, żeby to był mój ulubiony podopieczny, ale jest moim pacjentem, i niech mnie cholera, jeśli pozwolę go sprzątnąć z tego świata tylko dlatego, że jeden czy drugi z jego nieprzyjemnych synów – albo może wszyscy trzej – chcą go usunąć z drogi, by zagarnąć pieniądze. – Spojrzał na nią niespokojnie: – Za dużo powiedziałem. Proszę mieć oczy szeroko otwarte, dobra dziewczyno, a co najważniejsze, trzymać buzię na kłódkę.

V

Inspektor Bacon był najwyraźniej wytrącony z równowagi.
— Arszenik? — spytał. — Arszenik?!
— Tak. W curry. Tu jest reszta curry — dla pańskiego kumpla do zbadania. Testowałem to tylko z grubsza, niewielką ilość, ale wynik nie budzi wątpliwości.
— A więc działa tu truciciel?
— Całkiem prawdopodobne — powiedział beznamiętnie doktor Quimper.
— I mówi pan, że to dotknęło wszystkich, oprócz panny Eyelesbarrow?
— Oprócz panny Eyelesbarrow.
— Nie wygląda to dla niej zbyt dobrze...
— A jaki mogłaby mieć motyw?
— Może jest szurnięta — podsunął Bacon. — Ci odchyleni wydają się czasami w porządku, a jednak hysia mają ciągle, że tak powiem.
— Panna Eyelesbarrow nie ma hysia. Mówię to jako lekarz. Jest tak samo zdrowa psychicznie, jak pan czy ja. Jeśli panna Eyelesbarrow karmi rodzinę arszenikiem w curry, robi to dla jakiejś racjonalnej przyczyny. Ponadto, a jest kobietą wybitnie inteligentną, uważałaby, żeby nie być jedyną, której to nie dotknęło. Postąpiłaby tak, każdy inteligentny truciciel by tak postąpił, to znaczy zjadłaby bardzo niewielką ilość zatrutego curry, a następnie przesadnie demonstrowała objawy.
— A wtedy nie potrafiłby pan odróżnić?
— Że zjadła mniej od innych? Raczej nie. Nie wszyscy ludzie reagują jednakowo na trucizny. Ta sama ilość zaszkodziłaby jednym bardziej, innym mniej. Oczywiście, jeśli pacjent nie żyje, można ocenić dość dokładnie, ile trucizny przyjął — dodał pogodnie.
— Więc może być tak... — Inspektor Bacon przerwał, żeby sprecyzować swą myśl. — Może być tak, że jest ktoś z rodziny, kto robi koło siebie więcej zamieszania, choć w rzeczywistości nic mu nie jest, ktoś, kto, można by rzec, ukrywa się pośród innych, żeby nie wzbudzić podejrzeń? Co pan na to?
— Taka myśl przyszła mi do głowy już wcześniej. Dlatego pana informuję. Teraz to jest w pańskich rękach. Zatrudniłem tam pielęgniarkę, której ufam całkowicie, ale nie może być wszędzie naraz. Moim zdaniem, nikt nie przyjął wystarczająco dużo arszeniku, żeby to spowodowało śmierć.
— Truciciel się pomylił?
— Nie. Ludzie mają zawsze obsesję na punkcie zatruć grzybami. Potem komuś by się pogorszyło i zmarłby.

– Ponieważ podano by mu drugą dawkę?

Doktor przytaknął.

– Dlatego właśnie od razu pana informuję i z tego samego powodu zaangażowałem tam specjalną pielęgniarkę.

– Wie o arszeniku?

– Oczywiście. Wiedzą ona i panna Eyelesbarrow. Pan najlepiej zna się na swojej robocie, ale na pańskim miejscu poszedłbym tam i powiedział wprost, że cierpią na zatrucie arszenikiem. To prawdopodobnie porządnie nastraszyłoby mordercę i nie ośmieliłby się przeprowadzić swojego planu. Przypuszczalnie opiera wszystko na teorii zatrucia pokarmowego.

Zadzwonił telefon na biurku inspektora. Podniósł słuchawkę i powiedział:

– OK. Połączcie ją.

Zwrócił się do Quimpera:

– Dzwoni pańska pielęgniarka. Tak, halo, przy telefonie – powiedział do słuchawki. – A cóż to? Groźny nawrót... Tak... Doktor Quimper jest teraz ze mną... Jeśli chce pani zamienić z nim parę słów... – Oddał słuchawkę doktorowi.

– Quimper... Rozumiem... Tak... Bardzo słusznie... Tak, proszę kontynuować. Będziemy tam.

Odłożył słuchawkę i odwrócił się do Bacona.

– Kto?

– Alfred – odpowiedział doktor. – Nie żyje.

Rozdział dwudziesty

I

– Nie, doprawdy. W rzeczy samej, właśnie jego sobie wytypowałem na mordercę!

– Słyszałem, że zauważył go konduktor. Kiepsko to dla niego wyglądało. Tak, wydawało się, że mamy naszego ptaszka. Cóż, myliliśmy się – powiedział bezbarwnym tonem Craddock. Na moment zapanowała cisza.

Po chwili zapytał:

– Dyżurowała tam pielęgniarka. Jak mogła tego nie upilnować?

– Nie możemy jej za to winić. Panna Eyelesbarrow była wykończona i poszła trochę się przespać. Pielęgniarka miała na głowie pięcioro pacjentów: starego, Emmę, Cedryka, Harolda i Alfreda. Nie mogła być wszędzie naraz. Zdaje się, że stary pan Crackenthorpe zaczął odstawiać wielkie przedstawienie. Mówił, że umiera. Weszła do niego, uspokoiła, wróciła znowu i zaniosła Alfredowi trochę herbaty z glukozą. Wypił ją i to było to.

– Znowu arszenik?

– Na to wygląda. Oczywiście, mogło nastąpić nagłe pogorszenie, ale Quimper tak nie sądzi i Johnstone się z nim zgadza.

– Zastanawiam się, czy to właśnie Alfred miał być ofiarą? – powiedział z powątpiewaniem Craddock.

Bacon się zainteresował:

– Rozumie pan przez to, że jeżeli zgon Alfreda nie przydałby się nikomu, to na śmierci starego skorzystałoby każde z nich? Sądzę, że nastąpiła pomyłka. Ktoś mógł pomyśleć, że herbata miała być dla starego.

– Czy są pewni, że tak właśnie to świństwo podano?

– Nie, oczywiście, że nie są pewni. Pielęgniarka, jak to dobra pielęgniarka, zmyła całą zastawę. Filiżanki, łyżeczki, dzbanek – wszystko. Ale to był, wydaje się, jedyny sensowny sposób: wsypanie trucizny do herbaty.

– To znaczy, że któryś z pacjentów nie był tak chory, jak pozostali? – zastanawiał się głośno Craddock. – Dojrzał sposobność i zaprawił filiżankę?

– No, nie będzie więcej żadnych podobnych historii – oświadczył groźnie inspektor Bacon. – Mamy tam dwie pielęgniarki, nie mówiąc o pannie Eyelesbarrow, mam też tam paru ludzi. Przyjeżdża pan?

– Najszybciej, jak mi się uda!

II

Lucy Eyelesbarrow przeszła przez hol na spotkanie inspektora Craddocka. Była blada i wymizerowana.

– Miała pani ciężkie przejścia – powiedział Craddock współczująco.

– To było jak jeden długi, przerażający koszmar – odparła. – Wczorajszej nocy naprawdę myślałam, że oni wszyscy umierają.

– Jeśli chodzi o curry...

– To było curry?

– Tak, bardzo zręcznie doprawione arszenikiem. Zupełnie jak ręką Borgiów.

– W takim razie, to musiał być... był ktoś z rodziny.

– Żadnej innej możliwości?

– Nie, bo widzi pan, zaczęłam robić to przeklęte curry dość późno, dopiero po szóstej, ponieważ pan Crackenthorpe specjalnie o nie prosił. Musiałam też otworzyć nową puszkę z curry, więc nikt nie mógł przy niej majstrować. Czy curry zabiłoby smak trucizny?

– Arszenik nie ma żadnego smaku – odpowiedział, myśląc o czymś innym Craddock. – Teraz pomówmy o sposobności. Kto z nich miał dostęp do curry w czasie, kiedy się gotowało?

Lucy się zastanowiła.

– Właściwie każdy mógł wśliznąć się do kuchni, kiedy nakrywałam stół w jadalni.

– Rozumiem. A kto wtedy był w domu? Stary pan Crackenthorpe, Emma, Cedryk...

– Harold i Alfred. Przyjechali z Londynu po południu. Ach, i Bryan, Bryan Eastley. Ale on wyszedł tuż przed kolacją. Miał się z kimś spotkać w Brackhampton.

Craddock powiedział z namysłem:

– To się wiąże z chorobą starego podczas świąt. Quimper podejrzewał, że w grę może wchodzić arszenik. Czy ostatniej nocy wszyscy wyglądali na jednakowo chorych?

Lucy znów pomyślała chwilę.

– Wydaje się, że w najgorszym stanie był stary pan Crackenthorpe. Quimper uwijał się przy nim jak szalony. Jest, moim zdaniem, znakomitym lekarzem. Cedryk robił wokół siebie zdecydowanie najwięcej zamieszania. Oczywiście, silni, zdrowi ludzie zawsze tak robią.

– A co z Emmą?

– Z nią było dość kiepsko.

– Zastanawiam się, dlaczego Alfred? – Craddock się zamyślił.

– Ja także – przyznała Lucy. – Przecież był najbardziej podejrzany.

– Zabawne – też tak rozumowałem!

– Wydaje się to takie bezsensowne.

– Gdybym tylko dotarł do motywu całej sprawy. Na pozór to się ze sobą zupełnie nie wiąże. Przyjmijmy, że uduszona kobieta w sarkofagu, Martine, była wdową po Edmundzie Crackenthorpie. Dotychczas udało się to zupełnie nieźle poprzeć dowodami. Musi być jakiś związek między tym a otruciem z premedytacją Alfreda. To wszystko jest gdzieś tu, w rodzinie. Nawet stwierdzenie, że któreś z nich jest szalone, niewiele pomaga.

– Istotnie.

– Musi pani na siebie uważać – ostrzegł ją Craddock. – W tym domu znajduje się truciciel, proszę o tym pamiętać, a jeden z pani pacjentów na górze nie jest tak chory, jak udaje.

Po wyjściu Craddocka Lucy wolno poszła z powrotem na górę. Władczy głos, nieco osłabiony cierpieniem, wezwał ją, kiedy przechodziła obok pokoju starego pana Crackenthorpe'a.

– Dziewczyno, dziewczyno! Czy to ty? Chodź tu.

Lucy weszła do pokoju. Pan Crackenthorpe leżał na łóżku, wygodnie wsparty o poduszki. Jak na chorego, pomyślała Lucy, wygląda zadziwiająco dobrze.

– Dom jest pełen przeklętych szpitalnych pielęgniarek – poskarżył się. – Szeleszczą wokoło, rządzą się, mierzą mi temperaturę, nie pozwalają jeść tego, co chcę – musi to wszystko kosztować niezły grosz! Powiedz Emmie, żeby je odesłała. Sama mogłabyś całkiem dobrze mną się opiekować.

– Wszyscy zachorowali, panie Crackenthorpe – przypomniała Lucy. – Nie mogę zajmować się wszystkimi.

– Grzyby – orzekł Crackenthorpe. – Cholernie niebezpieczna

153

rzecz, grzyby. Zaszkodziła nam zupa, którą jedliśmy wczoraj wieczorem. Ty ją zrobiłaś – rzucił oskarżycielskim tonem.

– Grzyby były w porządku, panie Crackenthorpe.

– Nie potępiam cię, dziewczyno, nie potępiam cię. To się zdarzało już przedtem. Jeden przeklęty grzyb wśliźnie się między inne i po sprawie. Nikt nie potrafi odróżnić jadalnego od trującego. Wiem, że jesteś dobrą dziewczyną. Nie zrobiłabyś tego specjalnie. Jak tam Emma?

– Teraz, po południu, czuje się chyba lepiej.

– A Harold?

– Jemu też jest lepiej.

– A co się stało, że Alfred wykorkował?

– Mieli panu o tym nie mówić.

Luther Crackenthorpe zaśmiał się głośno przypominającym końskie rżenie śmiechem; był rozbawiony.

– Słyszę różne rzeczy – powiedział. – Nie można nic przed starym ukryć. Ale próbują. Więc Alfred nie żyje, tak? Nie będzie więcej na mnie pasożytował ani nie dostanie pieniędzy. Wiesz, oni wszyscy ciągle czekali, żebym umarł, a szczególnie Alfred. A teraz on nie żyje. Doprawdy niezły kawał.

– To niezbyt miłe z pańskiej strony – upomniała go Lucy surowo.

Crackenthorpe znów się zaśmiał.

– Przeżyję ich wszystkich – zakrakał. – Zobaczysz, że tak będzie. Zobaczysz.

Lucy poszła do swojego pokoju, sięgnęła po słownik i sprawdziła słowo „tontina". W zamyśleniu zamknęła książkę i, patrząc przed siebie, nad czymś rozmyślała.

III

– Nie rozumiem, dlaczego tak was interesuje moja osoba. – Doktor Morris nie krył irytacji.

– Bo od dawna zna pan rodzinę Crackenthorpe'ów – odparł inspektor Craddock.

– Tak, tak, znałem ich wszystkich. Pamiętam starego Josiaha Crackenthorpe'a. Był twardy i sprytny. Zarobił masę pieniędzy. – Odwrócił się w krześle i spojrzał spod krzaczastych brwi na Craddocka. – A więc słucha pan tego młodego głupca Quimpera! Ci nadgorliwi młodzi lekarze! Zawsze im w głowach niestworzone historie. Ten wbił sobie do głowy, że ktoś próbował otruć Luthera Crackenthorpe'a. Bzdura! Melodramat! Oczywiście, miewał dolegliwości

154

żołądkowe, leczyłem go z nich. Ataki nie zdarzały się zbyt często i nic szczególnego w nich nie było.

– Doktor Quimper, zdaje się, uważał, że jednak było.

– Nie jest dobrze dla lekarza, jeśli zaczyna myśleć. W każdym razie, mam nadzieję, że potrafiłbym rozpoznać zatrucie arszenikiem.

– Sporo dobrych lekarzy nie potrafiło – zauważył Craddock. – Była sprawa Greenbarrow, pani Teney, Charlesa Leedsa, trzech osób z rodziny Westbury. Wszyscy pogrzebani ładnie i spokojnie, bez wzbudzania najmniejszych podejrzeń ich lekarzy, doskonała reputacja.

– Dobrze, dobrze – powiedział doktor Morris. – Mówi pan, że mogłem się pomylić. Cóż, ja nie sądzę, żeby tak było. – Zamilkł i po chwili dodał: – Kto to może robić, według Quimpera, jeżeli w ogóle coś takiego brać pod uwagę?

– Nie znajduje odpowiedzi. Jest zaniepokojony. W każdym razie, jak pan wie, wchodzą tam w grę duże pieniądze.

– Tak, tak, wiem, które dostaną, kiedy umrze Luther Crackenthorpe. I bardzo ich potrzebują. To rzeczywiście prawda, ale nie wynika z tego, że zabiliby starego, żeby je dostać.

– Niekoniecznie – zgodził się Craddock.

– W każdym razie moją zasadą jest, żeby nie podejrzewać niczego bez należytej przyczyny. Dostatecznej przyczyny – powtórzył. – Zgodzę się, że to, o czym pan mi właśnie powiedział, trochę mnie poruszyło. Arszenik na dużą skalę najwidoczniej, ale wciąż nie wiem, dlaczego przychodzi pan z tym do mnie. Jedno, co mogę panu powiedzieć; nie spodziewałem się tego. Może powinienem był. Może należało potraktować o wiele poważniej te ataki żołądkowe Luthera Crackenthorpe'a. Ale teraz sprawy zaszły już znacznie dalej.

Craddock się zgodził.

– Bardzo mi zależy, by dowiedzieć się nieco więcej o rodzinie Crackenthorpe'ów – powiedział. – Czy nie ma w niej przypadków jakiejś choroby psychicznej, skłonności do dziwactwa?

Ostre spojrzenie spod krzaczastych brwi przewierciło go na wylot.

– Rozumiem, że pańskie myśli mogą biec w tym kierunku. Cóż, stary Josiah był zupełnie zdrowy na umyśle. Twardy jak stal, miał doskonale poukładane w głowie. Jego żona była neurotyczką, ze skłonnością do melancholii. Pochodziła z rodziny nadmiernie ze sobą skoligaconej. Zmarła wkrótce potem, kiedy urodziła drugiego syna. Rzekłbym, że Luther odziedziczył po niej pewną niestabilność emocjonalną. Był zupełnie zwyczajnym młodzieńcem, ale zawsze całkowitym przeciwieństwem ojca. Josiah przeżył rozczarowanie w związku z synem, a on, jak sądzę, nie mógł tego ścierpieć, gryzł się, aż w końcu dostał na tym punkcie obsesji. Przeniósł to w swoje życie małżeńskie. Zauważy pan, jeżeli w ogóle pan z nim rozmawia, że serdecznie nie znosi swoich synów. Lubił córki. Zarówno Emmę, jak i Eddie – tę, która zmarła.

– Dlaczego tak bardzo nie znosi synów? – spytał Craddock.

– Będzie pan musiał pójść do tych nowomodnych psychiatrów, żeby się tego dowiedzieć. Ja bym tylko powiedział, że Luther sam nigdy nie czuł się zbyt pewnie jako mężczyzna i że nie może się pogodzić ze swą sytuacją finansową. Posiada pewien dochód, ale nie ma żadnej mocy decyzyjnej w sprawach kapitału. Gdyby mógł wydziedziczyć synów, to, być może, łatwiej by ich tolerował. Upokarza go, że jest w tym względzie bezsilny.

– A więc dlatego tak bardzo podoba mu się pomysł, żeby ich wszystkich przeżyć?

– Prawdopodobnie. Wypływa to również z jego skąpstwa, jak sądzę. Z pewnością udało mu się zaoszczędzić pokaźną sumę z dużego dochodu, rzecz jasna, zanim opodatkowanie wzrosło do obecnego absurdalnego poziomu.

Nowy pomysł przyszedł do głowy Craddockowi:

– Spodziewam się, że w testamencie zostawił komuś swoje oszczędności? To mógł zrobić.

– O, tak, choć Bóg jeden wie, komu. Może Emmie, ale raczej nie. Będzie miała część z własności starego Josiaha. Może Aleksandrowi, jedynemu wnukowi?

– Lubi chłopca, prawda?

– Tak było. Jest przecież dzieckiem jego córki, a nie syna. To mogło zaważyć na decyzji. I lubił Bryana Eastleya, męża Eddie. Nie znam dobrze Bryana, minęło trochę lat, od kiedy widziałem kogokolwiek z tej rodziny. Ale uderzyło mnie, że miał spore szanse, żeby po wojnie okazać się nieprzydatny do roboty. Wyróżniają go cechy, które na polu walki są potrzebne: odwaga i skłonność do lekceważenia przyszłości. Ale nie wydaje mi się, żeby był zrównoważony. Dobry przykład pasożyta.

– Czy nie wiadomo panu o żadnych szczególnych dziwactwach w młodszym pokoleniu?

– Cedryk jest typem ekscentryka, jednym z tych urodzonych buntowników. Nie powiedziałbym, że zupełnie normalnym, ale może pan spytać, czy ktoś taki naprawdę jest? Harold – bardzo zachowawczy, ma niedobry charakter, zimne serce i jest wielkim materialistą. O Alfredzie można powiedzieć: niebieski ptaszek. Jest zepsuty i zły, zawsze taki był. Widziałem, jak kradł pieniądze ze skarbonki na datki misyjne, którą trzymali w holu. Tego typu sprawki. Ach tak, biedak nie żyje, nie powinienem źle się o nim wyrażać.

– A co z... – Craddock się zawahał – Emmą Crackenthorpe?

– Miła dziewczyna, cicha, człowiek nigdy nie wie, co naprawdę myśli. Ma swoje własne plany i pomysły, których jednak nie zdradza. Kobieta o znacznie silniejszym charakterze, niż mógłby pan sądzić na podstawie jej wyglądu.

– Znał pan Edmunda, syna, który zginął we Francji?

– Tak. Powiedziałbym, że był najlepszy z nich wszystkich. Miły chłopak, wesoły, o dobrym sercu.

– Czy słyszał pan kiedykolwiek o tym, że zamierzał się ożenić lub że się ożenił z Francuzką, krótko przedtem, zanim zginął?

Doktor Morris zmarszczył brwi.

– Chyba coś słyszałem, ale to było bardzo dawno.

– Na początku wojny, czy tak?

– Tak. No cóż, podejrzewam, że gdyby przeżył, na pewno żałowałby, że wziął sobie cudzoziemkę.

– Są pewne powody, które pozwalają przypuszczać, że jednak się ożenił.

W kilku krótkich zdaniach zdał relację z ostatnich wypadków.

– Czytałem coś w gazetach o kobiecie znalezionej w sarkofagu. A więc to było w Rutherford Hall.

– I być może ta kobieta była wdową po Edmundzie Crackenthorpie.

– Po prostu niewiarygodne. Historia jak z powieści, a nie z prawdziwego życia. Ale któż mógłby chcieć ją zabić, i jak to się wiąże z zatruciem arszenikiem w rodzinie Crackenthorpe'ów?

– W jeden z dwóch sposobów, ale oba są bardzo naciągane – odpowiedział Craddock. – Ktoś może być pazerny i chcieć całości fortuny po Josiahu Crackenthorpie.

– Jeśli tak, to cholerny z niego głupiec – rzekł doktor Morris. – Będzie musiał płacić od tego niewyobrażalnie wysoki podatek dochodowy.

Rozdział dwudziesty pierwszy

– Paskudna sprawa z tymi grzybami – powiedziała pani Kidder. Wygłosiła tę samą uwagę już chyba z dziesięć razy w ciągu ostatnich kilku dni. Lucy nie odpowiedziała.

– Ja tam ich nigdy nie tykam – podjęła na nowo pani Kidder. – Zbyt niebezpieczne. Tylko dzięki miłosiernej Opatrzności skończyło się na jednej śmierci. Oni wszyscy mogli zejść i panienka też. Cudem tylko panienka tego uniknęła.

– To nie grzyby. Żaden nie był trujący.

– Niech panienka w to nie wierzy. Grzyby są niebezpieczne. Jeden muchomor między nimi i oto co się dzieje. Ciekawe, że takie okropne zdarzenia często przychodzą razem – mówiła dalej pani Kidder pośród grzechotu zmywanych talerzy i sztućców. – Mojej siostry najstarsza miała odrę, nasz Ernie upadł i złamał rękę, a mojego męża całego obsypało. Wszystko w jednym tygodniu! Nie do uwierzenia, prawda? Tu było tak samo – ciągnęła. – Najpierw paskudne morderstwo, a teraz pan Alfred nie żyje zatruty grzybami. Ciekawam, kto będzie następny?

Lucy pomyślała z pewnym zakłopotaniem, że ona również chciałaby to wiedzieć.

– Mój mąż wolałby, żebym teraz tu nie przychodziła – oświadczyła pani Kidder. – Uważa, że to pechowe miejsce, ale ja mówię, że znam pannę Crackenthorpe już długo, że jest miłą panią i na mnie polega. I nie mogłabym zostawić biednej panny Eyelesbarrow, powiedziałam, żeby robiła wszystko sama koło domu. To dla panienki za ciężkie, te wszystkie tace.

Lucy była zmuszona się zgodzić, że dominujący element w jej życiu stanowiły w tym momencie tace. Właśnie je nakrywała, żeby zanieść różnym poszkodowanym.

158

– Te tam pielęgniarki, to nigdy nie ruszą palcem – wywodziła zgryźliwie pani Kidder. – Bez przerwy się dopominają o dzbanki mocnej herbaty. I czekają na podanie pod nos posiłków. Wykończona jestem, ot co – stwierdziła z głębokim przekonaniem, choć właściwie zrobiła niewiele więcej ponad swoje zwykłe, poranne obowiązki.

– Pani się nigdy nie oszczędza, pani Kidder – powiedziała Lucy, starając się, aby zabrzmiało to poważnie.

Pani Kidder wyglądała na zadowoloną. Lucy podniosła pierwszą tacę i ruszyła po schodach na górę.

– A to co? – spytał z dezaprobatą pan Crackenthorpe.

– Bulion i omlet – odparła.

– Zabierz to – rozkazał starszy pan. – Nie dotknę tego świństwa. Mówiłem pielęgniarce, że chcę stek wołowy.

– Doktor Quimper uważa, że jeszcze nie powinien pan jeść steków.

Pan Crackenthorpe prychnął.

– Jest już ze mną dobrze. Jutro wstaję. Jak inni?

– Pan Harold czuje się znacznie lepiej – poinformowała go Lucy. – Wraca nazajutrz do Londynu.

– I bardzo dobrze – ucieszył się pan Crackenthorpe. – A jak Cedryk? Jest jakaś nadzieja, że także jutro odleci na swoją wyspę?

– Nie zamierza jeszcze wyjechać.

– Szkoda. Co robi Emma? Dlaczego nie przychodzi mnie odwiedzić?

– Wciąż leży w łóżku, panie Crackenthorpe.

– Kobiety zawsze się ze sobą cackają. Ale ty jesteś dobrą, silną dziewczyną – dodał z uznaniem. – Cały dzień biegania, prawda?

– Mam teraz trochę gimnastyki.

Starszy pan pokiwał głową z aprobatą.

– Jesteś dobrą, silną dziewczyną – powtórzył. – I nie myśl, że zapomniałem, o czym ci mówiłem. Pewnego dnia sama zobaczysz. Emma nie zawsze będzie robić po swojemu. I nie słuchaj, kiedy inni ci mówią, że jestem skąpym starcem. Uważam na wydatki. Mam odłożony mały pakiecik i wiem, kto go otrzyma, kiedy przyjdzie pora. – Uśmiechnął się do niej pożądliwie.

Lucy dość szybko wyszła z pokoju, uchylając się od jego uścisku. Następną tacę zaniosła Emmie.

– Dziękuję Lucy. Wreszcie czuję się znów sobą. Jestem głodna, a to dobry znak, prawda? – mówiła Emma, kiedy Lucy stawiała tacę na jej kolanach. – Tak mi przykro z powodu pani ciotki. Nie miała pani zupełnie czasu, żeby ją odwiedzić?

– Nie, nie miałam.

– Z pewnością musi jej pani brakować.

– Proszę się nie martwić, panno Crackenthorpe. Zrozumie, jak straszne przejścia tu mieliśmy.

– Dzwoniła pani do niej?

– Nie, ostatnio nie.

– Więc proszę to zrobić. Telefonować do niej nawet codziennie. Kontakt z bliskimi ma wielkie znaczenie dla starszych ludzi.

– Jest pani bardzo uprzejma – podziękowała Lucy i zeszła na dół po następną tacę. Miała wyrzuty sumienia. Komplikacje związane z chorobą w domu zaabsorbowały ją do tego stopnia, że nie myślała o niczym innym. Postanowiła, że zadzwoni do panny Marple, jak tylko zaniesie Cedrykowi posiłek.

W domu była teraz tylko jedna pielęgniarka, z którą minęły się na półpiętrze, wymieniając pozdrowienia. Cedryk wyglądał nad podziw schludnie, siedział wyprostowany na łóżku i pilnie coś pisał.

– Halo, Lucy. Cóż to za piekielny wywar masz dla mnie dzisiaj? Czemuż nie pozbyła się pani tej przeokropnej pielęgniarki. Ona jest tak zabawna, że się tego po prostu nie da opowiedzieć słowami. Zwraca się do mnie z jakiegoś powodu przez „my": „I jak się dzisiaj mamy? Dobrze spaliśmy? Och, kochanie, byliśmy bardzo niegrzeczni, tak rozrzucając pościel" – naśladował wysokim falsetem specyficzną wymowę pielęgniarki.

– Humor panu dopisuje – stwierdziła Lucy. – Czym pan jest tak zajęty?

– Planami – odpowiedział Cedryk. – Planami, co zrobić z tym miejscem, kiedy stary wykorkuje. Wie pani, mamy piękny kawałek gruntu. Nie mogę się zdecydować, czy chciałbym sam trochę tu zainwestować, czy sprzedać to wszystko na parcele za jednym zamachem. Tereny bardzo cenne dla przemysłu. Dom nada się na przytułek dla starców albo szkołę. Zastanawiam się, czy by nie sprzedać połowy gruntu, a z resztą zrobić coś niezwykłego. Jak uważasz?

– Jeszcze go pan nie ma – rzekła z naciskiem.

– Ale będę miał – odparł Cedryk. – Nie jest podzielony, jak reszta posiadłości. Ja dostaję całość. Jeśli sprzedam go, to za dobre, grube pieniądze i to będzie kapitał, a nie dochód, więc nie muszę płacić od tego podatków. Masa pieniędzy. Tylko pomyśl.

– Zawsze wydawało mi się, że raczej gardził pan pieniędzmi.

– Oczywiście, że gardzę pieniędzmi, kiedy ich nie mam. To jedyna godna postawa. Jakaż z ciebie cudowna dziewczyna, Lucy! A może dlatego tylko tak myślę, że od dawna nie widziałem żadnej ładnej kobiety?

– Przypuszczam, że raczej o to chodzi.
– Wciąż zajęta sprzątaniem wszystkiego i wszystkich?
– Ktoś, zdaje się, wypucował pana – napomknęła Lucy, spoglądając na niego.
– To ta przeklęta pielęgniarka – powiedział Cedryk czule. – Czy była już rozprawa u koronera w sprawie Alfreda? Co się wydarzyło?
– Została odroczona.
– Policja udaje greka. Takie masowe zatrucie każdego potrafi przenicować, prawda? Psychicznie, oczywiście. Nie mam tu na myśli bardziej oczywistych aspektów. Lepiej uważaj na siebie, skarbie – dodał.
– Uważam.
– Czy mały Aleksander już wrócił do szkoły?
– Chyba jest u Stoddardów-Westów. Zdaje się, że szkoła zaczyna się pojutrze.
Zanim usiadła do lunchu, zadzwoniła do panny Marple.
– Jest mi strasznie przykro, że nie mogłam przyjść, ale naprawdę byłam bardzo zajęta.
– Oczywiście, moja droga, oczywiście. Poza tym teraz i tak nic się nie da zrobić. Po prostu musimy czekać.
– Ale na co?
– Elspeth McGillicuddy powinna już wkrótce być w domu. Napisałam do niej, żeby natychmiast wracała do kraju. Stwierdziłam, że jest to jej obowiązkiem. Więc nie martw się za bardzo, moja droga – powiedziała panna Marple tonem łagodnym i pocieszającym.
– Czy nie uważa pani... – zaczęła Lucy, ale urwała.
– Że będą jeszcze jakieś ofiary? Mam nadzieję, że nie, moja droga. Ale nigdy nie wiadomo, kiedy ktoś jest naprawdę podły. A tu istnieje jakaś wielka podłość.
– Albo w grę wchodzi szaleństwo.
– Oczywiście wiem, że to jest nowomodne podejście do takich spraw, ale ja osobiście się z nim nie zgadzam.
Lucy odłożyła słuchawkę, poszła do kuchni i wzięła swoją tacę z lunchem. Pani Kidder uwolniła się z fartucha i miała właśnie wychodzić.
– Mam nadzieję, że da sobie panienka radę? – zagadnęła z przesadną troskliwością.
– Oczywiście, że dam sobie radę – ucięła Lucy.
Zaniosła tacę nie do dużej, ponurej jadalni, ale do małego gabinetu. Kończyła właśnie jeść, kiedy otworzyły się drzwi i wszedł Bryan Eastley.
– Halo – przywitała go Lucy. – Miło mi pana widzieć.

161

– Spodziewam się. Jak się mają chorzy?
– O wiele lepiej. Harold wraca jutro do Londynu.
– Co pani o tym wszystkim myśli? Naprawdę wykryto arszenik?
– Tak.
– W gazetach nie było żadnej wzmianki.
– Myślę, że policja trzyma na razie sprawę w sekrecie, nie chce jej nagłaśniać z jakichś powodów.
– Ktoś musiał nieźle się uwziąć na rodzinę – stwierdził Bryan. – Kto mógł się tu wśliznąć i zaglądać do garnków?
– Wydaje mi się, że ja jestem najbardziej prawdopodobną osobą – odparła Lucy.
Bryan spojrzał na nią ze zdumieniem.
– Ale nie zrobiła pani tego, prawda? – spytał skonsternowany.
– Nie, nie zrobiłam. I nikt nie mógł się zbliżyć do rondla z curry. Przyrządziłam je sama, w kuchni, potem wniosłam na stół, a jedyną osobą, która mogła tam coś dodać, był ktoś z pięciorga siedzących przy kolacji.
– Ale nie ma powodu, dla którego miałaby to pani robić? – Wydawał się podenerwowany i mówił chaotycznie. – Nic dla pani nie znaczą, prawda? Chciałem powiedzieć... Mam nadzieję, że nie ma pani nic przeciwko temu, że wróciłem – dodał.
– Nie, oczywiście, że nie. Zostaje pan?
– Chciałbym, gdyby to nie było dla pani zbyt przykre.
– Nie będzie. Damy sobie radę.
– Wie pani, jestem w tej chwili bez pracy i... Cóż, miałem dość. Jest pani pewna, że nie będzie miała nic przeciwko temu?
– To nie ja jestem osobą, która może mieć coś przeciwko, tylko Emma.
– Och, Emma pozwoli. Zawsze była dla mnie bardzo miła. Na swój sposób, rozumie pani. Jest skryta, raczej zamknięta, ale dużo widzi i wie. Życie tutaj, opiekowanie się starym załamałoby wielu, a ona to wytrzymuje. Szkoda, że nie wyszła za mąż. Teraz już chyba za późno.
– Nie sądzę, żeby było za późno, na pewno nie – zaprotestowała Lucy.
– Cóż... – Bryan się zastanowił. – Może jakiś duchowny... Byłaby użyteczna w parafii, a jej takt przydałby się w Stowarzyszeniu Matek. Istnieje Stowarzyszenie Matek, prawda? Nie wiem, co to naprawdę jest, ale czasem napotykam tę nazwę w książkach. I nosiłaby kapelusz w niedzielę – dodał ni stąd, ni zowąd.
– Nie brzmi to zbyt zachęcająco – skomentowała Lucy. Podniosła się i sprzątnęła po posiłku.

– Ja to zrobię – zaproponował Bryan, biorąc od niej tacę. Weszli razem do kuchni. – Czy pomóc pani w zmywaniu? Lubię tę kuchnię. Ludzie nie znoszą teraz takiego stylu, ale mnie się podoba cały ten dom. Potworny gust, wiem, ale jest, jaki jest. W parku można by z łatwością wylądować samolotem – dodał z entuzjazmem.

Wziął ściereczkę do szkła i zaczął wycierać łyżki i widelce.

– Trochę szkoda, że posiadłość przejdzie na Cedryka – zaczął. – Pierwsze, co zrobi, to sprzeda całość i będzie, jak zwykle, hulać za granicą. Nie rozumiem, dlaczego Anglia nikomu już nie wystarcza. Harold również nie chciałby domu, no i oczywiście jest za duży dla Emmy. Gdyby tak przypadł Aleksandrowi, żylibyśmy tu razem szczęśliwi, jak para psiaków. Byłoby oczywiście miło mieć w domu kobietę. – Spojrzał zamyślony na Lucy. – No dobrze, ale o czym tu gadać? Jeśliby Aleksander miał zostać dziedzicem, to by znaczyło, że ojciec i rodzeństwo musieliby wcześniej umrzeć, co z kolei nie jest naprawdę możliwe, prawda? Raczej wiele wskazuje, że staruszek może z łatwością dożyć setki, żeby tylko zrobić im na złość. Nie wydaje się zbytnio poruszony śmiercią Alfreda, prawda?

– Nie, nie jest – odpowiedziała krótko Lucy.

– Pyskaty stary diabeł – rzucił wesoło Bryan.

Rozdział dwudziesty drugi

– Przerażające, czego to ludzie nie opowiadają! – Pani Kidder była bardzo podekscytowana. – Nie słucham tego z ciekawości, chyba że mogę coś pomóc. Ale pewno pani by nie uwierzyła. – Czekała z nadzieją.

– Chyba nie.

– O tym trupie, znalezionym w Długiej Stodole – ciągnęła niezrażona chłodnym tonem Lucy; poruszała się jak krab do tyłu, na kolanach przy szorowaniu podłogi w kuchni. – Mówią, że to była kochanica pana Edmunda w czasie wojny i że zjechała tutaj, a za nią jej zazdrosny mąż, i wykończył ją. To podobne do cudzoziemca, ale żeby po tylu latach przyjeżdżać tutaj?

– Rzeczywiście, niewiarygodne.

– Ale mówią jeszcze gorsze rzeczy. Ludzie wszystko by powiedzieli. Zdziwiłaby się pani. O panu Haroldzie, że się ożenił gdzieś za granicą i ona tu zjechała i odkryła, że on popełnił bigamię z tą lady Alicją i że miała podać go do sądu i że z nią się tu spotkał i ją wykończył i ukrył ciało w sarkofagu. Pomyślałby kto!

– Wstrząsające – powiedziała Lucy zdawkowo, będąc daleko myślami.

– Oczywiście nie słuchałam – oznajmiła pani Kidder z godnością.
– Ani dbam o takie gadanie. Jak ludzie mogą wymyślać takie rzeczy, a co dopiero mówić! Mam tylko nadzieję, że nic z tego nie dojdzie do uszu panienki Emmy. Byłoby jej przykro, a tego bym nie chciała. Jest bardzo miłą panią, i przeciwko niej nie usłyszałam złego słówka, ani jednego. No i oczywiście, od kiedy panicz Alfred nie żyje, nikt przeciwko niemu teraz nie mówi. Nawet tego, że dosięgła go

sprawiedliwość, choć mogliby. Ale to jest okropne, panienko, takie podłe gadanie. – Pani Kidder była niezwykle przejęta.

– Zapewne przykro jest pani tego słuchać.

– O, tak, doprawdy. Powiadam mężowi, jak też oni tak mogą? Odezwał się dzwonek.

– Doktor, panienko. Wpuści go panienka, czy mam to zrobić?

– Ja pójdę.

Ale to nie był Quimper. W progu stała wysoka, elegancka kobieta w futrze z norek. Na żwirowym podjeździe mruczał rolls-royce z szoferem za kierownicą.

– Czy mogłabym się widzieć z panną Emmą Crackenthorpe?

Miała przyjemny głos, lekko grasejujący i była atrakcyjną, ciemnowłosą kobietą, mniej więcej trzydziestopięcioletnią, ze starannym makijażem.

– Przykro mi, ale panna Crackenthorpe leży chora w łóżku i nie może się z nikim widzieć.

– Wiem, że choruje, tak, ale to bardzo ważna sprawa.

– Obawiam się... – zaczęła Lucy.

– Mam przyjemność rozmawiać z panną Eyelesbarrow, prawda? – Uśmiechnęła się miło. – Mój syn opowiadał mi o pani, stąd wiem. Jestem lady Stoddard-West. Aleksander przebywa teraz u mnie.

– Ach, rozumiem.

– Proszę mi wierzyć, że muszę porozmawiać z panną Crackenthorpe. Wiem doskonale o jej chorobie i zapewniam panią, że nie jest to towarzyska wizyta. Dowiedziałam się od chłopców o czymś niezwykle ważnym i stąd konieczność osobistego spotkania z panną Crackenthorpe. Bardzo proszę zapytać ją, czy mnie przyjmie?

Lucy wprowadziła gościa do salonu i powiedziała:

– Zechce pani zaczekać. Pójdę spytać pannę Crackenthorpe.

Udała się na górę, zapukała do drzwi Emmy i weszła.

– Jest tu lady Stoddard-West i bardzo pilnie chce się z panią widzieć – poinformowała.

– Lady Stoddard-West? – Emma wyglądała na zaskoczoną. Prawie wpadła w panikę. – Nic złego nie stało się chłopcom, Aleksandrowi, prawda?

– Nie, nie – uspokoiła ją Lucy. – Wszystko w porządku. Mówiła, że chodzi o coś, o czym chłopcy jej powiedzieli.

– No, cóż... – Emma się zawahała. – Powinnam się z nią chyba zobaczyć. Jak wyglądam?

– Bardzo ładnie – oceniła Lucy.

Emma siedziała na łóżku, z ramionami otulonymi miękkim wełnianym szalem, który rzucał bladoróżowy refleks na jej policzki.

165

Ciemne włosy miała porządnie uczesane i wyszczotkowane przez pielęgniarkę. Lucy postawiła poprzedniego dnia na toaletce wazon z jesiennymi liśćmi. Sypialnia wyglądała przyjemnie i zupełnie nie przypominała pokoju chorego.

– Naprawdę jestem już dostatecznie zdrowa, żeby wstać – powiedziała Emma. – Doktor Quimper uznał, że jutro będę mogła.

– Z pewnością. Doszła już pani do siebie. Czy mam wprowadzić lady Stoddard-West?

– Tak, proszę.

Lucy zeszła na dół.

– Zechce pani udać się do pokoju panny Crackenthorpe. – Zaprowadziła gościa na górę, otworzyła przed kobietą drzwi i zamknęła je. Lady Stoddard-West zbliżyła się do łóżka, wyciągając rękę.

– Panna Crackenthorpe? Bardzo przepraszam za wtargnięcie do pani w ten sposób. Zdaje się, że widziałam już panią na zawodach szkolnych.

– Tak. Ja także panią sobie przypominam. Proszę usiąść.

Lady Stoddard-West usiadła na krześle przy łóżku. Cichym, niskim głosem powiedziała:

– Zapewne wydaje się pani dziwna ta moja wizyta bez uprzedzenia, ale mam powód. Sądzę, że ważny. Chłopcy mówili mi różne rzeczy. Byli bardzo podekscytowani morderstwem, które się tu zdarzyło. Muszę przyznać, że nie podobało mi się to z początku. Denerwowałam się. Chciałam od razu zabrać Jamesa, ale mój mąż się śmiał. Powiedział, że to przestępstwo nie miało oczywiście nic wspólnego z państwa domem ani rodziną, i że z tego, co pamięta ze swoich chłopięcych lat i wie z listów od Jamesa – pisał, że obaj z Aleksandrem bawią się wspaniale – byłoby okrucieństwem zabranie ich stąd. Ustąpiłam więc i zgodziłam się, że będą mogli zostać aż do umówionego dnia, kiedy to obaj przyjadą do nas.

– Uważa pani, że powinniśmy byli wysłać pani syna do domu wcześniej? – spytała Emma.

– Nie, nie, zupełnie o co innego mi chodzi. Och, trudno mi znaleźć właściwe słowa, ale muszę wreszcie o wszystkim powiedzieć, muszę. Otóż chłopcy sporo o tym dramacie wiedzieli, sądzę, że trochę podsłuchiwali. Podobno zamordowana kobieta, jak przypuszcza policja, mogła być Francuzką, którą pani najstarszy brat, ten poległy na wojnie, poznał we Francji. Czy tak?

– Niewykluczone, taką ewentualność też musimy brać pod uwagę – potwierdziła Emma lekko drżącym głosem. – Tak mogło być.

– Czy jest jakiś powód, stanowiący podstawę do przypuszczeń, że uduszoną była owa Martine?

- Powiedziałam pani, że istnieje taka możliwość.
- Ale dlaczego... dlaczego mieliby uważać, że to była ona? Czy znaleziono przy niej jakieś listy, dokumenty?
- Nie. Nic w tym rodzaju. Ale ja dostałam list od tej dziewczyny, czy żony mego brata.
- Dostała pani list? Od Martine?
- Tak. List, w którym pisała, że jest w Anglii i że chciałaby przyjechać, spotkać się ze mną. Zaprosiłam ją tutaj, ale przysłała telegram, że wraca do Francji. Być może rzeczywiście tam wróciła. Nie wiemy. Potem znaleziono tu kopertę mego listu zaadresowaną do niej. To zdaje się wskazywać, że była tutaj. Ale doprawdy nie rozumiem... - Urwała.
- ...W jaki sposób to może mnie dotyczyć? Na pani miejscu też bym nie wiedziała. Ale kiedy usłyszałam nieskładną relację chłopców o tym wydarzeniu, musiałam przyjechać, żeby się upewnić, czy rzeczywiście tak było, ponieważ...
- Ponieważ?
- Muszę wyznać pani coś, czego nigdy nie miałam zamiaru wyjawić. Widzi pani, jestem Martine Dubois.
Emma wpatrywała się w nią, jakby nie mogła pojąć znaczenia tych słów.
- Pani! Pani jest Martine?
Przybyła energicznie skinęła głową.
- Jest pani zaskoczona, nie dziwię się, ale to prawda. Poznałam pani brata Edmunda w pierwszych dniach wojny. Zakwaterowano go w naszym domu. Zna pani resztę. Zakochaliśmy się w sobie. Mieliśmy zamiar się pobrać, a potem była ewakuacja Dunkierki, Edmund został uznany za zaginionego, później za poległego. Nie będę pani mówiła o tamtym czasie; było, minęło. Ale powiem pani, że bardzo kochałam pani brata... Później nadeszła ponura, wojenna rzeczywistość. Niemcy okupowali Francję. Pracowałam dla Résistance. Byłam jedną z tych, które odkomenderowano do przerzucania Anglików do Francji. W ten sposób poznałam mojego obecnego męża. Był oficerem RAF, zrzuconym na spadochronie do Francji w celu wykonania specjalnej misji. Kiedy wojna się skończyła, wzięliśmy ślub. Nieraz się zastanawiałam, czy nie napisać albo nie odwiedzić pani, ale zdecydowałam inaczej. Na nic by się nie zdało rozgrzebywanie wspomnień. Zaczęłam nowe życie i nie miałam ochoty wracać do przeszłości. - Urwała na chwilę, po czym podjęła opowieść: - Ale sprawiło mi dziwną przyjemność, kiedy się dowiedziałam, że najlepszym przyjacielem szkolnym mojego syna Jamesa jest, jak odkryłam, siostrzeniec Edmunda. Aleksander, ośmielę się przypusz-

167

czać, że pani to również zauważyła, jest bardzo podobny do Edmunda. Wydało mi się bardzo szczęśliwym zbiegiem okoliczności, że James i Aleksander zostali tak dobrymi przyjaciółmi.

Pochyliła się, kładąc rękę na ramieniu Emmy.

– Ale rozumie pani, droga Emmo, że kiedy usłyszałam o morderstwie, o tej zmarłej, którą jak zakładano, mogła być Martine, ukochana Edmunda, musiałam przyjechać do pani i powiedzieć prawdę. Pani lub ja musimy poinformować o tym policję. Owa kobieta to na pewno nie Martine.

– Nie mogę uwierzyć, że pani, pani jest tą Martine, o której pisał mi Edmund. – Emma westchnęła, milczała chwilę. Potem, zmarszczywszy brwi, powiedziała: – Jednego nie rozumiem. Więc to pani do mnie pisała?

Lady Stoddard-West energicznie potrząsnęła głową.

– Nie, nie, oczywiście, że nie pisałam do pani.

– Więc...

– Więc był ktoś, kto podszywał się pod Martine i prawdopodobnie chciał od pani wyciągnąć pieniądze. Tylko kto to mógł być?

Emma odpowiedziała wolno:

– Sądzę, że musieli się wtedy znajdować w waszym najbliższym otoczeniu ludzie, którzy wiedzieli, że macie zamiar się pobrać.

– Prawdopodobnie tak. Ale nie przypominam sobie nikogo bliskiego, zaufanego. Nigdy z nikim o tym nie rozmawiałam, od kiedy przyjechałam do Anglii. I dlaczego ten ktoś czekał tyle czasu? Dziwne, doprawdy, bardzo dziwne.

– Nie pojmuję tego – przyznała Emma bezradnie. – Zobaczymy, co inspektor Craddock będzie miał do powiedzenia. – Spojrzała ciepło na gościa. – Bardzo się cieszę, że mogłam panią w końcu poznać, moja droga.

– Ja również, że poznałam panią... Edmund bardzo często mówił o pani. Przepadał za panią. Jestem szczęśliwa w moim nowym życiu, ale o tamtej miłości nie zapomniałam.

Emma się położyła i odetchnęła głęboko.

– Cóż to za ulga! Dopóki obawialiśmy się, że zmarłą mogła być Martine, cała sprawa jakoś się łączyła z rodziną. A teraz – och, spadł mi kamień z serca. Nie wiem, kim była ta nieszczęsna kobieta, ale nie mogła mieć nic wspólnego z żadnym z nas!

Rozdział dwudziesty trzeci

Sekretarka o opływowych kształtach przyniosła Haroldowi Crackenthorpe'owi jego zwykłą popołudniową filiżankę herbaty.

– Dziękuję, panno Ellis. Dziś wracam wcześniej do domu.

– Uważam, że nie powinien pan dzisiaj w ogóle przychodzić. Wciąż nie wygląda pan najlepiej – powiedziała.

– Wracam już do zdrowia – odparł Harold Crackenthorpe, ale w rzeczywistości wcale nie czuł się dobrze. Nie ma wątpliwości: to było paskudne. Dobrze, że już po wszystkim.

Całkiem nieprawdopodobne, rozważał w myślach, żeby Alfred zmarł, a stary z tego wyszedł. W końcu ile on ma – siedemdziesiąt trzy, cztery? Jeżeliby ktoś w ogóle pomyślał, iż jeden z nas ma umrzeć, widziałby starego. A musiał to być Alfred. Alfred, który, o ile Harold wiedział, był zdrowym, silnym chłopem. Nic poważnego mu nie dolegało.

Odchylił się na krześle z westchnieniem. Dziewczyna miała rację. Nie czuł się jeszcze na siłach pracować, ale chciał wpaść do biura, zobaczyć, co się dzieje. Wejść i wyjść. To wszystko – spojrzał wokół siebie: kosztownie urządzone biuro, jasne, błyszczące drewno, nowoczesne krzesła, wszystko sprawiało wrażenie powodzenia i solidności. Alfred, niestety, popełnił błąd, nie dbając o swój wizerunek. Trzeba wyglądać na dobrze prosperującego, wtedy ludzie myślą, że takim się jest. Nie rozeszły się jeszcze żadne pogłoski o stanie jego finansów. Jednak dojdzie wkrótce do katastrofy. Gdyby zamiast Alfreda zmarł, co powinien był zrobić, ojciec! Wyglądało, że arszenik mu służy! Tak, gdyby to ojciec zmarł, wtedy nie byłoby żadnych powodów do zmartwień.

W każdym razie, najważniejsze, żeby nie okazywać zatroskania. Mieć wygląd człowieka sukcesu. Biedny Alfred zawsze się wydawał zaniedbany i robił wrażenie przegranego, czyli wyglądał na tego, kim rzeczywiście był – jednym z tych drobnych spekulantów, którzy nigdy nie stawiają śmiało na duże pieniądze. Wiązał się z ciemnymi typkami, robił wątpliwe interesy, nigdy nie narażając się na sankcje karne, ale zawsze balansował na krawędzi prawa. I dokąd go to zaprowadziło? Krótkie okresy zamożności i znów nędzne życie. Żadnego szerszego spojrzenia. Zważywszy wszystko, nie można powiedzieć, żeby zbyt boleśnie odczuł utratę brata. Nigdy szczególnie nie przepadał za Alfredem, a bez Alfreda suma pieniędzy, przypadających mu po tym starym zrzędzie, jego dziadku, przyzwoicie się powiększała, podzielona nie na pięć, a na cztery części. O wiele lepiej.

Ta myśl poprawiła Haroldowi nastrój. Wstał, wziął płaszcz, kapelusz i wyszedł z biura. Powinien trochę zwolnić tempo przez dzień lub dwa. Nie był jeszcze zbyt silny. Jego samochód czekał na dole. Minęło trochę czasu, nim przez zatłoczone miasto dotarł do domu.

Darwin, służący, otworzył drzwi:

– Lady właśnie przybyła, sir.

Przez chwilę Harold wpatrywał się w niego, nie rozumiejąc. Alicja! Wielkie nieba, to dzisiaj Alicja miała wrócić do domu? Zupełnie o tym zapomniał. Dobrze, że Darwin go ostrzegł. Nie wyglądałoby najlepiej, gdyby, poszedłszy na górę, sprawiał wrażenie zaskoczonego jej widokiem. Właściwie to bez znaczenia, pomyślał. Ani on, ani Alicja nie mieli żadnych złudzeń co do swych wzajemnych uczuć. Może Alicja lubiła go trochę, czasem tak mu się wydawało. Dla niego była wielkim rozczarowaniem. Nie kochał jej, ale choć urodę miała raczej pospolitą, wyglądała miło. Jej koneksje były niewątpliwie pożyteczne. Może mniej, niż mogłyby być, ponieważ żeniąc się z Alicją, brał pod uwagę powiększenie rodziny i wykorzystanie „dobrych" kuzynów z jej strony do zapewnienia odpowiedniej pozycji swoim chłopakom. Ale nie było żadnych chłopaków ani dziewczyn, a jedyne, co pozostało, to on i Alicja starzejący się razem; nie mieli sobie zbyt wiele do powiedzenia i nieszczególnie cieszyli się swoim towarzystwem.

Alicja przebywała bardzo często u krewnych, zimą wyjeżdżała na Riwierę. Jej to odpowiadało, a jemu nie przeszkadzało. Poszedł na górę do salonu i przywitał się z nią z zachowaniem należnych form.

– A więc wróciłaś, moja droga. Przepraszam, że nie mogłem po ciebie wyjechać, ale zatrzymano mnie w City. Wyrwałem się najwcześniej, jak tylko mogłem. Jak było w San Raphael?

Alicja opowiadała, jak było w San Raphael, a on słuchał uprzejmie, patrząc beznamiętnie na szczupłą kobietę o włosach w kolorze piasku, haczykowatym nosie i orzechowych oczach. Mówiła monotonnym, matowym głosem. Podróż powrotną miała dobrą, choć na Kanale trochę kołysało. Celnicy w Dover, jak zwykle, bardzo uciążliwi.

– Powinnaś była polecieć samolotem – Harold mówił tak za każdym razem – bo o wiele szybciej i wygodniej.

– Słusznie, ale doprawdy, nie lubię podróżować samolotami. Nigdy nie lubiłam. Denerwuję się podczas lotu. – To była też tradycyjna odpowiedź.

– Zaoszczędziłabyś sporo czasu.

Lady Alicja nie odpowiedziała. Możliwe, że jej problemem w życiu nie było oszczędzanie czasu, ale raczej wypełnianie go. Spytała uprzejmie o zdrowie męża.

– Telegram od Emmy bardzo mnie zaniepokoił – powiedziała. – Zdaje się, że wszyscy zachorowaliście?

– Tak, tak.

– Czytałam ostatnio w gazecie o czterdziestu osobach w hotelu, które uległy zatruciu pokarmowemu. Chłodziarki są niebezpieczne. Ludzie trzymają w nich żywność za długo.

– To możliwe – odparł Harold. Opowiedzieć o arszeniku, czy nie? Patrząc na Alicję, czuł, że jakoś nie potrafi. Wydawało mu się, że w świecie Alicji nie ma miejsca na trucie arszenikiem. To było coś, o czym czytało się w gazetach. W jej rodzinie to się nie zdarzało. Ale zdarzyło się w rodzinie Crackenthorpe'ów...

Poszedł do siebie na górę i odpoczywał trochę, zanim przebrał się do kolacji. Podczas posiłku, sam na sam z żoną, wiedli konwersację w bardzo podobnym tonie. Powierzchownie i uprzejmie. Wspominali znajomych i przyjaciół z San Raphael.

– Jest dla ciebie jakaś mała paczka na stole w holu – przypomniała sobie Alicja.

– Nie zauważyłem.

– Ktoś opowiadał mi niesamowitą historię o zamordowanej kobiecie, znalezionej w stodole albo czymś podobnym, w Rutherford Hall. Sądzę, że chodziło o jakiś inny Rutherford Hall.

– Nie. Nie inny. W rzeczy samej, było to w naszej stodole.

– Nie pojmuję, Haroldzie! Zamordowano kobietę w stodole w Rutherford Hall, a ty mi nie dałeś znać!

– No cóż, naprawdę nie było kiedy, i cała sprawa bardzo nieprzyjemna. Nie miało to, rzecz jasna, nic wspólnego z rodziną. Prasa nie dawała nam spokoju. Musieliśmy oczywiście mieć do czynienia z policją, i tak dalej.

– To bardzo przykre. Czy wykryto sprawcę? – spytała mechanicznie.

– Jeszcze nie.

– Co to była za kobieta?

– Nikt nie wie. Przypuszczalnie Francuzka.

– Ach, Francuzka – powiedziała Alicja i, uwzględniwszy różnicę klas, jej ton nie różnił się zbytnio od tonu inspektora Bacona. – To dla was rzeczywiście denerwujące.

Przeszli z jadalni do małego gabinetu, gdzie zwykle siadywali, gdy byli sami. Harold czuł się zupełnie wyczerpany. Postanowił położyć się wcześniej. Ze stołu w holu wziął małą paczuszkę, o której mówiła mu żona. Była zapakowana z pedantyczną dokładnością. Rozdarł papier, idąc w kierunku ulubionego fotela przy kominku. Wewnątrz znajdowało się małe opakowanie tabletek z napisem: „Zażywać dwie na noc". Dołączona była karteczka z nagłówkiem apteki w Brackhampton, z informacją: „Wysłane na zlecenie dr. Quimpera".

Harold Crackenthorpe zmarszczył brwi. Otworzył pudełeczko i przyjrzał się tabletkom. Tak, takie same brał przedtem. Ale z całą pewnością Quimper powiedział, że już nie musi ich zażywać. „Teraz już nie będzie pan ich potrzebował". – To były jego słowa.

– Co to jest, mój drogi? Wyglądasz na zmartwionego.

– Nic takiego... jakieś tabletki. Przyjmowałem je na noc. Ale wydawało mi się, iż doktor powiedział, że nie muszę już ich brać.

– Pewnie powiedział, żebyś nie zapomniał ich zażywać – uspokoiła go Alicja.

– Może – odparł nieprzekonany Harold.

Spojrzał na żonę. Obserwowała go. Przez moment zastanawiał się – niezbyt często zastanawiał się nad Alicją – co właściwie myślała. Łagodne spojrzenie nic mu nie mówiło. Jej oczy były jak okna w pustym domu. Co Alicja o nim myślała, co do niego czuła? Czy kiedyś go kochała? Przypuszczał, że tak. A może wyszła za niego, gdyż sądziła, iż dobrze mu się powodzi w City i zmęczyła ją skromna egzystencja? Cóż, w sumie nieźle na tym wyszła. Dostała samochód i dom w Londynie, mogła wyjeżdżać za granicę, kiedy tylko miała ochotę i kupować drogie stroje, choć faktem jest, że na Alicji nie prezentowały się efektownie. Tak, w sumie nieźle jej się powodziło. Zastanowiło go, czy ona też tak uważa. Właściwie nic ich nie łączyło. Nie mieli ze sobą nic wspólnego, nie mieli o czym mówić, nie mieli żadnych wspólnych wspomnień. Gdyby były dzieci – ale ich nie było. Dziwne, że w rodzinie nie było żadnych dzieci oprócz chłopaka małej Eddie. Mała Eddie. Postąpiła niemądrze, decydując się tak

172

pochopnie na to wojenne małżeństwo. Cóż, radził jej dobrze. Pamięta, że powiedział: „Rozumiem, że ci się podobają dzielni młodzi piloci, pociągający, odważni i tak dalej, ale on będzie do niczego w czasie pokoju. Prawdopodobnie nawet nie zdoła zarobić, żeby cię utrzymać". A Eddie odparła, że to nie ma znaczenia. Kocha Bryana, a Bryan kocha ją i może wkrótce zginąć. Dlaczego by nie mieli pożyć trochę w szczęściu? Po co patrzyć w przyszłość, jeśli w każdej chwili grozi śmierć pod bombami. Poza tym, mówiła Eddie, nie muszą się martwić o bezpieczeństwo finansowe, ponieważ pewnego dnia będą mieli pieniądze dziadka.

Harold pokręcił się w fotelu. Doprawdy, ten testament dziadka był strasznie niesprawiedliwy! Trzymać ich wszystkich na sznurku! Ostatnia wola, która nie zadowoliła nikogo. Niecierpliwiła wnuki i przydała życia ojcu. Staruszek postanowił nie umierać. Dlatego tak dba o siebie. Ale wkrótce będzie musiał umrzeć. Z całą pewnością, tak, wkrótce będzie musiał umrzeć. W przeciwnym wypadku... Ponure myśli tak zawładnęły Haroldem, że znów się poczuł chory, zmęczony i niepewny.

Alicja wciąż na niego patrzyła. Jej szklane spojrzenie peszyło go.

– Chyba się położę – stwierdził. – To był mój pierwszy dzień w City.

– Musisz odpocząć. Jestem pewna, że doktor kazał ci się oszczędzać.

– Lekarze zawsze tak mówią.

– I nie zapomnij o tabletkach, mój drogi – przypomniała, wręczając mu opakowanie.

Powiedział dobranoc i poszedł na górę. Tak, potrzebował tabletek. Byłoby błędem, gdyby je zbyt szybko odstawił. Połknął dwie, popijając wodą ze szklanki.

Rozdział dwudziesty czwarty

– Nikt nie potrafiłby schrzanić tego bardziej ode mnie – uznał samokrytycznie Dermot Craddock. Zły nastrój go nie opuszczał.

Siedział z wyciągniętymi nogami, co wydawało się nieco nie na miejscu w przeładowanym meblami saloniku wiernej Florence. Był zupełnie wyczerpany, przygnębiony i przybity.

Panna Marple zaprotestowała stanowczo:

– Nie, nie, zrobił pan bardzo dobrą robotę, drogi chłopcze. Naprawdę bardzo dobrą robotę.

– No, wręcz wspaniałą! Pozwoliłem otruć całą rodzinę. Alfred Crackenthorpe nie żyje, a teraz nie żyje też i Harold. Co się tu, do diabła, dzieje?! Chciałbym to wiedzieć.

– Zatrute tabletki – powiedziała panna Marple z namysłem.

– Tak. Diabelnie sprytne, rzeczywiście. Wyglądały dokładnie tak, jak te, które zażywał. Dołączono karteczkę: „Wysłano na zlecenie dr. Quimpera". Ale on nigdy ich nie zamawiał. Użyto druków aptecznych. Właściciel też o niczym nie wie. Nie. To opakowanie pochodzi z Rutherford Hall.

– Czy rzeczywiście wie pan, że pochodzi z Rutherford Hall?

– Tak. Sprawdziliśmy bardzo dokładnie. Jest to opakowanie, w którym były tabletki uspokajające, przepisane Emmie.

– Ach rozumiem, dla Emmy...

– Tak. Są na nim odciski palców jej i obu pielęgniarek oraz odcisk palca aptekarza, który je zrobił. Innych nie ma. Ten, kto je wysłał, był ostrożny.

– Pigułki uspokajające usunięto, zamieniając je na coś innego?

– Tak. To, oczywiście, kłopot z tabletkami. Wszystkie wyglądają tak samo.

174

– Ma pan zupełną rację – zgodziła się panna Marple. – Tak dobrze pamiętam, jak za moich młodych dni była czarna mikstura, brązowa mikstura – tę brano na kaszel – i różowa mikstura doktora Jakiegośtam. Ludzie ich tak bardzo nie mylili. Właściwie, wie pan, w mojej wsi, w St Mary Mead wciąż lubimy takie lekarstwa. Zawsze prosi się o butelkę, nie pigułki. Co to było?

– Akonityna, tojad mordownik. Tabletki tego rodzaju, które przechowuje się zwykle w specjalnej fiolce na truciznę, rozpuszczone w proporcji jeden do stu stosuje się zewnętrznie.

– Więc Harold zażył je i zmarł – powiedziała panna Marple z namysłem. Dermot Craddock jęknął.

– Proszę nie mieć mi za złe, że się tak przed panią wywnętrzam. „Opowiedz wszystko cioci Jane” – tak się czuję.

– To bardzo miłe z pańskiej strony, dziękuję i doceniam. Mam do pana, jako chrześniaka sir Henry'ego, zupełnie inny stosunek niż do innych detektywów-inspektorów.

Dermot Craddock uśmiechnął się blado.

– Pozostaje jednak faktem, że narobiłem w czasie śledztwa najokropniejszego bałaganu, jaki sobie tylko można wyobrazić. Tutejszy komisarz okręgowy dzwoni do Scotland Yardu i kogo dostaje? Mnie, robiącego z siebie konkursowego osła!

– Ależ nie! – zaprotestowała panna Marple.

– Ależ tak! Nie wiem, kto otruł Alfreda, nie wiem, kto otruł Harolda, a już szczytem wszystkiego jest, że nie mam najmniejszego pojęcia, kim naprawdę była pierwsza ofiara! Ta sprawa z Martine wyglądała na całkiem pewny trop! Wszystko zdawało się ładnie wiązać. I co się dzieje? Pojawia się prawdziwa Martine i, co zgoła nieprawdopodobne, jest żoną sir Roberta Stoddarda-Westa. A więc kim jest kobieta ze stodoły? Któż to wie? Najpierw rzucam się na koncepcję, że to Anna Stravinska, co też odpada...

Zaintrygowało go jedno z charakterystycznych, szczególnie znaczących chrząknięć panny Marple.

– Czy na pewno? – mruknęła.

Craddock patrzył na nią, nie rozumiejąc.

– Ale ta kartka z Jamajki...

– ...nie jest rzeczywistym dowodem, prawda? Każdy może załatwić wysłanie kartki niemalże skądkolwiek chce. Pamiętam panią Brierly. Kobieta miała ostre załamanie nerwowe i w końcu lekarz orzekł, że musi pójść do szpitala psychiatrycznego na obserwację. Nie chciała, by dowiedziały się o tym jej dzieci. Napisała więc czternaście pocztówek i jakoś tak wszystko zorganizowała, że miały być wysyłane z różnych miejsc za granicą. Oznajmiła dzieciom, że wakacje spędzi poza krajem. – Spojrzała na Dermota Craddocka. – Rozumie pan, co mam na myśli?

– Jasne – odpowiedział Craddock, wpatrując się w nią. – Z całą pewnością sprawdziłbym tę pocztówkę, gdyby nie historia z Martine; tak dobrze pasowała do całości.

– Bardzo wygodnie – rzuciła panna Marple.

– To się wiązało. Był w końcu też list, który dostała Emma, podpisany: Martine Crackenthorpe. Lady Stoddard-West go nie wysłała, ale ktoś to zrobił. Ktoś, kto chciał udawać Martine i liczył, że jeśli plan się powiedzie, dobrze zarobi. Temu nie może pani zaprzeczyć.

– Nie.

– A potem koperta z listu, który napisała Emma. Znaleziona w Rutherford Hall, wskazywała, że ta kobieta tam była.

– Ale żywa nie przyjechała – podkreśliła panna Marple.

– Owszem, przybyła do Rutherford Hall po śmierci. Wypchnięta z pociągu na nasyp kolejowy.

– Czego naprawdę dowodzi koperta, to tylko tego, że w Rutherford Hall był morderca. Prawdopodobnie zabrał ją wraz z pozostałymi dokumentami i drobiazgami, upuścił niechcący – albo... Zastanawiam się teraz, czy rzeczywiście w grę wchodzi przypadek? Na pewno inspektor Bacon i pańscy ludzie bardzo dokładnie przeszukali to miejsce i nie znaleźli jej, prawda? Pojawiła się dopiero później w kotłowni.

– Nic dziwnego – odrzekł Craddock. – Stary ogrodnik upycha tam wszystkie znalezione skrawki papieru.

– Tak. Chłopcy myszkowali w kotłowni i mogli go bardzo łatwo znaleźć – powiedziała z namysłem panna Marple.

– Uważa pani, że zostało to zaaranżowane?

– Po prostu się zastanawiam. W końcu nie było trudno zgadnąć, gdzie chłopcy mogą szukać, albo nawet coś im zasugerować. Tak, zastanawiam się. Po tym Anna Stravinska przestała już pana zajmować, prawda?

– I myśli pani, że naprawdę to może być cały czas ona?

– Myślę, że kogoś mogło zaniepokoić, kiedy zaczął pan o nią wypytywać... Przypuszczam, że ktoś nie chciał tego dochodzenia.

– Trzymajmy się zasadniczego faktu, że jakaś kobieta próbowała udawać Martine – zaproponował Craddock. – A potem, z jakiegoś powodu, się wycofała. Dlaczego?

– Bardzo interesujące pytanie.

– Ktoś wysłał depeszę, że Martine wraca do Francji, potem zorganizował to tak, że jechał z dziewczyną i po drodze ją zabił. Zgadza się pani na razie?

176

– Niezupełnie. Nie sądzę, doprawdy, żeby pan ujmował to dostatecznie prosto.

– Prosto! – wykrzyknął Craddock. – Zbija mnie pani z tropu – poskarżył się.

Panna Marple tłumaczyła się z ogromnym zakłopotaniem, że nigdy by o czymś podobnym nawet nie pomyślała.

– Proszę mi powiedzieć: pani wie, kim była zamordowana, czy nie?

Panna Marple westchnęła.

– Trudno mi sformułować jednoznaczną odpowiedź. To znaczy, nie wiem, kim była, ale jednocześnie wiem, kim była, jeśli przeczuwa pan, co mam na myśli.

Craddock odrzucił w tył głowę.

– Czy przeczuwam, co pani ma na myśli? Nie mam najmniejszego pojęcia.

Wyjrzał przez okno.

– Panna Lucy Eyelesbarrow idzie tu z wizytą. Ja wychodzę. Moja miłość własna jest dzisiejszego popołudnia mocno zraniona i zabawianie młodej kobiety, spostrzegawczej, logicznie myślącej i odnoszącej sukcesy to więcej, niż mógłbym znieść.

Rozdział dwudziesty piąty

– Sprawdziłam w słowniku słowo tontina – powiedziała Lucy. Chodziła po pokoju z kąta w kąt, to dotykając porcelanowego pieska, to znów pokrowca na oparciu krzesła, wreszcie, podchodząc do okna, pudełka na robótkę.

– Wiedziałam, że tak zrobisz – odparła spokojnie panna Marple.

Lucy mówiła wolno, cytując: „Lorenzo Tonti, włoski bankier, zapoczątkował w 1653 roku formę dożywotniej renty rocznej, w której udziały zmarłych udziałowców są dodawane do oprocentowanych udziałów żyjących" – urwała. – To jest to, prawda? Bardzo dobrze pasuje, a myślała pani o tym, jeszcze zanim nastąpiły dwie kolejne śmierci.

Zaczęła znów swoją niespokojną wędrówkę po pokoju. Panna Marple siedziała, obserwując ją. Widziała zupełnie inną Lucy Eyelesbarrow, jakże różniącą się od tej, którą znała dotychczas.

– Moim zdaniem, aż się o to prosiło – mówiła dalej Lucy. – Testament, który sprowadza się do tego, że gdyby przeżyła tylko jedna osoba, dostałaby całość zapisu. Chodzi o ogromne pieniądze, prawda? Można by pomyśleć, że po podziale i tak by było sporo dla każdego... – Jej głos zszedł do szeptu.

– Ludzie są chciwi – powiedziała panna Marple. – Niektórzy, oczywiście. Tak często wszystko się od tego zaczyna! Nie od morderstwa ani od chęci popełnienia go, ani nawet od myśli o nim. Zaczyna się od chciwości, od chęci posiadania więcej, niż się ma otrzymać.

Starsza pani odłożyła robótkę na kolana i zapatrzyła się przed siebie:

– Po raz pierwszy zetknęłam się z inspektorem Craddockiem

przy okazji pewnej sprawy na wsi, koło uzdrowiska Medenham. Zaczęło się tak samo. Miła, ale słaba osoba, która chciała dużo pieniędzy. Nie miała do nich prawa, ale wydawało jej się, że istnieje łatwy sposób, żeby je zdobyć. Nie morderstwo. Po prostu coś tak prostego i prymitywnego, że nie wydawało się czymś złym. Tak to się zaczyna... A zakończyło się trzema morderstwami.

– Dokładnie tak, jak to – zauważyła Lucy. – Były już trzy morderstwa. Kobieta, która podawała się za Martine i która mogłaby zażądać udziału dla swego syna, potem Alfred, a teraz Harold. Czyli zostają tylko dwie osoby, prawda?

– Tylko Cedryk i Emma?

– Emma nie. Emma nie jest wysokim brunetem. Nie. Mam na myśli Cedryka i Bryana Eastleya. Nigdy nie pomyślałam o Bryanie, ponieważ jest blondynem. Ma jasne wąsy i niebieskie oczy, ale widzi pani, ostatnio... – Urwała.

– Mów dalej – zachęciła ją panna Marple. – Powiedz mi. Coś cię bardzo mocno wytrąciło z równowagi, prawda?

– To było wtedy, kiedy lady Stoddard-West wychodziła. Pożegnała się już i nagle, wsiadając do samochodu, spytała mnie, kim był ten wysoki brunet, który stał na tarasie, kiedy przyjechała. Najpierw nie mogłam sobie uzmysłowić, kogo miała na myśli, ponieważ Cedryk wciąż leżał w łóżku. Więc odparłam dość zdezorientowana, że nie miała chyba na myśli Bryana Eastleya. A ona odpowiedziała, że to właśnie on, że oczywiście musiał to być major Eastley. Ukrywał się na ich strychu we Francji w czasie wojny. Zapamiętała jego sylwetkę i układ jego ramion. Powiedziała, że chciałaby z nim porozmawiać, ale nie mogłyśmy go nigdzie znaleźć.

Panna Marple milczała.

– A potem... Później spojrzałam na niego... Stał odwrócony do mnie plecami i zobaczyłam to, co powinnam była zauważyć wcześniej. Nawet jeśli mężczyzna jest blondynem, to jego włosy wydają się ciemniejsze, bo czymś je smaruje. Bryan jest jasnym szatynem, ale może wyglądać na bruneta. Więc tym, którego pani przyjaciółka widziała w pociągu, mógł być Bryan. Mógł...

– Tak. Myślałam o tym – rzekła panna Marple.

– Zdaje się, że pani myśli o wszystkim! – zauważyła, jakby z pewną goryczą Lucy.

– Cóż, moja droga, ktoś musi.

– Ale nie widzę, co Bryan mógłby z tego mieć. Pieniądze dostałby Aleksander, nie on. Być może ułatwiłoby im to życie, mogliby mieć trochę więcej luksusu, ale nie mógłby uszczknąć kapitału na swoje pomysły, więc...

179

– Ale gdyby coś się stało Aleksandrowi przed osiągnięciem pełnoletności, Bryan dostałby pieniądze, jako jego ojciec i najbliższy krewny – przerwała panna Marple.

Lucy spojrzała na nią ze zgrozą.

– Tego by nigdy nie zrobił. Żaden ojciec nigdy by nie zrobił czegoś takiego, tylko po to żeby... żeby zdobyć pieniądze.

Panna Marple westchnęła.

– A jednak ludzie robią takie rzeczy, moja droga. To bardzo smutne i przerażające, ale tak jest. Znam kobietę, która otruła troje swoich dzieci tylko dlatego, żeby zdobyć trochę pieniędzy z ubezpieczenia. Zdarzyło się też, że stara kobieta, na pozór bardzo miła staruszka, otruła syna, kiedy przyjechał na urlop. Była też stara pani Stanwich. Sprawa trafiła do gazet. Podejrzewam, że musiałaś o tym czytać. Umarła jej córka, potem syn, a później ją samą próbowano otruć. Rzeczywiście, w owsiance znaleziono truciznę, ale wydało się, że staruszka sama ją tam wsypała. Właśnie zamierzała otruć ostatnią córkę. W tym wypadku nie chodziło o pieniądze. Zazdrościła dzieciom młodości i obawiała się, aż trudno uwierzyć, ale to prawda, że kiedy odejdzie, będą się dobrze bawić. Zawsze bardzo mocno ściskała portmonetkę. Oczywiście, była trochę zdziwaczała, jak mówiono, ale, moim zdaniem, to jej nie usprawiedliwia. Można być dziwakiem na tyle różnych sposobów. Czasem wpadnie komuś do głowy, aby rozdawać wszystkie swoje rzeczy i wypisywać czeki bez pokrycia, żeby wspomóc bliźnich. Dowodzi to jednak, że poza dziwactwem ma się dobry charakter. Ale oczywiście, jeśli się jest dziwakiem ze złym charakterem, wtedy... No, czy to ci choć trochę pomaga, droga Lucy?

– Co mi pomaga?! – spytała zupełnie zdezorientowana Lucy.

– To, co ci opowiadam. Nie powinnaś się martwić – dodała łagodnie panna Marple. – Naprawdę nie powinnaś się martwić. Elspeth McGillicuddy wróci lada moment.

– Nie wiem, co ma wspólnego jedno z drugim.

– Może masz rację. Ale ja uważam, że to ważne.

– Nie mogę przestać się martwić. Zżyłam się z tą rodziną.

– Wiem, kochanie, to dla ciebie bardzo trudne, gdyż jesteś dość mocno zainteresowana zarówno jednym, jak i drugim, choć w bardzo różny sposób, prawda?

– O co pani chodzi? – spytała sucho Lucy.

– Mówiłam o dwóch synach domu, a raczej o synu i szwagrze. To pech, że dwaj mniej przyjemni członkowie rodziny nie żyją, a zostali dwaj bardziej atrakcyjni. Cedryk Crackenthorpe jest bardzo interesujący. Ma zwyczaj robienia z siebie gorszego, niż naprawdę jest i zachowuje się prowokująco.

- Sprawia, że czasem walczę z nim jak wściekła – przyznała Lucy.
- I podoba ci się to, prawda? Jesteś silną dziewczyną i lubisz walkę. Tak, wiem, na czym polega jego atrakcyjność. Natomiast pan Eastley jest typowym melancholikiem, ma osobowość nieszczęśliwego małego chłopca. To, oczywiście, jest również pociągające.
- A któryś z nich jest mordercą – powiedziała z goryczą Lucy. – I może nim być zarówno jeden, jak i drugi. Naprawdę, nie można między nimi wybierać. Cedryk, którego nic a nic nie obchodzi śmierć ani Alfreda, ani Harolda. Po prostu siedzi sobie i spokojnie snuje plany, co zrobi z Rutherford Hall; potrzebuje dużo pieniędzy, by móc zmienić posiadłość, tak jak sobie wyobraża. Oczywiście wiem, że bardzo przesadza chociażby ze swą bezwzględnością. Ale czy to też nie jest maska? Niewykluczone, że kiedy zakładamy, że udaje bardziej bezwzględnego, niż jest naprawdę, w rzeczywistości może być nawet bardziej okrutny.
- Kochana, kochana Lucy. Bardzo ci współczuję.
- A Bryan? – mówiła dalej Lucy. – To niezwykłe, ale zdaje się, że Bryan naprawdę chce tam zamieszkać. Uważa, że on i Aleksander mogliby się tam znakomicie bawić i ma mnóstwo pomysłów.
- On ma zawsze mnóstwo rozmaitych pomysłów, prawda?
- Tak, chyba tak. Wszystkie się wydają naprawdę wspaniałe, ale coś mi mówi, że nigdy by z nich nic nie wyszło. Nie są realne. Sama idea brzmi świetnie, ale nie wydaje mi się, żeby kiedykolwiek brał pod uwagę rzeczywiste trudności w realizacji swoich pomysłów.
- Są, że tak powiem, zawieszone w powietrzu?
- Tak, w więcej niż jednym znaczeniu. Zazwyczaj są dosłownie w powietrzu. Wszystkie plany dotyczą latania. Być może dobry pilot myśliwski nigdy nie schodzi zupełnie na ziemię... A Rutherford Hall dlatego tak bardzo lubi, że przypomina mu wielki, równie brzydki, wiktoriański dom, w którym mieszkał jako dziecko.
- Rozumiem – mówiła w zamyśleniu panna Marple – tak, rozumiem...

Potem, spoglądając z ukosa na Lucy, powiedziała znienacka:
- Ale to nie wszystko, prawda, kochanie? Jest jeszcze coś.
- O, tak, jest. Coś, z czego zdałam sobie sprawę dopiero parę dni temu. Bryan mógł być w tym pociągu.
- O czwartej trzydzieści trzy z Paddington?
- Tak. Widzi pani, Emmie się wydawało, że musi zdać relację ze swoich poczynań dwudziestego grudnia i opisała je bardzo szczegółowo: rano spotkanie komitetu, potem zakupy, po południu herbata w Great Shamrock, a później, jak stwierdziła, udała się na dworzec po Bryana, na który wyszła, by tym o czwartej pięćdziesiąt z Padding-

ton, ale mógł przyjechać tamtym i udawać, że wysiadł z późniejszego. Powiedział mi, tak od niechcenia, że miał stłuczkę, oddał samochód do naprawy i dlatego musiał jechać pociągiem. „Okropna nuda", jak to określił, bowiem nie cierpi kolei. Wydawał się przy tym wszystkim zupełnie naturalny... Nie wiem, ale wolałabym, żeby nie przyjechał wtedy pociągiem.

– Rozumiem – rzekła z namysłem panna Marple.

– To zresztą niczego naprawdę nie dowodzi. Najokropniejsze jednak są podejrzenia. Gorsze, od najbardziej okrutnej prawdy. A może nigdy się nie dowiemy prawdy?

– Oczywiście, że się dowiemy, kochanie – odparła żywo panna Marple. – Sprawa tak po prostu się nie skończy. Jedną rzeczą, którą naprawdę wiem o mordercach, jest to, że nigdy nie potrafią nie przedobrzyć. A może powinnam powiedzieć: nie prześlić. W każdym razie nie po drugim morderstwie. A ty się zbytnio nie zamartwiaj. Policja robi wszystko, co może i zajmuje się każdym, a najważniejsze, że Elspeth McGillicuddy będzie tu już wkrótce!

Rozdział dwudziesty szósty

I

– Elspeth, czy dobrze zrozumiałaś, czego od ciebie oczekuję?
– Dostatecznie jasno, ale nie ukrywam, że wydaje mi się to bardzo dziwne – odpowiedziała Elspeth McGillicuddy.
– To nie jest ani trochę dziwne.
– No cóż, ja tak nie uważam. Przyjść do domu i niemal w progu spytać, czy mogę... hm... pójść do w.c.?
– Jest bardzo zimno – zwróciła jej uwagę panna Marple. – Poza tym mogłaś zjeść coś, co ci nie posłużyło i... musisz spytać, czy mogłabyś pójść do toalety. Przecież takie sytuacje się zdarzają. Pewnego razu przyszła mnie odwiedzić Luiza Felby i biedaczka, pięć razy w ciągu pół godziny musiała mnie pytać, czy może pójść do łazienki. To był nieświeży pieróg kornwalijski, jak się okazało.
– Dlaczego mi nie powiesz wprost, do czego zmierzasz, Jane?
– Tego właśnie nie chcę zrobić.
– To irytujące! Najpierw zmuszasz mnie do wcześniejszego powrotu do Anglii z tak daleka...
– Przykro mi, ale nie miałam innego wyjścia. Ktoś, widzisz, może w każdej chwili zginąć. Wiem, oczywiście, że wszyscy się pilnują i że policja podejmuje wszelkie środki ostrożności, ale zawsze jest cień możliwości, że morderca może się okazać od nich sprytniejszy. Widzisz więc, Elspeth, że miałaś obowiązek wrócić. W końcu wychowano nas w poczuciu odpowiedzialności, prawda?
– Z całą pewnością. W naszych czasach nie było pobłażania.
– Więc to, co robimy teraz, jest słuszne. Przyjechała taksówka – dodała, kiedy przed domem rozległ się charakterystyczny dźwięk klaksonu.

Pani McGillicuddy wdziała swój ciężki płaszcz w jodełkę, a panna Marple owinęła się w mnóstwo szali i szalików. Następnie obie damy wsiadły do taksówki, która powiozła je w kierunku Rutherford Hall.

II

– Kto to mógł przyjechać? – spytała Emma, wyglądając przez okno, kiedy taksówka przemknęła pod nim. – Wydaje mi się, że to ciotka naszej Lucy.

– Nudziara! – skomentował Cedryk, który leżał na kozetce z nogami opartymi na półce nad kominkiem i czytał jakiś magazyn. – Powiedz jej, że cię nie ma.

– Mam pójść i sama powiedzieć czy też może kazać Lucy, żeby to przekazała swojej ciotce?

– Nieporozumienie. Myślałem o czasach kamerdynerów i odźwiernych w naszym domu, jeżeli kiedykolwiek tacy u nas byli. Zdaje się, że pamiętam sprzed wojny jakiegoś odźwiernego. Miał romans z kuchtą i była straszliwa awantura z tego powodu. Czy to nie z jedną z tych starych wiedźm, które tu teraz sprzątają?

Ale w tym momencie drzwi otworzyła pani Hart, której tego popołudnia przypadała kolej czyszczenia sreber i do pokoju weszła rozpromieniona panna Marple, otoczona wirem chust, szali i szalików, prowadząc ze sobą pełną determinacji panią McGillicuddy.

– Mam nadzieję, że nie przeszkadzamy – świergotała, chwytając rękę Emmy. – Ale pojutrze jadę do domu i nie mogłam tu nie przyjść, żeby się z państwem spotkać i jeszcze raz podziękować za dobroć dla Lucy. Och, byłabym zapomniała! Czy mogę przedstawić moją przyjaciółkę, panią McGillicuddy, która u mnie gości?

– Miło mi państwa poznać – powiedziała pani McGillicuddy, patrząc bardzo uważnie na Emmę, po czym przeniosła świdrujące spojrzenie na Cedryka, który zdecydował się wstać. W tej samej chwili do pokoju weszła Lucy.

– Ciociu Jane, nie miałam pojęcia...

– Musiałam przyjść i pożegnać się z panną Crackenthorpe, która cały czas jest dla ciebie taka dobra – odparła panna Marple, zwracając się ku niej.

– To Lucy była dla nas bardzo dobra – zauważyła uprzejmie Emma.

– Tak, rzeczywiście – odezwał się Cedryk. – Pracowała tu jak galernik. Doglądała chorych, biegała bez przerwy po schodach, gotowała różne paskudztwa dla poszkodowanych...

184

Panna Marple wtrąciła:

– Było mi tak bardzo, bardzo przykro, kiedy usłyszałam o chorobie w domu. Mam nadzieję, że już państwo są zdrowi, czy tak, panno Crackenthorpe?

– O tak, teraz już czujemy się zupełnie dobrze.

– Lucy mówiła mi, że byli państwo wszyscy bardzo chorzy. To takie niebezpieczne, zatrucie pokarmowe grzybami, jak sądzę?

– Przyczyna nie jest całkiem jasna.

– Niech pani w to nie wierzy – zaczął Cedryk. – Założę się, że pani słyszała plotki, które krążą po okolicy, panno...

– Marple – podpowiedziała stara dama.

– Więc, jak mówiłem, założę się, że pani słyszała plotki, od których trzęsie się miasto. Nie ma to, jak arszenik, żeby trochę rozruszać sąsiedztwo.

– Cedryku, przestań – upomniała brata Emma. – Wiesz, że inspektor Craddock powiedział...

– Ba, wszyscy wiedzą – odrzekł Cedryk. – Nawet panie coś słyszały, prawda? – zwrócił się do nich.

– Dopiero co wróciłam z zagranicy. Dokładnie przedwczoraj – oznajmiła pani McGillicuddy.

– Ach, więc nie jest pani wprowadzona w nasz lokalny skandal – ucieszył się Cedryk. – Arszenik w curry, to było to. Założę się, że ciocia naszej Lucy wie na ten temat wszystko.

– Tak – przyznała panna Marple. – Słyszałam rzeczywiście, że istnieje pewna sugestia o truciźnie, ale oczywiście nie chciałam pani w żaden sposób zakłopotać, panno Crackenthorpe.

– Proszę nie traktować serio tego, co mówi mój brat. Po prostu lubi stawiać ludzi w trudnej sytuacji. – Mówiąc to, Emma uśmiechnęła się do niego czule.

Otworzyły się drzwi i do pokoju wszedł pan Crackenthorpe, stukając ze złości laską.

– Gdzie podwieczorek? Dlaczego podwieczorek niegotowy? Ty, dziewczyno! Czemu nie podałaś podwieczorku?

– Jest gotowy, panie Crackenthorpe. Już podaję. Nakrywałam właśnie do stołu.

Lucy wyszła znowu z pokoju, a pan Crackenthorpe został przedstawiony pannie Marple i pani McGillicuddy.

– Lubię spożywać posiłki o właściwej porze – oświadczył. – Punktualność i gospodarność. To moja dewiza.

– Bardzo dobra, szczególnie w dzisiejszych czasach, z takimi podatkami i tym wszystkim – pochwaliła panna Marple.

Pan Crackenthorpe prychnął:

– Podatki! Proszę mi nie mówić o tych bandytach! Żałosny biedak – oto, czym jestem. A idzie na gorsze, nie na lepsze. Poczekaj tylko, mój chłopcze – zwrócił się do Cedryka. – Kiedy przejmiesz to tutaj, dziesięć do jednego, że socjaliści odbiorą ci dom i zmienią w Centrum Dobrobytu albo coś takiego. I zabiorą ci całe dochody z kapitału na jego utrzymanie!

Weszła Lucy, niosąc tacę z herbatą, a za nią pojawił się Bryan Eastley z drugą pełną kanapek oraz chlebem, masłem i tortem.

– Co to jest? Co to jest? – Pan Crackenthorpe zbadał zawartość tacy.

– Tort z lukrem? Wydajemy dzisiaj przyjęcie? Nikt mi nic nie mówił.

Lekki rumieniec pojawił się na twarzy Emmy.

– Doktor Quimper przychodzi na podwieczorek, ojcze. Dzisiaj są jego urodziny i...

– Urodziny? – prychnął znów stary. – A na cóż mu urodziny? Urodziny są tylko dla dzieci. Nigdy nie obchodzę urodzin i nie pozwolę innym.

– To znacznie taniej – zgodził się Cedryk. – Oszczędzasz na świeczkach na swoim torcie.

– Dość tego, chłopcze! – napomniał go ostro pan Crackenthorpe.

Panna Marple uścisnęła dłoń Bryana.

– Oczywiście słyszałam o panu od Lucy. Ależ pan jest podobny do kogoś, kogo znałam w St Mary Mead. To wioska, w której mieszkam już od wielu lat. Przypomniałam sobie: Ronnie Wells, syn radcy prawnego. Jakoś nie mógł się ustatkować, kiedy przejął interes ojca. Wyjechał do Afryki Wschodniej i założył linię statków towarowych na tamtejszym Jeziorze Wiktorii, czy Niasa, a może to było Jezioro Alberta? W każdym razie, przykro powiedzieć, nie powiodło mu się i stracił cały majątek. Bardzo niefortunne! Czy to nie był ktoś z panem spokrewniony? Podobieństwo jest uderzające!

– Nie – odpowiedział Bryan. – Nie wydaje mi się, żebym miał jakichś krewnych o nazwisku Wells.

– Był zaręczony z bardzo miłą i rozsądną dziewczyną – ciągnęła panna Marple. – Próbowała mu wyperswadować ten pomysł, ale nie chciał jej słuchać. Nie miał, oczywiście, racji. Wie pan, kobiety wykazują sporo rozsądku, gdy chodzi o pieniądze. Nie w wielkich sprawach finansowych, rzecz jasna – żadna kobieta nie powinna się łudzić, że coś z tego zrozumie, jak mawiał mój drogi ojciec. Codzienne rozliczenia, funty, szylingi, pensy – owszem. Cóż za cudowny widok mają państwo z tego okna – dodała, zbliżając się do niego. – Jaka ogromna powierzchnia parku! Jakże malowniczo wyglądają te drzewa. Człowiekowi nawet nie śniłoby się, że jest w środku miasta – mówiła zachwycona.

Emma stanęła obok niej.

– Zdaje się, że jesteśmy raczej anachroniczni – powiedziała. – Gdyby okna były otwarte, mogłaby pani usłyszeć w oddali hałas uliczny.

– Tak, oczywiście. Hałas jest wszędzie, czyż nie? Nawet w St Mary Mead. W pobliżu znajduje się teraz lotnisko wojskowe, wie pani, a samoloty latają nad nami! Przerażające. Pewnego dnia pękły dwie szyby w mojej małej szklarni. Odrzutowce przekraczają barierę dźwięku, czy coś podobnego, ale co to znaczy, zupełnie nie pojmuję.

– To naprawdę bardzo proste – wyjaśniał Bryan, zbliżając się z przyjazną miną. – Widzi pani, to jest tak...

Panna Marple upuściła torebkę, a Bryan uprzejmie ją podniósł. W tej samej chwili pani McGillicuddy podeszła do Emmy i wybąkała, zakłopotana, a jej zażenowanie było prawdziwe, gdyż pani McGillicuddy bardzo się nie podobało zadanie, które właśnie wykonywała:

– Przepraszam, czy mogłabym na momencik pójść do toalety?

– Oczywiście – odparła Emma.

– Zaprowadzę panią – odezwała się Lucy.

Obie panie wyszły z pokoju razem.

– Bardzo chłodno, dzisiejsza jazda... – mówiła panna Marple niejasno.

– Jeśli chodzi o barierę dźwięku, widzi pani, to jest tak... – zaczął Bryan i wykrzyknął: – O, słuchajcie, jest Quimper!

Doktor zajechał samochodem. Wszedł, zacierając ręce. Wyglądał na bardzo zmarzniętego.

– Będzie padał śnieg. Czuję to. Witaj, Emmo, jak się masz? Wielkie nieba, a co to wszystko znaczy?

– Zrobiłyśmy ci tort urodzinowy – powiedziała Emma. – Pamiętasz? Mówiłeś, że dzisiaj są twoje urodziny.

– Nie spodziewałem się tego. Całe lata... to musi być... Tak, szesnaście lat, od kiedy ktoś ostatnio pamiętał o moich urodzinach. – Wyglądał na bardzo wzruszonego i zakłopotanego.

– Znasz pannę Marple? – zwróciła się do niego Emma.

– O tak – potwierdziła natychmiast starsza pani. – Poznaliśmy się podczas mojej pierwszej wizyty u państwa, zechciał mnie też odwiedzić, kiedy się nabawiłam przeziębienia, i był bardzo miły.

– Już w porządku, mam nadzieję? – zapytał doktor.

Panna Marple zapewniła, że jest zupełnie zdrowa.

– Mnie ostatnio jakoś pan nie odwiedzał – burknął pan Crackenthorpe. – Mógłbym umierać przy tej uwadze, jaką mi pan poświęca.

– Na razie nie widzę, żeby pan umierał – rzekł doktor Quimper.

187

– Nie mam takiego zamiaru – oświadczył pan Crackenthorpe. – No, dalej, napijmy się herbaty. Na co czekamy?

– Ależ proszę nie czekać na moją przyjaciółkę. Byłaby bardzo zakłopotana taką sytuacją.

Usiedli do podwieczorku. Panna Marple zaczęła od kromki chleba z masłem, potem przeszła do kanapek.

– Czy one... – Zawahała się.

– Ryba – objaśnił Bryan. – Pomagałem je robić.

Pan Crackenthorpe wybuchnął gdaczącym śmiechem.

– Zatruta pasta rybna. Oto z czym są. Niech pani je na własną odpowiedzialność.

– Ojcze, błagam!

– Trzeba uważać, co się je w tym domu – stwierdził starszy pan. – Dwóch z moich synów padło jak muchy. Kto jest mordercą, chciałbym wiedzieć.

– On próbuje panią zniechęcić, niech pani nie da się zwieść – przekonywał Cedryk, podając tacę pannie Marple. – Odrobina arszeniku dobrze robi na cerę, jak mówią, dopóki się nie weźmie za dużo – dodał kpiąco.

– Zjedz sam jedną, chłopcze – podsunął skwapliwie pan Crackenthorpe.

– Mam być oficjalnym próbowaczem? Proszę bardzo.

Cedryk wziął kanapkę i włożył ją całą do ust. Panna Marple zaśmiała się cichutko i też sięgnęła po kanapkę. Ugryzła kęs, po czym rzekła:

– Naprawdę uważam, że to bardzo odważne z państwa strony, żeby sobie tak żartować. Tak, to doprawdy bardzo odważne. A ja wysoko cenię odwagę.

Nagle gwałtownie zaczerpnęła powietrza i zaczęła się dławić.

– Ość – wykrztusiła. – W gardle.

Quimper szybko wstał. Podszedł do niej, poprowadził do okna, ustawił tyłem i kazał otworzyć usta. Z kieszeni wyciągnął futerał, z którego wybrał odpowiednią pęsetę. Z profesjonalną sprawnością zajrzał w gardło. Wtedy właśnie otworzyły się drzwi i pani McGillicuddy, a za nią Lucy, weszły do pokoju. Pani McGillicuddy gwałtownie nabrała powietrza, kiedy ujrzała scenę, jaka się przed nią rozgrywała. Panna Marple, odchylona do tyłu i doktor, który trzymał staruszkę za szyję i przechylał jej głowę.

– To on! – krzyknęła pani McGillicuddy. – Mężczyzna z pociągu!...

Panna Marple wyślizgnęła się z uścisku doktora z niezwykłą zwinnością i podeszła do przyjaciółki.

– Byłam pewna, że go poznasz, Elspeth! – powiedziała. – Nie, nie mów ani słowa więcej. – Odwróciła się triumfalnie do doktora Quimpera. – Tak się złożyło, doktorze, że kiedy dusił pan kobietę w pociągu, ktoś to widział. Tą osobą jest obecna tu moja przyjaciółka. Naoczny świadek. Była w innym pociągu, który jechał równo z pańskim.

– Co do diabła? – Doktor Quimper zrobił szybki krok w kierunku pani McGillicuddy, ale znów panna Marple znalazła się błyskawicznie między nimi.

– Tak, rozpoznaje pana i potwierdzi to w sądzie pod przysięgą – powiedziała spokojnie panna Marple. – Nieczęsto się zdarza, jak mi się zdaje, żeby ktoś widział sam akt popełniania zbrodni. Zwykle są dowody pośrednie, rzecz jasna. Ale w tym wypadku stało się inaczej.

– Ty diabelska stara wiedźmo! – wrzasnął Quimper, rzucając się na nią, ale Cedryk zdążył go chwycić za ramiona.

– A więc to ty jesteś tym diabłem, który mordował, tak? – wycedził, obróciwszy go twarzą do siebie. – Nigdy cię nie lubiłem i zawsze uważałem, że z ciebie niezłe ziółko, ale, Bóg mi świadkiem, nigdy nie podejrzewałem o zbrodnię.

Bryan Eastley przyszedł szybko na pomoc Cedrykowi. Inspektorzy Craddock i Bacon weszli do pokoju drugimi drzwiami.

– Doktorze Quimper! – powiedział Bacon. – Muszę pana ostrzec, że...

– Możecie zabrać do diabła wasze ostrzeżenia – warknął Quimper. – Czy myślicie, że ktokolwiek uwierzy w bzdury, które te stare baby plotą? Kto w ogóle słyszał o tej głupiej historii z pociągiem?

Panna Marple odpowiedziała:

– Elspeth McGillicuddy od razu dwudziestego grudnia powiadomiła policję o morderstwie i opisała mężczyznę, którego widziała.

Doktor Quimper wzruszył ramionami.

– Jeżeli ktoś kiedykolwiek miał takiego piekielnego pecha... – burknął.

– Ale... – zaczęła pani McGillicuddy.

– Bądź cicho, Elspeth! – przerwała jej panna Marple.

– Dlaczego miałbym zamordować zupełnie obcą kobietę? – spytał doktor Quimper.

– To nie była obca kobieta – odparł inspektor Craddock. – Była pańską żoną.

Rozdział dwudziesty siódmy

– No i widzicie – okazało się, że jest to, jak zaczynałam podejrzewać, bardzo, bardzo oczywiste. Najpospolitszy rodzaj zbrodni. Tak wielu mężczyzn, zdaje się, morduje swoje żony.

Pani McGillicuddy spojrzała na pannę Marple, na inspektora Craddocka i oświadczyła:

– Byłabym zobowiązana, gdybyście zechcieli choć trochę wprowadzić mnie w tę sprawę.

– Dostrzegł szansę na poślubienie bogatej Emmy Crackenthorpe – zaczęła panna Marple. – Tyle że nie mógł się z nią ożenić, bo już miał żonę. Żyli od lat w separacji, ale nie dałaby mu rozwodu. To bardzo dobrze pasowało do tego, co mówił mi inspektor Craddock o dziewczynie, która przyjęła nazwisko Anna Stravinska. Miała męża Anglika, jak zwierzyła się jednej ze swoich koleżanek, i ktoś powiedział, że była bardzo gorliwą katoliczką. Doktor Quimper nie mógł zaryzykować bigamii, żeniąc się z Emmą, wobec tego postanowił, jako człowiek okrutny i bezwzględny, że pozbędzie się swojej żony. Pomysł, żeby zamordować ją w pociągu, a potem włożyć ciało do sarkofagu w stodole, był rzeczywiście dosyć sprytny. Chciał, aby to się wiązało z rodziną Crackenthorpe'ów. Przedtem wysłał list do Emmy, w którym podszywał się pod dziewczynę imieniem Martine, z którą chciał się ożenić Edmund Crakenthorpe. Emma opowiedziała Quimperowi wszystko o swoim bracie, rozumiesz? Potem, we właściwym momencie, zachęcił ją do poinformowania policji o tej historii. Chciał, żeby zamordowana kobieta została zidentyfikowana jako Martine. Sądzę, że mógł usłyszeć o dochodzeniu, prowadzonym przez policję paryską w sprawie Anny, więc załatwił wysłanie pocz-

190

tówki, niby od niej, z Jamajki. Łatwo mu było zorganizować spotkanie z żoną w Londynie, żeby zaproponować jej pogodzenie i wspólną podróż do jego rodziny. Nie będziemy mówić o dalszym ciągu, który jest bardzo przykry. Oczywiście, był chciwy. Kiedy pomyślał o podatkach i o tym, jak ograniczają dochody, zaczął się zastanawiać, czy nie byłoby przyjemniej mieć o wiele więcej kapitału. Być może myślał o tym już przed decyzją o zamordowaniu żony. W każdym razie, żeby przygotować grunt, zaczął rozsiewać pogłoski, że ktoś próbuje otruć starego pana Crackenthorpe'a, a w końcu podał arszenik całej rodzinie. Nie za dużo, oczywiście, bo nie chciał, żeby stary pan Crackenthorpe umarł.

– Wciąż jednak nie wiem, jak mu się to udało – powiedział Craddock. – Nie przebywał w domu podczas przygotowywania curry.

– Bo wtedy w curry nie było arszeniku – wyjaśniła panna Marple. – Dodał go później, kiedy zabrał resztki do zbadania. Prawdopodobnie wcześniej dosypał arszeniku do dzbanka z koktajlem. Potem, oczywiście, będąc lekarzem domowym, łatwo mógł otruć Alfreda Crackenthorpe'a, jak również wysłać tabletki Haroldowi do Londynu, zabezpieczywszy się uprzednio, mówiąc, że ten nie będzie ich więcej potrzebował. Chciwy pieniędzy, działał zuchwale, mordował, by osiągnąć cel. Naprawdę, bardzo, bardzo żałuję, że zniesiono karę śmierci, ponieważ uważam, że kto jak kto, ale doktor Quimper powinien wisieć – zakończyła panna Marple, wyglądająca teraz wyjątkowo groźnie.

– Brawo, brawo! – wykrzyknął inspektor Craddock.

– Wiecie – ciągnęła starsza pani – przyszło mi do głowy, że nawet kiedy się kogoś widzi od tyłu, taki widok jest, że tak powiem, w pewien sposób charakterystyczny. Pomyślałam, że gdyby Elspeth zobaczyła doktora Quimpera dokładnie w tej samej pozycji, w jakiej widziała go w pociągu, tyłem, pochylonego nad kobietą, którą trzymał za gardło, to z pewnością poznałaby go, albo przynajmniej, byłaby zaskoczona, jeśli nie przerażona. Oto dlaczego musiałam uknuć mój mały plan z uprzejmą pomocą Lucy.

– Muszę przyznać, że nieźle to mną wstrząsnęło – wyszeptała pani McGillicuddy. – Wyrwało mi się: „To on!", zanim zdążyłam się powstrzymać. Przecież nie widziałam twarzy tego mężczyzny i...

– Bałam się, że to powiesz, Elspeth. – Panna Marple westchnęła.

– Miałam taki zamiar. Chciałam powiedzieć, że, oczywiście, nie widziałam jego twarzy.

– Fatalnie by się stało – rzekła panna Marple. – Wiesz, moja droga, on naprawdę pomyślał, że go poznałaś. Uwierzył, ponieważ nie mógł wiedzieć, że nie widziałaś jego twarzy.

– A więc to dobrze, że trzymałam język za zębami. – Pani McGillicuddy była zadowolona.

– Nie pozwoliłabym ci powiedzieć ani słowa więcej – zapewniła panna Marple.

Craddock zaśmiał się nagle.

– Obie panie jesteście niezwykłe. Co dalej, panno Marple? Jaki jest happy end? Co się stanie z biedną Emmą, na przykład?

– Zapomni o doktorze, naturalnie. Przypuszczam też, że gdyby umarł ojciec, a nie sądzę, żeby był tak krzepki, jak mu się wydaje, mogłaby się udać w podróż morską albo wyjechać za granicę, jak Geraldine Webb, i spodziewam się, że byłyby tego owoce. Jakiś mężczyzna, milszy od Quimpera, mam nadzieję, pojawi się w jej życiu.

– Co z Lucy Eyelesbarrow? Też słychać weselne dzwony?

– Może. Nie zdziwiłoby mnie to.

– Którego z nich wybierze? – spytał Dermot Craddock.

– Nie wie pan?

– Nie, nie wiem. A pani?

– O, tak, myślę, że wiem – powiedziała panna Marple i mrugnęła do niego.